D0641246

МИЛАН
КУНДЕРА

МИЛАН
КУНДЕРА

книга смеха
и забвения

Санкт-Петербург
Издательство «Азбука-классика»
2003

УДК 82/89
ББК 84.4 Че
К 91

Перевод с чешского Нины Шульгиной

Оформление Вадима Пожидаева

Кундера М.

К 91   Книга смеха и забвения: Роман / Пер.
с чеш. Н. Шульгиной. — СПб.: Азбука-классика, 2003. — 336 с.

ISBN 5-352-00590-9

«Книга смеха и забвения» Милана Кундеры, автора романов «Невыносимая легкость бытия», «Вальс на
прощание», «Бессмертие», вышла на чешском языке в
1978 году. Это следующее после романа «Шутка» (1967)
обращение писателя к теме смеха. В различных сюже-
тах этой потрясающей книги область смешного распро-
страняется на «серьезные материи», обнажая трагичес-
кую изнанку жизни.

Это произведение Милана Кундеры впервые пуб-
ликуется в России. Перевод сделан Н. Шульгиной спе-
циально для настоящего издания.

ISBN 5-352-00590-9

СОДЕРЖАНИЕ

первая часть

УТРАЧЕННЫЕ ПИСЬМА

1

В феврале 1948 года вождь коммунистической партии Клемент Готвальд вышел на балкон пражского барочного дворца, чтобы обратиться с речью к сотням тысяч сограждан, запрудивших Староместскую площадь. Это была историческая минута в судьбе Чехии.

Рядом с Готвальдом, окруженным соратниками, находился Клементис. Шел снег, холодало, а Готвальд стоял с непокрытой головой. Заботливый Клементис снял свою меховую шапку и надел ее на голову вождя.

Отдел пропаганды размножил в сотнях тысяч экземпляров фотографию балкона, на котором Готвальд в барашковой шапке, окруженный соратниками, говорит с народом. На этом балконе началась история коммунистической Чехии. Любой ребенок знал эту фотографию по плакатам, учебникам и музейным экспозициям.

Четырьмя годами позже Клементис был обвинен в измене и повешен. Отдел пропаганды незамедлительно удалил его из истории и, разумеется, из всех фотографий. С той поры на балконе Готвальд стоит уже один. Там, где некогда был Клементис, теперь только голая стена дворца. От Клементиса осталась лишь шапка на голове Готвальда.

2

1971 год. Мирек говорит: борьба человека с властью — это борьба памяти с забвением.

Так он пытается оправдать то, что его друзья называют неосмотрительностью: он тщательно ведет дневники, собирает письма, делает заметки на всех собраниях, на которых идет речь о настоящем положении вещей и решается вопрос о дальнейших действиях. Он объясняет им: я ничем не нарушаю Конституцию. Прятаться и ощущать себя виноватым — было бы началом поражения.

Неделю назад, работая со строительной бригадой на крыше новостройки, он посмотрел вниз и почувствовал головокружение. Покачнувшись, ухватился за неукрепленную балку; она сорвалась, и его пришлось высвобождать из-под нее. На первый взгляд ранение выглядело ужасно, но затем, убедившись, что это всего лишь обычный перелом руки, он не без удовлетворения подумал о нескольких предстоящих свободных неделях, когда он наконец сумеет завершить дело, для которого до сих пор не находил времени.

Ему все-таки пришлось признать правоту своих более осмотрительных товарищей. Даже если Конституция и гарантирует свободу слова, законы, однако, карают за все, что может быть истолковано как подрыв государства. Но откуда нам знать, когда государство поднимет крик, что то или иное слово подрывает его? И потому он все же решил переправить компрометирующие бумаги в безопасное место.

Но прежде всего надо было поставить точку в истории со Зденой. Он пытался дозвониться в ее город, что в ста километрах от Праги, но безрезультатно. Зря потерял четыре дня. Только вчера ему удалось поговорить с ней. Она обещала ждать его нынче после обеда.

Семнадцатилетний сын Мирека считал, что с загипсованной рукой он не сможет вести машину. И вправду, это оказалось непросто. Сломанная рука болталась на перевязи у груди беспомощно и без всякого проку. Каждый раз, когда приходилось переключать скорость, он отпускал руль.

3

Он встречался со Зденой двадцать пять лет назад, и о той поре у него сохранилось лишь несколько воспоминаний.

Как-то раз она явилась к нему, утирая платком глаза и шмыгая носом. Он спросил, что случилось. Она объяснила ему, что вчера умер в России один большой человек. Некий Жданов, Арбузов или Мастурбов. Судя по количеству пролитых слез, смерть Мастурбова потрясла ее больше смерти собственного отца.

Могло ли вообще такое случиться? Уж не нынешняя ли его ненависть придумала эти рыдания по Мастурбову? Нет, это было на самом деле. Конечно, и то правда, что непосредственные обстоятельства, делавшие ее рыдания искренними и настоящими, нынче уже ускользали от него, и воспоминание сделалось неправдоподобным, точно карикатура.

Все сохранившиеся о ней воспоминания были такого же рода. Однажды они вместе возвращались на трамвае из квартиры, где впервые познали друг друга. (Со странным удовлетворением Мирек обнаружил, что об их любовных встречах он забыл начисто и не смог бы восстановить в памяти ни одного их мгновения.) Она сидела в уголке на скамейке, крупная, сильная (по сравнению с ней он был маленький и хрупкий), трамвай дребезжал, и ее лицо было мрачным, замкнутым и на удивление старым. Он спросил ее, отчего она такая молчаливая, и услышал в ответ, что она не удовлетворена их любовной близостью. Сказала, что он спал с ней, как интеллигент.

«Интеллигент» на тогдашнем политическом жаргоне было словом бранным. Оно определяло человека, не понимающего жизни и оторванного от народа. Все коммунисты, вздернутые в то время другими коммунистами, были удостоены этим ругательством. В отличие от тех, кто обеими ногами стоял на земле, они якобы витали в облаках. А посему представлялось справедливым, что земля у них из-под ног была в наказание окончательно выбита и они повисли невысоко над ней.

Что Здена имела в виду, обвиняя его, что он спал с ней, как интеллигент?

Так или иначе, но она была не удовлетворена им, и подобно тому, как сумела наполнить некое абстрактное отношение (отношение к неведомому Мастурбову) самым конкретным чувством (материализованным в слезах), и самому конкретному действию смогла придать абстрактный смысл, а для своей неудовлетворенности найти политическое обозначение.

4

Он смотрит в зеркальце заднего обзора и понимает, что за ним неотрывно следует легковушка. Он никогда не сомневался в том, что за ним установлена слежка, но до сих пор они соблюдали искусную осторожность. С сегодняшнего дня дело коренным образом изменилось: они хотят, чтобы он знал о них.

Примерно в двадцати километрах от Праги посреди поля высится ограда, а за ней — авторемонтные мастерские. Там у него хороший знакомый, который сможет заменить ему неисправный стартер. Перед въездом, перегороженным шлагбаумом в красно-белую полосу, он остановился. Возле шлагбаума стояла толстая тетка. Мирек подождал, пока она откроет проезд, но тетка все смотрела на него и не двигалась с места. Он посигналил, но результат был тот же. Он выглянул из окна. Тетка сказала: — А вас еще не забрали?

— Нет, меня еще не забрали, — ответил Мирек. — Вы можете поднять шлагбаум?

Она еще с минуту равнодушно смотрела на него, а потом, зевнув, пошла в будку. Рассевшись там за столом, она больше не удостаивала Мирека даже взглядом.

Он вышел из машины и, обойдя шлагбаум, направился в мастерскую, чтобы найти знакомого механика. Тот, вернувшись вместе с Миреком, сам поднял шлагбаум (тетка по-прежнему безучастно сидела в будке), и Мирек смог въехать во двор.

— Ну видишь, а все потому, что ты без конца мельтешил в телеке, — сказал механик. — Любая баба с лица тебя узнаёт.

— А это кто? — спросил Мирек.

Как выяснилось, вторжение русской армии, захватившей Чехию и повсеместно навязывавшей свое влияние, в корне изменило жизнь этой женщины. Видя, что люди, занимавшие более высокие должности, чем она (а все кругом занимали более высокие должности, чем она), по самому ничтожному наговору лишаются власти, положения, работы и хлеба насущного, распалилась и сама начала доносить.

— Почему же она по-прежнему торчит в будке у шлагбаума? Ее что, так и не повысили в должности?

Автомеханик улыбнулся: — Она и до пяти тебе не сосчитает. Как ее повысить? Они только и могут, что снова подтвердить ее право наушничать. В этом вся ее награда. — Подняв капот, он занялся мотором.

Вдруг Мирек осознал, что в двух шагах от него стоит человек. Он оглядел его: на нем были серый пиджак, белая рубашка и коричневые брюки. Над толстой шеей и отекшим лицом волнились уложенные седые волосы. Он стоял и смотрел на автомеханика, пригнувшегося под открытым капотом.

Автомеханик вскоре тоже заприметил его и, выпрямившись, спросил: — Вы кого-нибудь ищете?

Мужчина с толстой шеей и уложенными волосами ответил: — Нет, я никого не ищу.

Автомеханик, снова склонившись над мотором, сказал: — На Вацлавской площади в Праге стоит человек и блюет. Мимо него идет другой, смотрит на него и печально кивает: «Знали б вы, как я вас понимаю...»

5

Убийство Альенде быстро перекрыло воспоминание о русском вторжении в Чехословакию, кровавая резня в Бангладеш заставила забыть об Альенде, война в Синайской пустыне заглушила стенания Бангладеш, бойня в Камбодже заставила забыть о Синае и так далее и так далее — вплоть до полного забвения всех обо всем.

Во времена, когда история двигалась еще медленно, ее немногочисленные события легко запоминались и создавали общеизвестный *фон,* на котором разыгрывались захватывающие сцены приключений из частной жизни. Сейчас время движется быстрым шагом. Историческое событие, за ночь забытое, уже назавтра искрится росой новизны, и потому в подаче рассказчика является не фоном, а ошеломляющим *приключением,* которое разыгрывается на фоне общеизвестной банальности частной жизни.

Ни одно историческое событие не следует считать общеизвестным, и потому даже о тех из них, что произошли всего лишь несколько лет назад, мне приходится рассказывать как о событиях тысячелетней давности: в 1939 году походным порядком вошла в Чехию немецкая армия и государство чехов перестало существовать. В 1945 году в Чехию походным порядком вошла русская армия и страна вновь стала называться независимой республикой. Люди восторгались Россией, изгнавшей из их страны немцев. А поскольку в чешской коммунистической партии видели ее верного сподвижника, перенесли свою симпатию и на нее. И так случилось, что в 1948 году коммунисты взяли власть не кровью и насилием, а под ликование доброй половины народа. И обратите внимание: та половина, что ликовала, была более активной, более умной, была лучшей половиной.

Да, что бы вы ни говорили, но коммунисты были умнее. У них была грандиозная программа. План совершенно нового мира, в котором все найдут свое место. У тех, кто противостоял им, не было никакой великой мечты, разве что несколько моральных принципов, избитых и скучных, которыми они хотели залатать разодранные штаны установленного порядка. И потому неудивительно, что эти энтузиасты, люди широкого размаха, одержали победу над осторожными соглашателями и стали быстро претворять в жизнь свою мечту: идиллию справедливости для всех.

Подчеркиваю снова: *идиллию* и *для всех*, ибо все люди издавна мечтают об идиллии, о том саде, в котором поют соловьи, о том пространстве гармонии, где мир не восстает на человека, а человек — на себе подобных, где, напротив, мир и все люди созданы из единой материи и огонь, пылающий на небесах, — это огонь, горящий в человеческих душах. Там каждый человек являет собой ноту в прекрасной фуге Баха, а кто не хочет быть ею, останется лишь черной точкой, ненужной и бессмысленной, которую достаточно поймать и раздавить между ногтями, как блоху.

С самого начала иные осознали, что лишены характера, требуемого для идиллии, и захотели покинуть страну. Но поскольку суть идиллии в том, что она мир для всех, пожелавшие эмигрировать продемонстрировали свое неприятие идиллии и вместо того, чтобы уехать за кордон, угодили за решетку. Вскоре туда за ними последовали тысячи и десятки тысяч других, а заодно с ними и многие коммунисты, такие, например, как министр иностранных дел Клементис, водрузивший когда-то на голову Готвальда свою шапку. На киноэкранах держались за руки робкие любовники, супружеская измена сурово каралась гражданскими судами чести, соловьи пели, и тело Клементиса качалось, словно колокол, возвещавший новую зарю человечества.

И тогда эти молодые, умные и решительные люди вдруг обнаружили в себе странное чувство, что они выпустили в мир поступок, который зажил собственной жизнью, перестал походить на их исконные представления и презрел тех, кто его породил. И вот эти молодые и умные начали взывать к своему поступку, воскрешать его, хулить, преследовать, гоняться за ним. Если бы я писал роман о поколении тех одаренных и решительных людей, я назвал бы его *Погоней за утраченным поступком*.

6

Механик захлопнул капот, и Мирек спросил, сколько должен ему. — Ерунда, — ответил тот.

Мирек сел за руль, он был тронут. Ему совсем не хотелось продолжать путь. Куда охотнее он остался бы с механиком и обменялся бы с ним анекдотами. Механик, наклонившись к машине, хлопнул Мирека по плечу и пошел к будке — поднять шлагбаум.

Когда Мирек проезжал мимо, механик кивком указал ему на машину, припаркованную у въезда в мастерскую. Там, склонившись у открытой двери машины, стоял мужчина с толстой шеей и уложенными волосами. Он смотрел на Мирека. Парень, что сидел за рулем, тоже наблюдал за ним. Оба смотрели на Мирека нагло, без стеснения, и Мирек, проезжая мимо, постарался ответить им таким же взглядом.

Миновав их, он увидел в зеркальце заднего обзора, как мужчина вскочил в машину и она, развернувшись дугой, пристроилась к нему в хвост.

Мысль, что надо было раньше избавиться от компромата, тотчас пришла ему в голову. Нельзя было подвергать опасности и себя, и своих друзей. Если бы он сделал это в первый же день своей болезни и не ждал, пока дозвонится до Здены, возможно, ему удалось бы все вывезти без всякого риска. Но сейчас ничто не занимало его так, как поездка к Здене. Впрочем, он думал об этом уже немало лет. Но в последние недели его преследует мысль, что с этим нельзя больше мешкать, ибо его судьба близится к концу и он должен сделать все ради ее совершенства и красоты.

7

Когда в те давние времена он расстался с ней, его опьянило ощущение беспредельной свободы, и все вдруг стало ему удаваться. Вскоре он женился на женщине, чья красота выковала в нем сознание собственного достоинства. Потом его красавица умерла, и он остался один с сыном в какой-то кокетливой сиротливости, вызывавшей восхищение, интерес и заботу многих других женщин.

Он преуспевал и в своей научной работе, и этот успех защищал его. Государство нуждалось в нем, и потому он мог позволить себе отпускать колкости по его адресу еще в ту пору, когда почти никто не отваживался на это. Постепенно, по мере того как те, что в погоне за своим поступком обретали все большее влияние, он тоже все чаще появлялся на телеэкране и сделался весьма заметной фигурой. Когда после прихода русских он отказался предать свои взгляды, его выгнали с работы и обложили легавыми. Это не сломило его. Он был влюблен в свою судьбу, и ему казалось, что его путь к гибели полон величия и красоты.

Поймите меня правильно: я сказал, что он был влюблен в свою судьбу, но не в самого себя. Это две абсолютно разные вещи. Его жизнь как бы обрела самостоятельность и стала вдруг отстаивать исключительно собственные интересы, что далеко не совпадали с интересами самого Мирека. Именно это я и имею в виду, утверждая, что его жизнь превратилась в судьбу. Судьба не думала даже пальцем шевельнуть ради Мирека (ради его счастья, безопасности, хорошего настроения и здоровья), тогда как Мирек готов был сделать все для своей судьбы (для ее величия, ясности, красоты, стиля и внятного смысла). Он чувствовал себя ответственным за свою судьбу, однако его судьба не чувствовала себя ответственной за него.

К своей жизни он относился как скульптор к своему изваянию или романист к своему роману. Одно из неотъемлемых прав романиста — возможность переработать свой роман. Если его не устраивает начало, он волен переписать его или просто вычеркнуть. Но существование Здены лишало Мирека авторских прав. Здена настаивала на том, что она останется на первых страницах романа и вычеркнуть себя не позволит.

8

Но почему, собственно, он так отчаянно стыдится ее?

Скорее всего напрашивается такое объяснение: Мирек с давних пор принадлежал к тем, кто пустился в погоню за собственным поступком, тогда как Здена оставалась приверженной саду, где поют соловьи. А в последнее время она и вовсе относилась к тем двум процентам населения, кто приветствовал русские танки.

Да, это правда, но я не считаю это объяснение достаточно убедительным. Если бы речь шла лишь о том, что она приветствовала русские танки, он осудил бы ее во всеуслышание и не отрицал бы того, что знает ее. Здена провинилась перед ним в гораздо большем. Она была уродлива.

Но много ли значило то, что она была уродлива, коль он не спал с ней более двадцати лет?

А вот и значило: большой нос Здены даже издалека бросал тень на его жизнь.

Несколько лет назад у него была красивая любовница. Однажды она наведалась в город, где проживала Здена, и вернулась оттуда вне себя: — Скажи мне, пожалуйста, как ты мог крутить любовь с этой страшилой?

Он ответил, что знаком был с ней лишь поверхностно, а их интимные отношения опроверг начисто.

Все дело в том, что он был посвящен в великую тайну жизни: женщины не ищут красивых мужчин. Женщины ищут мужчин, обладающих красивыми женщинами. Поэтому уродливая любовница — это роковая ошибка. Мирек пытался замести все следы своей связи со Зденой, а так как любящие соловьев все больше и больше его ненавидели, он надеялся, что и Здена, успешно делавшая карьеру партийной функционерки, быстро и охотно забудет о нем.

Но он ошибался. Она говорила о нем всегда, везде и при любых обстоятельствах. Если он по несчастливой случайности встречал ее в обществе, она всеми правдами и неправдами спешила оживить какое-то воспоминание, явно свидетельствовавшее о том, что когда-то они были близко знакомы.

Он неистовствовал.

— Если ты так ненавидишь эту женщину, объясни мне, почему ты встречался с ней? — задал ему однажды вопрос его приятель, знавший ее.

Мирек стал объяснять ему, что он был тогда двадцатилетним балбесом, а она — старше его, всесильная, уважаемая, все восхищались ею! Она практически знала каждого работника Центрального комитета партии! Помогала ему, продвигала, знакомила с влиятельными людьми!

— Я был карьеристом, пойми же ты, болван! — кричал он. — Напористым, молодым карьеристом! Поэтому я ухватился за нее, и мне было начхать, что она уродлива!

9

Мирек говорил неправду. Здена была того же возраста, что и он. Хоть она и оплакивала смерть Мастурбова, двадцать лет назад у нее не было ни влиятельных связей, ни возможности поспособствовать своей карьере или чьей-либо другой.

23

Тогда почему он это выдумывает? Почему лжет?

Одной рукой он держит руль, в зеркальце заднего обзора видит машину тайных агентов и вдруг покрывается краской. В нем проснулось одно совершенно нежданное воспоминание.

Когда после их первой любовной близости она попрекнула его чересчур интеллигентной манерой вести себя, он решил в следующий раз исправить впечатление и проявить ничем не скованную, необузданную страсть. Нет, неправда, что он забыл обо всех их интимных встречах! Одну из них он видит сейчас абсолютно явственно: он двигался на ней с притворной дикостью, издавая протяжный, рычащий звук, сродни тому, что издает пес, воющий со шлепанцем своего хозяина, и при этом (с легким удивлением) смотрел, как она очень спокойно, тихо и почти безучастно лежит под ним.

Машина оглашалась этим рычанием двадцатилетней давности — мучительным звуком его покорности и рабского усердия, звуком его готовности и приспособленчества, его комичности и убожества.

Да, именно так: Мирек был готов объявить себя карьеристом, лишь бы не признать правды: он встречался с уродиной, потому что посягнуть на красивую женщину не хватало духу. Ни на что большее, чем на Здену, он не смел рассчитывать. Слабодушие и нужда — вот тайна, которую он скрывал.

Машина оглашалась яростным рычанием страсти, и этот звук убеждал его, что Здена лишь магический образ, который он хотел бы стереть, дабы уничтожить в нем свою ненавистную молодость.

Он остановился у ее дома. Машина, преследовавшая его, притормозила сзади.

10

Исторические события по большей части бесталанно похожи одно на другое, однако мне кажется, что в Чехии история провела невиданный эксперимент. Там не просто восстала, согласно старым рецептам, одна группа людей (класс, нация) против другой, а люди (одно поколение людей) восстали против собственной молодости.

Они стремились догнать и укротить собственный поступок, и это им почти удалось. В шестидесятые годы их влияние возрастало все больше и больше, и в начале 1968 года оно стало почти безраздельным. Этот период обычно принято называть *Пражской весной*: стражам идиллии пришлось демонтировать микрофоны в частных квартирах, границы стали открытыми, из партитуры великой фуги Баха убежали ноты, и каждая запела на свой лад. Это было невообразимое веселье, это был карнавал!

Россия, пишущая великую фугу для всего земного шара, не могла допустить, чтобы где-то разбежались ноты. 21 августа 1968 года она направила в Чехию полумиллионную армию. Вслед за этим страну покинуло примерно сто двадцать тысяч чехов, а из тех, что остались, около пятисот тысяч вынуждены были расстаться со своей работой и пойти гнуть спину в мастерские, затерянные в глуши, у конвейеров периферийных фабрик, за рулем грузовиков, то есть в такие места, откуда уже никто никогда не услышит их голоса.

А чтобы даже тень досадного воспоминания не нарушала возрожденной в стране идиллии, Пражскую весну и вторжение русских танков, это пятно на прекрасной истории, необходимо было полностью изгладить из сознания. И потому сейчас в Чехии уже никто не вспоминает годовщину 21 августа, и имена людей, восставших против собственной молодости, тщательно вычеркнуты из памяти страны, как ошибка в школьном задании.

И Мирек один из тех, чье имя было так же вычеркнуто. Если он и поднимается по лестнице к двери Здены, это всего лишь белое пятно, фрагмент едва очерченной пустоты, восходящей по винтовой лестнице.

11

Он сидит напротив Здены, рука качается на перевязи. Здена, избегая его взгляда, косится в сторону и торопливо проговаривает:

— Не знаю, зачем ты приехал. Но я рада, что ты приехал. Я говорила с товарищами. Это была бы полная бессмыслица, проведи ты остаток своей жизни поденщиком на стройке. Я точно знаю, партия еще не закрыла перед тобой двери. Еще есть время.

Он спросил, что ему следует делать.

— Потребуй, чтобы тебя приняли и выслушали. Ты сам должен сделать первый шаг.

Он знал, о чем идет речь. Ему не раз давали понять, что у него есть еще последние пять минут, чтобы вслух заявить о своем отречении от всего, что он когда-либо говорил и делал. Он знает эту торговлю. Они охотно продают людям будущее за их прошлое. Они станут принуждать его пойти на телевидение и, обратившись к народу, покаянным голосом объяснить ему, что он ошибался, высказываясь против России и соловьев. Они станут принуждать его отбросить свою жизнь и стать тенью, человеком без прошлого, актером без роли, и в тень обратить даже свою отброшенную жизнь, даже роль, покинутую актером. И вот, уже обращенному в тень, ему позволят жить.

Он смотрит на Здену: почему она говорит так торопливо и неуверенно? Почему косится в сторону, избегая его взгляда?

Это ему даже очень хорошо понятно: она подстроила для него ловушку. Она действует по поручению партии или полиции. Ее цель — заставить его покориться.

12

Но Мирек ошибался! Никто не поручал Здене вступать с ним в переговоры. О нет, нынче уже никто из сильных мира сего не согласится принять и выслушать Мирека, как бы он ни добивался того. Слишком поздно.

Если Здена и призывает Мирека предпринять какие-то шаги ради его же пользы, утверждая, что об этом просят его самые высокопоставленные товарищи, ею руководит просто беспомощное, растерянное желание как-то помочь ему. И если при этом она говорит столь торопливо и отводит глаза в сторону, то не потому, что держит в руке наготове ловушку, а потому, что руки у нее совершенно пусты.

Понимал ли ее когда-нибудь Мирек?

Он всегда полагал, что Здена потому так яростно предана партии, что она фанатичка от политики.

Но Мирек ошибался. Она осталась верна партии, потому что любила его.

Когда он покинул ее, она мечтала лишь об одном: доказать, что верность в жизни превыше всего. Она хотела доказать, что он неверен *во всем,* а она *во всем* верна. То, что казалось политическим фанатизмом, было лишь предлогом, параболой, манифестом верности, зашифрованным упреком обманутой любви.

Я могу представить себе, как в одно августовское утро ее разбудил неистовый гул самолетов. Она выбежала на улицу, и встревоженные люди сказали ей, что русская армия захватила Чехию. Она разразилась истерическим смехом. Русские танки пришли наказать всех неверных! Наконец она увидит погибель Мирека! Наконец увидит его на коленях! Наконец она сможет склониться над ним, она, знающая, что такое верность, и протянуть ему руку помощи.

Он решил грубо оборвать разговор, уклонившийся в сторону.

— Ты наверняка помнишь, что когда-то я послал тебе уйму писем. Я хотел бы забрать их.

Вскинув в удивлении голову, она спросила: — Письма?

— Да, мои письма. Я тогда послал их тебе не один десяток.

— Да, твои письма, понятно, — говорит она и вдруг, перестав коситься в сторону, смотрит ему прямо в глаза. У Мирека создается неприятное впечатление, что она видит его насквозь и знает совершенно точно, что он хочет и почему хочет.

— Письма, да, твои письма, — повторяет она, — недавно я их снова перечитала. И спрашивала себя, возможно ли, что ты был способен на такой взрыв чувств.

И она еще несколько раз повторяет слова *взрыв чувств,* но произносит их уже не торопливой скороговоркой, а медленно и взвешенно, словно метит в цель, боясь промахнуться, и не сводит с него глаз, словно желая убедиться, что цель достигнута.

13

У груди болтается рука в гипсе, а лицо горит, словно ему дали пощечину.

О да, его письма наверняка были жутко сентиментальны. А как же иначе! Любой ценой он должен был доказать себе, что это не его слабодушие и нужда, а любовь, которая его с ней связывает! И в самом деле, лишь непомерная страсть могла оправдать его близость с этой уродиной.

— Ты написал мне, что я твой соратник по борьбе, помнишь?

Он краснеет еще больше, если это вообще возможно. Какое немыслимо смешное слово *борьба*. Чем была их борьба? Они сидели на бесконечных собраниях, натирая мозоли на задницах, но когда поднимались со стула, чтобы высказать какую-нибудь ужасно радикальную мысль (классовый враг заслуживает еще более сурового наказания, тот или иной взгляд необходимо сформулировать куда решительнее), мнили себя не иначе как фигурами с героических полотен: он падает на землю с пистолетом в руке и кровоточащей раной в предплечье, а она, также с пистолетом в руке, идет вперед, туда, куда ему уже не суждено дойти.

Тогда его кожа была еще усыпана запоздалой пубертатной сыпью, и дабы скрыть ее, он надел на себя маску бунтарства. Любил всем рассказывать, как навсегда порвал с отцом — крестьянином. Он, дескать, плюнул в лицо сто-

летней деревенской традиции, завязанной на земле и собственности. Он рисовал сцену ссоры и свой драматический уход из отчего дома. Но в этом не было и крупицы правды. Оглядываясь сейчас назад, он не видит там ничего, кроме легенды и лжи.

— Ты тогда был совсем другим человеком, — говорит Здена.

И он представил себе, как увозит с собой пачку писем. Он останавливается у ближайшего мусорного бака, брезгливо, двумя пальцами, берет эти письма, словно измаранную дерьмом бумагу, и бросает их в мусор.

14

— Зачем тебе эти письма? — спросила она. — Что ты с ними собираешься делать?

Разве он мог сказать ей, что хочет бросить их в мусорный бак? Придав своему голосу меланхолический тон, он стал говорить ей, что достиг уже того возраста, когда оглядываешься назад.

(Говоря это, он испытывал неловкость, чувствовал, что его россказни звучат неубедительно, и ему было стыдно.)

Да, он оглядывается назад, ибо уже забыл, каким был в молодости. Он понимает, что потерпел крах. И посему хотел бы вернуться к своим истокам, чтобы лучше осознать, где допустил промахи. Вот почему он хочет вернуть-

ся и к своей старой переписке, ибо в ней заключена тайна его молодости, тайна его начал и отправных точек.

Она покачала головой: — Я никогда не отдам их тебе.

— Я хочу их взять только на время, — солгал он.

Она продолжала отрицательно качать головой.

Он вдруг подумал, что где-то здесь рядом в ее квартире лежат его письма, которые она может давать читать кому угодно и когда угодно. Ему казалось невыносимым, что целый кусок его жизни остался в ее руках, и его охватило желание стукнуть ее по голове тяжелой стеклянной пепельницей, стоявшей на столике между ними, и удрать, прихватив с собой письма. Но вместо этого он снова стал ей объяснять, что, оглядываясь назад, он хочет больше узнать о своих истоках.

Она посмотрела на него, взглядом заставила замолчать: — Я никогда не отдам их тебе. Никогда.

15

Провожая его, Здена вышла с ним на улицу; обе машины были припаркованы перед ее домом, одна позади другой. Легавые прохаживались по противоположному тротуару. При виде Мирека и Здены остановились, не сводя с них глаз.

Он кивнул в их сторону: — Эти два господина следуют за мной всю дорогу.

— В самом деле? — спросила она с недоверием, и в ее голосе послышалась явно подчеркнутая ирония. — Все тебя преследуют, не правда ли?

Как она может быть так цинична и говорить ему прямо в лицо, что эти двое, оглядывающие их так нагло и демонстративно, всего-навсего случайные прохожие?

Тому лишь одно объяснение: она играет в их игру. Игру, которая основана на том, что все делают вид, будто никакой тайной полиции не существует и никого не преследуют.

Легавые тем временем перешли улицу и, подойдя к своей машине, на глазах у Мирека и Здены нырнули в нее.

— Всего хорошего, — сказал Мирек, даже не взглянув в сторону Здены. Сел за руль. В зеркальце заднего обзора он видел машину тайных агентов, последовавшую за ним. Здену он не видел. Не хотел ее видеть. Уже никогда не захочет видеть ее.

Поэтому он не знал, что она стояла на тротуаре и долго смотрела ему вслед. У нее был испуганный вид.

Нет, это был не цинизм, когда она отказывалась видеть в мужчинах на противоположном тротуаре тайных агентов. Вещи сверх ее понимания вселяли страх. Она хотела скрыть правду от него и от самой себя.

16

Вдруг между Миреком и машиной тайных агентов вклинился красный спортивный автомобиль, управляемый бешеным гонщиком. Мирек нажал на газ. Они как раз въезжали в небольшой городишко. Дорога делала здесь поворот. Мирек сообразил, что в эту минуту преследователи не видят его, и свернул в маленькую улочку. Резко завизжали тормоза, и переходивший улицу мальчик едва успел отскочить в сторону. В зеркальце заднего обзора Мирек увидел, как по главной магистрали промелькнул красный автомобиль. Но машина преследователей все еще не показывалась. Ему удалось быстро свернуть в следующую улицу и таким образом окончательно исчезнуть из их поля зрения.

Дорога, по которой он выехал из города, тянулась в совершенно ином направлении. Он посмотрел в зеркальце заднего обзора. Никто его не преследовал, дорога была пуста.

Он представил себе, как несчастные шпики ищут его и как трясутся, что шеф крепко пропесочит их. Он вслух рассмеялся. Сбавил скорость и стал оглядывать местность. Никогда прежде он не позволял себе этого. Он всегда куда-то спешил, чтобы устроить или обсудить какие-то дела, и потому пространство мира воспринимал как нечто негативное, как потерю времени, препятствие, тормозившее его деятельность.

Впереди него медленно опускаются два шлагбаума в красно-белую полосу. Он останавливается.

Чувствует себя вдруг безмерно усталым. Зачем он к ней ездил? Почему, собственно, хотел забрать свои письма?

На него обрушивается вся бессмысленность, смехотворность, ребячливость этой поездки. Она не была результатом какого-либо рассуждения или практического интереса, им руководило лишь неодолимое желание. Желание запустить руку в свое далекое прошлое и сокрушить его кулаком. Желание располосовать ножом образ своей молодости. Страстное желание, которое он не умел обуздать и которое так и останется неудовлетворенным.

Он чувствовал себя безмерно усталым. Пожалуй, ему уже не удастся убрать из своей квартиры компрометирующие документы. Все кончится скверно. Они следуют за ним по пятам и уже не спустят его с глаз. Поздно. Да, слишком поздно что-либо сделать.

Издалека донеслось до него пыхтение поезда. У железнодорожной будки стояла женщина в красной косынке. Подходил поезд, медленный пассажирский поезд, из одного окна высовывался дядька с трубкой в руке и плевал. Потом раздался станционный звонок, и женщина в красной косынке, подойдя к шлагбаумам, принялась вертеть рукоятку. Шлагбаумы поднялись, и Мирек тронулся с места. Он въехал в деревню, со-

35

стоявшую из одной бесконечной улицы, в конце которой был вокзал: маленький, низкий белый дом за деревянным забором, сквозь него просматривались платформа и рельсы.

17

Окна вокзала украшены горшками с бегониями. Мирек останавливает машину. Он сидит за рулем и смотрит на это здание, на окно и красные цветочки. Из давно забытого прошлого выплывает образ другого белого дома, чьи подоконники алели цветами бегонии. Это маленькая гостиница в горной деревушке: время летних каникул. В окне среди цветов появляется большой нос. И двадцатилетний Мирек поднимает глаза на этот нос и испытывает безграничную любовь.

Его первый порыв — быстро нажать на газ и избавиться от этого воспоминания. Но на сей раз меня не проведешь: я снова подзываю это воспоминание, чтобы на какое-то время его удержать. Итак, повторяю: в окне среди бегоний Зденино лицо с огромным носом, и Мирек испытывает безграничную любовь.

Возможно ли это?

Да. А почему бы нет? Разве слабак не может испытывать к уродине истинную любовь?

Он рассказывает ей, как восстал против отца-мракобеса, она борется против интеллиген-

36

тов, у обоих мозоли на задницах, они держатся за руки, ходят на собрания, стучат на сограждан, лгут и занимаются любовью. Она оплакивает смерть Мастурбова, он рычит как бешеный пес на ее теле, и один не может жить без другого.

Он стирал ее из альбома своей жизни не потому, что не любил ее, а потому, что любил. Он вымарал ее вместе со своей любовью к ней, он удалил ее, подобно тому как отдел партийной пропаганды удалил Клементиса с балкона, на котором Готвальд произносил свою историческую речь. Мирек такой же переписчик истории, как коммунистическая партия, как все политические партии, как все народы, как любой человек. Люди кричат, что хотят создать лучшее будущее, но это не правда. Будущее — это лишь равнодушная и никого не занимающая пустота, тогда как прошлое исполнено жизни, и его облик дразнит нас, возмущает, оскорбляет, и потому мы стремимся его уничтожить или перерисовать. Люди хотят быть властителями будущего лишь для того, чтобы изменить прошлое. Они борются за доступ в лабораторию, где ретушируются фотоснимки и переписываются биографии и сама история.

Как долго он стоял у этого вокзала?

И что означала эта остановка?

Она ничего не означала.

Он мгновенно вычеркнул это из памяти и тотчас забыл все о белом домике с бегониями.

Он уже снова быстро пересекает местность и не оглядывается по сторонам. Простор мира снова всего лишь препятствие, тормозящее его деятельность.

18

Машина, от которой ему удалось оторваться, была припаркована у его дома. Оба мужчины стояли неподалеку.

Он остановился позади их машины и вышел. Они улыбались ему почти весело, словно бегство Мирека было всего лишь шуточной игрой, приятно всех позабавившей. Когда Мирек проходил мимо них, мужчина с толстой шеей и уложенными седыми волосами засмеялся и кивнул ему. Мирек почувствовал тревогу: это амикошонство обещало в дальнейшем еще более тесную связь между ними.

И глазом не моргнув, он вошел в дом. Своим ключом открыл дверь квартиры. Прежде всего он увидел сына: его взгляд выражал едва сдерживаемое волнение. Незнакомый мужчина в очках подошел к Миреку и предъявил ему удостоверение: — Вы хотите видеть ордер прокурора на домашний обыск?

— Да, — сказал Мирек.

В квартире были еще двое. Один стоял у письменного стола, на котором громоздились кипы бумаг, тетрадей и книг. Все эти вещи он брал поочередно в руки, а второй, сидевший за столом, записывал то, что диктовал ему первый.

Мужчина в очках вынул из нагрудного кармана сложенную бумагу и протянул Миреку: — Вот распоряжение прокурора, а там, — кивнул он в сторону тех двоих у стола, — готовится для вас список конфискованных вещей.

На полу было разбросано множество бумаг, книг, двери шкафа были раскрыты, мебель отодвинута от стен.

Сын, наклонившись к Миреку, сказал: — Они пришли через пять минут после твоего отъезда.

Мужчины у письменного стола продолжали переписывать конфискованные вещи: письма друзей Мирека, документы, датированные первыми днями русской оккупации, заметки, анализирующие политическую обстановку, протоколы их собраний.

— Вы не слишком предусмотрительны по отношению к своим товарищам, — сказал мужчина в очках и кивнул на конфискованные вещи.

19

Те, что эмигрировали (их сто двадцать тысяч), те, кого заставили замолчать и выгнали с работы (их полмиллиона), исчезают, как удаляющаяся во мглу процессия, они невидимы и забыты.

Однако тюрьма, хотя и обнесена со всех сторон стенами, являет собой великолепно освещенную сцену истории.

Мирек это знает давно. Ореол тюрьмы весь последний год неодолимо привлекал его. Так, наверное, самоубийство мадам Бовари привлекало Флобера. Нет, роман своей жизни Мирек не мог бы представить себе с лучшим концом.

Они хотели стереть из памяти тысячи жизней и сохранить в ней лишь одно-единственное незапятнанное время незапятнанной идиллии. Но Мирек, как пятно, распластается во всю длину своего небольшого тела на их идиллии. Он останется на ней, как осталась шапка Клементиса на голове Готвальда.

Они дали Миреку подписать перечень конфискованных вещей, а затем попросили его вместе с сыном следовать за ними. После года предварительного заключения был суд. Мирека приговорили к шести годам лишения свободы, сына — к двум годам, а человек десять его друзей получили от года до шести лет тюрьмы.

вторая часть

МАМА

1

Было время, когда Маркета не любила своей свекрови. В те годы, проживая с Карелом в ее доме (свекр еще здравствовал), она ежедневно натыкалась на ее сварливость и обидчивость. Они не смогли это долго выносить и переехали. *Как можно дальше от матери* — был их тогдашний девиз. Поселились они в городе, находившемся на противоположном конце страны, и потому им случалось видеться с родителями Карела не чаще раза в год.

Потом свекр внезапно умер, и мама осталась одна. Они встретились с ней на похоронах, смиренной, несчастной и показавшейся им меньше, чем была прежде. У них в голове вертелась одна и та же фраза: «мама, теперь ты не можешь оставаться одна, мы возьмем тебя к себе».

Фраза звучала в голове, но ни один из них так и не произнес ее вслух. Тем более, что во время печальной прогулки на следующий день после похорон она, хоть и была все такой же несчастной и маленькой, пеняла им с неуместной, на их взгляд, агрессивностью на все грехи, когда-либо совершенные ими по отношению к ней. «Ее ничто никогда не изменит, — сказал Карел Маркете, когда они уже сидели в поезде. — Печально, но для меня непреложным останется одно — подальше от матери».

Однако шли годы, и если мама и вправду не изменилась, то, вероятно, изменилась Маркета: ей вдруг стало казаться, что все, чем когда-то свекровь оскорбляла ее, лишь невинные глупости, тогда как настоящие промахи допускала она, Маркета, придавая ее придиркам непомерное значение. Тогда она относилась к свекрови, как ребенок к взрослому, но сейчас роли переменились. Маркета взрослая, а мама на таком большом расстоянии кажется ей маленькой и беззащитной, как ребенок. И Маркета, проявив к маме снисходительное терпение, стала с ней даже переписываться. Старая дама очень быстро привыкла к этому, отвечала аккуратно и, требуя от Маркеты все новых и новых писем, заявляла, что только они помогают ей переносить одиночество.

Фраза, родившаяся на похоронах отца, в последнее время все чаще звучала в их головах. И вновь именно сын укрощал доброту невестки, и посему вместо того, чтобы сказать ей: «Мама, мы возьмем тебя к себе», они пригласили ее погостить у них всего одну неделю.

Была Пасха, и их десятилетний сын отправлялся на школьные каникулы. В конце недели, в воскресенье, должна была приехать Ева. А всю неделю, кроме воскресенья, супруги готовы были провести с мамой. Они сказали ей: «Пробудешь у нас с субботы по субботу. На воскресенье у нас кое-что намечено. Едем в одно место». Ничего определенного они ей не сказали, ибо не хотели слишком распространяться о Еве. Карел даже дважды повторил ей в трубку: «Пробудешь у нас с субботы по субботу. На воскресенье у нас кое-что намечено. Едем в одно место». И мама ответила: «Ладно, дети, вы очень добры, вы же знаете, я уеду, когда вы только пожелаете. Хоть ненадолго спасусь от своего одиночества».

Но в субботу вечером, когда Маркета попыталась уточнить, в какое время завтра утром они должны отвезти ее на вокзал, мама четко и прямо сказала, что уедет в понедельник. Маркета удивленно посмотрела на нее, но та стояла на своем: «Карел мне говорил, что на понедельник у вас кое-что намечено, что вы куда-то уезжаете, и потому в понедельник утром я должна убраться отсюда».

Естественно, Маркета могла сказать: «Мама, ты ошибаешься, мы едем уже завтра», но у нее не хватило духу. Да она и не сумела сразу сообразить, куда им завтра надо ехать. Поняв, что они как следует не продумали свою отговорку, она ничего не ответила и смирилась с тем, что мама останется у них и на воскресенье. Она успокоила себя мыслью, что комната мальчика, куда поселили маму, в другом конце коридора и что их планы не будут нарушены.

— Прошу тебя, не сердись, — уговаривала Маркета Карела. — Ты только погляди на нее. Такая бедняжка. Просто сердце сжимается при виде ее.

2

Карел безропотно пожал плечами. Маркета была права, мама действительно изменилась. Была всем довольна, за все благодарна. Карел напрасно поджидал минуту, когда они из-за чего-то столкнутся.

Однажды на прогулке она устремила взгляд вдаль и сказала: «Как называется эта хорошенькая белая деревенька?» Однако это была не деревенька, это были придорожные каменные тумбы. Карел опечалился, что у мамы столь ухудшилось зрение.

Но этот дефект зрения отражал нечто более существенное: то, что для них было большим, ей казалось маленьким, то, что для них было каменными тумбами, для нее — домами.

По правде говоря, эта черта была давно ей присуща. Только когда-то это раздражало их. Так, например, однажды в течение ночи их страну захватили танки соседнего государства. Это был такой шок, такой ужас, что долгое время никто ни о чем другом и думать не мог. Стоял август, в их саду созревали груши. Мама уже за неделю до этого пригласила пана аптекаря прийти собрать урожай. Но пан аптекарь не пришел и даже не извинился. Мама не могла простить ему это, и ее обида доводила Карела и Маркету до бешенства. Все думают о танках, а для тебя важны груши, укоряли они маму. Вскоре они уехали, убежденные в ее мелочности.

Но в самом ли деле танки важнее груш? С течением времени Карел начинал понимать, что ответ уж не столь очевиден, как ему всегда представлялось, и стал испытывать тайную симпатию к маминому видению перспективы, когда на переднем плане большая груша, а где-то далеко позади нее танк, маленький, как божья коровка, готовая в любую минуту взлететь и скрыться из глаз. О да, ведь мама права: танк смертен, а груша вечна.

Когда-то мама хотела знать о сыне все и сердилась, если он утаивал от нее хоть частицу своей жизни. Одним словом, на сей раз они хотели порадовать ее рассказами о том, что они делают, что произошло с ними, какие у них планы. Но вскоре они заметили, что мама слушает их больше из вежливости и на их рассказ отвечает репликами о своем пуделе, которого на время своего отсутствия оставила на попечение соседки.

Прежде он счел бы это эгоцентризмом или мелочностью, но сейчас он думал иначе. Прошло больше времени, чем им казалось. Мама отложила маршальский жезл своего материнства и ушла в другой мир. Как-то раз, когда они были с ней на прогулке, поднялся страшный ветер. Они держали маму с обеих сторон под руки и буквально несли ее, не то ветер сдул бы ее как перышко. Карел растроганно ощущал невесомость мамы, понимая, что она принадлежит к миру иных существ: более маленьких, легких, уносимых малейшим дуновением ветерка.

3

Ева приехала после обеда. На вокзал за ней отправилась Маркета, считая ее своей подругой. Приятельниц Карела она не любила. Но с Евой все было по-другому. Ведь она познакомилась с Евой раньше Карела.

Случилось это лет шесть назад. Они поехали с Карелом отдохнуть на воды. Маркета через день ходила в сауну. Однажды, когда она, обливаясь потом, сидела с другими дамами на деревянной скамье, в сауну вошла высокая обнаженная девушка. Они, хоть и не были знакомы, обменялись улыбками, и девушка тут же заговорила с Маркетой. Поскольку девушка была очень естественна, а Маркета — благодарна ей за проявленное дружелюбие, они быстро подружились.

Маркета была потрясена обаянием Евиной необычности: уже одно то, как она сразу заговорила с ней! Словно они заранее условились там встретиться! Ева вовсе не стала тратить время на общепринятую болтовню о том, что сауна —

вещь полезная и что после нее ужасно хочется есть, а сразу же начала говорить о себе так, как это делают люди, завязывающие знакомство по объявлению и стремящиеся в первом же письме предельно кратко объяснить будущему партнеру, кто они и что собой представляют.

Стало быть, кто такая Ева, по словам самой же Евы? Ева веселый охотник за мужчинами. Но она охотится за ними не ради замужества. Она охотится за ними так, как мужчины за женщинами. Любви для нее не существует. Для нее существует лишь дружба и чувственность. Оттого у нее много друзей: мужчины не боятся, что она хочет их захомутать, женщины же не боятся, что она не прочь отбить у них мужей. Впрочем, даже если когда-нибудь она и выйдет замуж, муж будет ее другом, которому она все позволит и ничего от него не потребует.

Сообщив все это Маркете, она объявила, что у Маркеты отличный *костяк*, а это качество очень ценное, поскольку, на ее, Евин, взгляд у редкой женщины действительно красивое тело. Этот комплимент слетел с ее уст так искренне, что порадовал Маркету больше любой мужской похвалы. Эта девушка просто вскружила Маркете голову. У нее было такое чувство, будто она вступила в царство искренности, и она условилась встретиться с Евой через день в то же время в сауне. Потом она познакомила с ней Карела, но тот в этой дружбе навсегда остался фигурой второго плана.

— У нас мама Карела, — извинительным тоном проговорила Маркета, когда везла Еву с вокзала. — Представлю тебя как свою кузину. Думаю, это тебя не смутит.

— Напротив,— сказала Ева и попросила Маркету сообщить ей некоторые сведения о ее семье.

4

Мама никогда особенно не интересовалась родственниками снохи, но слова «кузина», «племянница», «тетя», «внучка» согревали ее сердце: это был добрый мир близких интимных понятий.

И вновь подтвердилось то, что она давно знала: ее сын — неисправимый чудак. Будто мама могла ему помешать встретиться здесь с родственницей! Она понимает, что им хочется поговорить между собой. Но чтобы ради этого выпроваживать ее на день раньше — не бессмыслица ли это? К счастью, она уже знает, как взять их в оборот. Она просто решила сделать вид, что перепутала день отъезда, а потом чуть ли не смеялась, наблюдая, как славная Маркета не в силах сказать ей, что она должна была уехать уже в воскресенье.

Да, приходится признать, что сейчас они вежливее, чем были когда-то. Прежде Карел безжалостно сказал бы ей, что она должна уехать. А этим маленьким обманом она, собственно, сослужила им вчера неплохую службу. По крайней мере, не придется им корить себя, что напрасно выгнали маму днем раньше в ее одиночество.

Впрочем, она очень рада, что познакомилась с новой родственницей. Это очень милая девушка. (Она ужасно кого-то напоминает ей. Но кого?) Целых два часа ей пришлось отвечать на ее вопросы. Как мама причесывалась в девичестве? Носила косу. Ну конечно, это было еще во времена старой Австро-Венгрии. Вена была столицей. Мамина гимназия была чешской и мама — патриоткой. Ей захотелось спеть им несколько патриотических песен, которые тогда пели. Или почитать стихи! Несомненно, она еще помнит их наизусть. Сразу же после войны (ну конечно, после Первой мировой войны в 1918 году, когда возникла Чехословацкая республика, Бог мой, эта кузина даже не знает, когда возникла республика!) мама читала стихотворение на торжественном собрании в школе. Праздновали падение Австрийской империи. Праздновали независимость! И вдруг, представьте себе, когда она дошла до последней строфы, у нее потемнело в глазах, и она не могла вспомнить эту строфу. Она стояла и молчала, лоб покрылся испариной, ей казалось, что от стыда она провалится сквозь землю. Но вдруг, совершенно неожиданно, раздались бурные аплодисменты! Все думали, что стихотворение кончилось, никто так и не заметил, что недостает заключительной строфы! Но мама все равно была в отчаянии, ей было так стыдно, что она скрылась в туалете, заперлась там, и самому пану директору, прибежавшему за ней, пришлось долго стучать в дверь и умолять ее не плакать и выйти оттуда: ведь у нее огромный успех!

Кузина смеялась, а мама долго не сводила с нее глаз: — Вы мне кого-то напоминаете, Боже, кого вы мне напоминаете...

— Но после войны ты уже не ходила в школу, — заметил Карел.

— Мне лучше знать, когда я ходила в школу, — сказала мама.

— Ты получила аттестат зрелости в последний год войны. Мы тогда были еще в составе Австро-Венгрии.

— Я прекрасно знаю, когда я получила аттестат, — рассердилась мама. Но уже в ту минуту она поняла, что Карел не ошибается. В самом деле, она кончила школу во время войны. Так откуда же возникло это воспоминание о торжественном вечере после войны? Мама вдруг почувствовала себя неуверенно и замолчала.

И в этой короткой тишине раздался голос Маркеты. Она обратилась к Еве, и ее слова не имели никакого отношения ни к маминой декламации, ни к 1918 году.

Мама, преданная неожиданным равнодушием и провалом собственной памяти, чувствует себя одинокой в своих воспоминаниях.

— Развлекайтесь, дети, вы молоды, у вас есть о чем потолковать, — говорит она и, переполненная внезапным неудовольствием, удаляется в комнату внука.

5

С растроганной симпатией смотрел Карел на Еву, задававшую маме вопрос за вопросом. Он знает ее уже десять лет, и она всегда была такой. Непосредственной и смелой. Он познакомился с ней (тогда он жил с Маркетой еще у своих родителей) почти так же быстро, как несколькими годами позже познакомилась с ней его жена. Однажды в своей конторе он получил письмо от незнакомой девушки. Она писала, что знает его только по внешнему виду, но решила написать ему, поскольку никакие условности для нее ровным счетом ничего не значат, ежели мужчина ей нравится. В данном случае ей нравится Карел, а она женщина-охотник. Охотник за незабываемыми ощущениями. И признает она не любовь, а лишь дружбу и чувственность. В конверт была вложена фотография обнаженной девушки в вызывающей позе.

Поначалу Карел решил не отвечать, предполагая, что за этим стоит просто розыгрыш. Но в конечном счете он не устоял и, написав девушке по указанному адресу, пригласил ее в квартиру своего друга. Ева пришла: высокая, худая, плохо одетая. Она походила на долговязого подростка, одетого в бабушкино платье. Усевшись напротив Карела, она стала выкладывать ему, что условности для нее ровно ничего не значат, если какой-нибудь мужчина ей нравится. И что признает она только дружбу и чувственность. На ее лице прочитывались смущенность и напряжение, и Карел испытывал к ней скорее какое-то братское сочувствие, чем желание. Но потом подумал, что грех упускать любую возможность.

— Замечательно, — подбодрил он ее, — когда встречаются два охотника.

Это были первые слова, которыми Карел нарушил торопливое девичье признание, и Ева тотчас оживилась, сбросив с себя бремя ситуации, которое она почти четверть часа героически несла в одиночку.

Он сказал ей, что она красива на присланной ему фотографии, и спросил (провоцирующим голосом охотника), возбуждает ли ее показываться обнаженной.

— Я эксгибиционистка, — сказала она таким же тоном, как если бы признавалась, что она баскетболистка.

Он сказал, что не прочь бы это увидеть.

Облегченно выпрямившись, она спросила, есть ли в квартире проигрыватель.

Да, проигрыватель был, но у друга имелась лишь классическая музыка, Бах, Вивальди, оперы Вагнера. Карел счел бы странным, начни девушка раздеваться под арию Изольды. Ева тоже была недовольна пластинками. «Нет ли здесь какой-нибудь поп-музыки?» Нет, поп-музыки здесь не было. Делать нечего, в конце концов ему пришлось поставить фортепианную сюиту Баха. Он сел в угол комнаты для лучшего обзора.

Ева попыталась двигаться в ритме мелодии, но спустя минуту-другую объявила, что под эту музыку ничего не получается.

— Раздевайся и не болтай, — прикрикнул он строго.

Божественная музыка Баха наполнила комнату, и Ева послушно продолжала крутить бедрами. Под музыку, столь нетанцевальную, она двигалась ужасно напряженно, и Карелу подумалось, что путь от ее первого движения, когда она отбросила кофточку, и до последнего, когда отбросила трусики, должен представляться ей бесконечным. В комнате звучало фортепьяно, Ева кружилась в танце, постепенно сбрасывая на пол предметы своей одежды. На Карела она ни разу даже не взглянула. Сосредоточенная на себе и на своих движениях, она походила на скрипачку, которая играет наизусть сложное сочинение и боится отвлечься, кинув взгляд в публику. Раздевшись донага, она повернулась к стене, уткнулась в нее лбом и просунула руку между бедрами. Карел мгновенно тоже разделся и с упоением наблюдал подрагивавшую спину мастурбирующей девушки. Это было восхитительно, и вполне понятно, что с тех пор он никогда не давал Еву в обиду.

Впрочем, она была единственной женщиной, которую не раздражала любовь Карела к Маркете. «Твоя жена должна понять, что ты ее любишь, но что ты охотник и эта охота не угрожает ей. Хотя все равно ни одна женщина этого не поймет. Нет, ни одна женщина не поймет мужчину», — добавила она грустно, будто сама была этим непонятым мужчиной.

Потом она предложила Карелу сделать все, чтобы помочь ему.

6

Комната внука, куда мама ретировалась, была удалена от гостиной едва на шесть метров и отделена лишь двумя тонкими стенами. Мамина тень была постоянно с ними, и Маркета чувствовала себя стесненно.

К счастью, Ева не закрывала рта. С тех пор как они не виделись, произошло многое: она переехала в другой город и, главное, вышла там замуж за умного пожилого человека, обретшего в ней независимую подругу, ибо, насколько нам известно, Ева обладает великим даром дружбы, тогда как любовь с ее эгоизмом и истеричностью не признает вовсе.

Кроме того, она перешла на другую работу. Жалованье приличное, но дел невпроворот. Завтра утром ей надо быть там.

— Что? Когда же ты собираешься уехать? — ужаснулась Маркета.

— В пять утра идет скорый.

— Господи, Евочка, тебе придется вставать в четыре! Кошмар! — И тут она почувствовала если не злость, то какую-то горечь, что мама Карела осталась у них. Ведь Ева живет далеко, у нее мало времени, и все же она выкроила это воскресенье для Маркеты, которая теперь не может уделить ей столько внимания, сколько хотелось бы, ибо здесь постоянно маячит призрак мамы Карела.

У Маркеты испортилось настроение, а так как беда не ходит одна, тут еще зазвонил телефон. Карел поднял трубку. Его голос звучал неуверенно, ответы были подозрительно лаконичны и многозначительны. Маркете казалось, что он выбирает слова осторожно, чтобы скрыть смысл своих фраз. Она не сомневалась, что он назначает свидание какой-то женщине.

— Кто это был? — спросила она. Карел ответил, что коллега из соседнего города собирается приехать на следующей неделе и обсудить с ним кой-какие дела. С этой минуты Маркета не проронила ни слова.

Была ли она так ревнива?

Несколько лет назад, в первый период их любви, несомненно, была. Но шли годы, и то, что сегодня она воспринимает как ревность, скорее просто привычка.

Скажем об этом еще иначе: всякая любовная связь основывается на неписаном соглашении, которое любовники необдуманно заключают в первые недели любви. Они еще витают в облаках, но одновременно, даже не сознавая того, составляют, точно неуступчивые юристы, подробные условия договора. О, любовники, будьте осмотрительны в эти опасные первые дни! Если станете приносить своему партнеру завтрак в постель, вам придется делать это вечно, а не то вас обвинят в нелюбви и измене!

Уже в первые недели между Карелом и Маркетой было договорено, что Карел будет неверен, и Маркета с этим смирится, но зато Маркета получит право быть лучшей, а Карел будет чувствовать себя перед ней виноватым. Никто не знал так хорошо, как Маркета, до чего печально быть лучшей. Она была лучшей только потому, что ничего лучшего ей не было дано.

Конечно, в глубине души Маркета понимала, что этот телефонный разговор сам по себе ничтожен, но дело было не в том, каким *был* этот разговор, а что он собой *представлял*. С красноречивой лаконичностью он выражал всю суть ее жизни: она делает все ради Карела и для Карела. Она заботится о его матери. Она знакомит его со своей лучшей подругой. Она дарит ему ее. Исключительно ради него и его удовольствия. А почему она все это делает? Почему старается? Почему, точно Сизиф, толкает в гору свой камень? Но что бы она ни делала, душой Карел не с ней. Он договаривается о встрече с другой женщиной и постоянно от нее ускользает.

В гимназии она была неуправляема, неугомонна, даже излишне полна жизни. Старый учитель математики любил подшучивать над ней: «За вами, Маркета, никому не уследить! Заранее сочувствую вашему мужу!» Она горделиво смеялась, эти слова звучали для нее счастливым предсказанием. А потом вдруг, неведомо как, вопреки ее ожиданию, вопреки ее воле и вкусу выпала ей совершенно иная роль. А все потому, что она была недостаточно предусмотрительна в ту самую неделю, когда так безотчетно составляла договор.

Ее уже не забавляет — всегда быть лучшей. Все годы супружества вдруг навалились на нее тяжким грузом.

7

Маркета все больше мрачнела, и лицо Карела исказилось гневом. Еву охватила паника. Она чувствовала себя ответственной за их супружеское счастье и потому старалась чрезмерной разговорчивостью рассеять сгустившиеся в комнате тучи.

Но это было свыше ее сил. Карел, раздраженный столь очевидной на сей раз несправедливостью, упорно молчал. Маркета, чувствуя себя не способной ни совладать со своей горечью, ни вынести гнева мужа, удалилась в кухню.

Ева тем временем пыталась убедить Карела не портить вечер, о котором они так долго мечтали. Но Карел был неумолим: «Однажды наступает минута, когда уже невозможно выдержать. Я устал! Меня все время в чем-то обвиняют. Мне надоело чувствовать себя все время виноватым! Из-за такой ерунды! Из-за такой ерунды! Нет, нет. Я не могу ее видеть. С меня довольно!» Он продолжал твердить одно и то же, и умоляющие уговоры Евы даже не хотел слушать.

В конце концов она оставила его одного и пошла к Маркете, которая, притаившись в кухне, понимала: случилось то, что не должно было случиться. Ева пыталась доказать ей, что этот телефонный звонок отнюдь не оправдывает ее подозрения. Маркета, в глубине души сознавая, что на этот раз она не права, отвечала: «А если я уже не могу больше. Все время одно и то же. Год за годом, месяц за месяцем, все время одни женщины и одно вранье. Я уже устала. Устала. С меня довольно!»

Ева поняла, что ни с одним из супругов ей не договориться. И она решила, что тот туманный замысел, с которым она сюда приехала и в порядочности которого поначалу сомневалась, был правилен. Если она призвана помочь им, то не должна бояться действовать по своему усмотрению. Эти двое любят друг друга, но нуждаются в том, чтобы кто-то снял с них бремя, которое они несут. Чтобы освободил их. Поэтому план, с которым она сюда приехала, касался не только ее собственных интересов (да, несомненно, прежде всего он касался ее интересов, и именно это отчасти мучило ее, ибо в отношении своих друзей она никогда не хотела быть эгоисткой), но и интересов Маркеты и Карела.

— Что мне делать? — спросила Маркета.

— Ступай к нему. Скажи, что не сердишься.

— Но я не могу его видеть. С меня довольно!

— Тогда опусти глаза. Это будет еще трогательнее.

8

Вечер спасен. Маркета торжественно достает бутылку и подает ее Карелу, чтобы он откупорил ее величественным жестом стартера, открывающего на Олимпиаде заключительный забег. Вино струится в три бокала, и Ева виляющей походкой идет к проигрывателю, выбирает пластинку и затем, уже под звуки музыки (на сей раз это не Бах, а Дюк Эллингтон) продолжает кружить по комнате.

— Как по-твоему, мама уже спит? — спрашивает Маркета.

— Пожалуй, было бы разумнее пожелать ей покойной ночи, — советует Карел.

— Если пойти пожелать ей покойной ночи, она снова разговорится, и еще один час насмарку. Ты же знаешь, Еве очень рано вставать.

Маркета считает, что сегодня они и так потеряли уйму времени. Она берет подругу за руку и вместо того, чтобы отправиться к маме, уходит с ней в ванную комнату.

Карел остается в комнате один на один с музыкой Эллингтона. Он счастлив, что тучи ссоры рассеялись, но от предстоящего вечера уже ничего не ждет. Эта ничтожная история с телефоном вдруг открыла ему то, в чем он долго отказывался признаться себе: он устал и ему ничего больше не хочется.

Много лет назад Маркета принудила его заниматься любовью втроем, с ней и любовницей, к которой ревновала его. Тогда это предложение возбудило Карела до головокружения! Но особой радости тот вечер ему не принес. Напротив, это было чудовищное напряжение! Обе женщины перед ним целовались и обнимались, но ни на мгновение не переставали быть соперницами, пристально наблюдавшими, к кому из них он внимательнее и с кем нежнее. Он осторожно взвешивал каждое слово, отмерял каждое прикосновение и больше, чем любовником, был дипломатом, мучительно-предупредительным, заботливым, порядочным и справедливым. И все равно сплоховал. В какую-то минуту посреди любовного акта расплакалась любовница, затем в глубокое молчание погрузилась Маркета.

Если бы он мог поверить, что Маркета нуждалась в их маленьких оргиях из чистой чувственности — как худшая из них двоих, — они наверняка радовали бы его. Но поскольку уже с самого начала было установлено, что этим худшим будет он, в беспутстве Маркеты он видел лишь ее болезненную жертвенность, ее благородное стремление соответствовать его полигамным наклонностям и превратить их в живительную силу их супружеского счастья. Он постоянно угнетен видом ее ревности, этой раны, которую он обнаружил в первые же годы их любви. Когда он видел Маркету в объятиях другой женщины, ему хотелось упасть перед ней на колени и вымолить прощенье.

Но разве беспутные игры — упражнение в раскаянии?

И однажды его осенила мысль: уж коли любовь втроем призвана быть чем-то веселым, у Маркеты не должно быть ощущения, что она встречается со своей соперницей. Ей надо привести к ним свою подругу, которая не знает Карела и не интересуется им. Поэтому он и придумал эту хитрую встречу Маркеты с Евой в сауне. План удался: обе женщины стали подругами, союзницами, заговорщицами, которые насиловали его, играли с ним, проезжались по его адресу и вместе мечтали о нем. Карел надеялся, что Еве удастся вытеснить болезненность любви из сознания Маркеты и он наконец обретет свободу и перестанет быть обвиняемым.

Но сейчас он убеждается в том, что установленное годы назад уже никак нельзя изменить. Маркета остается все той же, прежней, а он — вечно обвиняемым.

Почему же, однако, он познакомил Еву с Маркетой? Почему он обладал ими обеими? Ради кого он все это затеял? Любой другой уже давно сделал бы Маркету веселой, чувственной и счастливой. Любой, кроме Карела. Он казался себе Сизифом.

В самом ли деле Сизифом? Разве не Маркета только что сравнивала себя с Сизифом?

Да, за эти годы супруги стали близнецами, у них один и тот же словарь, одни и те же фантазии, одна и та же участь. Они оба дарили друг другу Еву, чтобы сделать партнера счастливым. Им обоим казалось, что они катят в гору камень. И оба устали.

Из ванной до Карела доносился звук плещущейся воды и смех обеих женщин, и тут он осознал, что ему никогда не удавалось жить так, как хотел, иметь женщин, которых хотел, и иметь их так, как хотел их иметь. Он мечтал убежать куда-нибудь, где он мог бы соткать собственную историю, один, по-своему и без пригляда любящих глаз.

Впрочем, он даже не стремился к тому, чтобы соткать какую-либо историю, он просто хотел быть один.

9

Опрометчиво было со стороны Маркеты, не очень прозорливой в своем нетерпении, не пойти пожелать маме покойной ночи и считать, что та уже спит. За время пребывания у сына мысли мамы необыкновенно оживились, а нынешним вечером и вовсе стали непоседливыми. Причиной тому была эта симпатичная родственница, упорно напоминавшая ей кого-то из ее молодости. Только кого она напоминает ей?

Наконец она все-таки вспомнила: Нора! Да, точно такая же фигура, такая же манера держать стан, вышагивая по свету на красивых длинных ногах.

Норе не хватало нежности и скромности, и мама часто бывала уязвлена ее поведением. Но сейчас она об этом не думает. Куда важнее для нее то, что здесь неожиданно она нашла обломок своей молодости, привет из полувековой давности. Она рада, что все когда-то ею прожитое постоянно с ней, окружает ее в одиночестве, говорит с нею. Пусть Нору она никогда не любила, теперь она радуется тому, что встретила ее здесь, да при этом еще совершенно покорную, воплотившуюся в ту, что к ней столь почтительна.

Сразу, как только это осенило ее, она собралась было бежать к ним. Но совладала с собой, памятуя о том, что сегодня она здесь лишь благодаря хитрости и что эти двое безумцев хотели остаться со своей родственницей без посторонних. Ну что ж, пусть вволю насекретничаются! Здесь в комнате внука ей нисколько не скучно. Тут вязанье, книги, а главное, есть о чем поразмыслить. Карел задурил ей голову. Да, он прав был, она кончила гимназию еще во время войны. Спутала даты. Вся эта история с декламацией, когда она забыла последнюю строфу, произошла по меньшей мере на пять лет раньше. Пан директор действительно стучал в дверь туалета, где она заперлась, обливаясь слезами. Только ей тогда было лет тринадцать, не больше, и это был школьный праздник перед Рождеством. На сцене стояла украшенная елочка. Дети пели колядки, а потом она читала стихотворение. Перед последней строфой потемнело в глазах, и она не смогла продолжать.

Маме стыдно за свою память. Что сказать Карелу? Признаться, что ошиблась? Все равно они считают ее уже старушкой. Они очень ласковы с ней, в самом деле, но от мамы не ускользает и то, что они относятся к ней как к ребенку, с какой-то снисходительностью, которая не по душе ей. Признай она правоту Карела и скажи, что детский рождественский праздник спутала с политическим собранием, они снова выросли бы на несколько сантиметров, а она почувствовала бы себя еще меньше. Ну уж нет, такой радости она им не доставит.

Просто скажет им, что на том празднике после войны она действительно декламировала. Хотя к тому времени она уже получила аттестат зрелости, но пан директор помнил свою бывшую ученицу и, считая ее лучшей декламаторшей, пригласил прийти и прочесть стихотворение. Это была огромная честь! Но мама заслужила ее! Она была большая патриотка! Они ведь и понятия не имеют, каково было, когда после войны распалась Австро-Венгрия! Вот это радость! А сколько песен, флагов! И снова ее охватило неудержимое желание побежать к сыну и снохе и рассказать им о мире своей юности.

Впрочем, теперь она чувствовала себя почти обязанной пойти к ним. Конечно, и то правда, что она обещала им не мешать, но ведь это только половина правды. Вторая ее половина в том, что Карел не понимал, как она могла после войны декламировать на торжественном собрании гимназии. Мама — старая женщина, память ей уже не служит, как прежде, потому-то она и не сумела сразу объяснить это сыну, но теперь, когда она наконец вспомнила, как все было на самом деле, она не может пропустить его вопрос мимо ушей. Как-то даже неловко. Она пойдет к ним (кстати, о чем таком важном они могут беседовать?) и попросит извинения: она вовсе не хочет мешать им и определенно не пришла бы сюда, не спроси ее Карел, как это она могла декламировать на торжественном собрании гимназии, если к тому времени уже ее кончила.

Тут она услыхала, как кто-то открывает и закрывает дверь. Приложила ухо к стене. Послышались два женских голоса, и дверь снова открылась. Потом раздался смех и пуск воды. Она подумала, что обе девушки, видно, готовятся ко сну. Сейчас самое время, если она хочет еще немного поболтать со всеми тремя.

10

Мамино возвращение — это была рука, которую с улыбкой протягивал Карелу некий веселый бог. Чем неуместнее оно было, тем удачнее получилось. Ей и не понадобилось извиняться, Карел тут же засыпал ее участливыми вопросами: что она делала всю вторую половину дня, не было ли ей грустно и почему она не заглянула к ним.

Мама стала объяснять ему, что у молодых людей всегда находится уйма тем для разговоров, и старый человек должен понимать это и не мешать им.

Но тут вдруг послышалось, как в дверь врываются обе громко болтающие девушки. Первой была Ева, одетая в синюю рубашку, доходившую ровно до того места, где кончался черный пушок треугольника. Увидев маму, Ева испугалась, но дать задний ход уже не успела, пришлось улыбнуться маме и пройти дальше по комнате к креслу, в котором она попыталась быстро спрятать свою едва прикрытую наготу.

Карел знал, что за Евой следует Маркета, которая наверняка будет в вечернем туалете, а это на их общем языке означало, что на шее у нее будут только бусы, а талия опоясана красной лентой. Он сознавал, что необходимо что-то сделать, чтобы помешать ее приходу и избавить маму от шока. Но что он мог сделать? Разве только крикнуть «Не входи сюда»? Или

«Быстро оденься, здесь мама»? Возможно, нашелся бы и более ловкий способ задержать Маркету, но у Карела на раздумье было не более одной-двух минут, в течение которых ему вообще ничего не пришло в голову. Напротив, его наполнила какая-то восторженная вялость, лишавшая его присутствия духа. И потому он не сделал ничего: Маркета появилась на пороге комнаты действительно нагая: лишь бусы обвивали ее шею, а лента — талию.

И как раз в эту минуту мама, повернувшись к Еве, сказала с очень вежливой улыкой: «Вы, верно, собираетесь спать, а я здесь вас задерживаю». Ева, видя Маркету краем глаза, сказала «нет» или почти выкрикнула это «нет», словно хотела своим голосом прикрыть тело подруги, которая наконец-то опомнилась и отступила в переднюю.

Когда спустя минуту она вернулась уже одетая в длинный пеньюар, мама снова повторила только что сказанное Еве: — Маркета, я задерживаю вас здесь, вы, наверное, хотите спать.

Маркета уже готова была согласиться с ней, но Карел весело покачал головой: «Что ты, мама, мы рады, что ты здесь с нами». И так мама наконец получила возможность рассказать им, как обстояло дело с декламацией на торжественном собрании после Первой мировой войны, когда распалась Австро-Венгрия и пан директор пригласил бывшую ученицу гимназии прийти прочитать патриотическое стихотворение.

Обе молодые женщины не понимали, о чем мама рассказывает, но Карел слушал ее с интересом. Я хочу уточнить это утверждение: история о забытой строфе его нисколько не интересовала. Он слышал ее много раз, и столько же раз забывал о ней. То, что вызывало у него интерес, была не история, рассказанная мамой, а мама, рассказывавшая историю. Мама и ее мир, подобный большой груше, на который уселся русский танк, как божья коровка. Дверь туалета, в которую стучится доброжелательный кулак пана директора, выступала на первый план, и жадная нетерпеливость обеих молодых женщин была за ней едва различима.

Карелу это очень нравилось. С наслаждением он смотрел на Еву и на Маркету. Их нагота нетерпеливо трепетала под рубашкой одной и пеньюаром другой. С растущим удовольствием он задавал вопрос за вопросом о пане директоре, о гимназии, о Первой мировой войне и в конце концов попросил маму прочесть им патриотическое стихотворение, последнюю строфу которого она забыла.

Мама задумалась, а потом очень сосредоточенно начала читать стихотворение, с которым выступала на школьном вечере, когда ей было тринадцать. Нет, это было не то патриотическое стихотворение, а стишки о рождественской елке и вифлеемской звезде, но этой детали никто не заметил, даже сама мама. Она думала лишь о том, вспомнит ли последнее четверостишье.

И она вспомнила. Светила вифлеемская звезда, и три короля дошли до ясель. Она была взбудоражена этим успехом, смеялась и, гордясь собой, качала головой.

Ева начала аплодировать. Мама, посмотрев на нее, вдруг вспомнила о том главном, о чем хотела сказать им: — Знаешь, Карел, кого мне напоминает ваша кузина? Нору!

11

Карел поглядел на Еву и не мог поверить своим ушам: — Нору? Пани Нору?

Со времен своего детства он хорошо помнил мамину подругу. Это была ослепительно красивая женщина, высокая, с великолепным лицом повелительницы. Карел не любил ее, неприступную гордячку, но при этом не мог оторвать от нее глаз. Черт подери, какое сходство между нею и веселой Евой?

— Вот именно, — продолжала мама, — Нора! Ты только посмотри на нее! Та же высокая фигура! И та же походка! И лицо!

— Встань, Ева, — сказал Карел.

Ева боялась встать: была не уверена, достаточно ли прикрывает короткая рубашка ее самое сокровенное место! Но Карел был так настойчив, что ей пришлось в конце концов подчиниться. Она встала и, опустив руки по швам, неприметно старалась оттянуть рубашку вниз.

Карел стал пристально вглядываться в нее, и вдруг ему и впрямь показалось, что она похожа на Нору. Сходство было отдаленным, едва уловимым, обнаруживаясь лишь в коротких, тотчас меркнувших, взблесках, но Карел стремился удержать их как можно дольше, мечтая беспрерывно видеть в Еве красивую Нору.

— Повернись спиной, — приказал он.

Ева не хотела поворачиваться, ни на минуту не забывая о своей наготе под рубашкой. Но Карел продолжал настаивать, хотя теперь возражала и мама: — Не станешь же ты муштровать барышню, точно солдата!

— Нет, нет, я хочу, чтобы она повернулась спиной, — настаивал на своем Карел, и Ева наконец послушалась.

Не следует забывать, что мама очень плохо видела. Придорожные каменные тумбы казались ей деревенькой, Ева сливалась с образом пани Норы. Но если прищурить глаза, Карел тоже мог бы принять тумбы за домики. Разве не завидовал он всю эту неделю маминому видению перспективы? Вот и сейчас он прищуривал глаза и видел перед собой вместо Евы давнюю красавицу. О ней хранил он незабываемое и тайное воспоминание. Ему было около четырех лет, он с мамой и пани Норой находился на каком-то курорте (он и понятия не имеет, где это было), и однажды ему пришлось их ждать в пустой раздевалке. Он терпеливо, в одиночестве, стоял там среди висевшей женской одежды. Вскоре в помещение вошла высокая, прекрасная, нагая женщина и, повернувшись к ребенку спиной, потянулась к стенной вешалке, где висел ее купальный халат. Это была Нора.

Образ этого напряженно вытянутого нагого тела, увиденного им со спины, так никогда и не рассеялся в его памяти. Он был маленький и смотрел на это тело снизу вверх, как если бы сейчас смотрел на пятиметровую статую. Он был рядом с этим телом и одновременно бесконечно удален от него. Удален вдвойне. Удален в пространстве и во времени. Это тело вздымалось над ним куда-то далеко ввысь и было отделено необозримым множеством лет. Эта двойная даль вызвала у четырехлетнего мальчика головокружение. И сейчас он почувствовал его вновь с непомерной силой.

Он смотрел на Еву (она все время стояла к нему спиной) и видел пани Нору. Он был удален от нее на два метра и на одну-две минуты.

— Мама, — сказал он, — ты прекрасно поступила, что пришла поболтать с нами. Но девушки уже хотят спать.

Мама скромно и послушно ушла, и он тотчас стал рассказывать обеим женщинам, что сохранила его память о пани Норе. Он присел на корточки перед Евой и снова повернул ее к себе спиной, чтобы глазами пройтись по следам давнишнего мальчишеского взгляда.

Усталость как рукой сняло. Он повалил ее на пол. Она лежала на животе, он стоял на коленях у ее пяток, скользя взглядом по ее ногам к ягодицам, а потом бросился на нее и овладел ею.

У него создалось ощущение, будто этот прыжок на ее тело не иначе как прыжок через необозримое время, прыжок мальчика, который бросается из возраста детства в возраст мужчины. И потом, когда он двигался на ней, вперед и назад, ему казалось, что он проделывает все то же движение из детства в зрелость и обратно, движение от мальчика, беспомощно взирающего на огромное женское тело, к мужчине, который это тело сжимает и укрощает. Это движение, обычно измеряемое едва ли пятнадцатью сантиметрами, было длиной в три десятилетия.

Обе женщины приспособились к его буйству, и он вскоре перешел от пани Норы к Маркете и потом снова к пани Норе и снова в том же порядке. Продолжалось это слишком долго, и ему пришлось сделать небольшую паузу. Это было прекрасно, он чувствовал себя сильным, как никогда прежде. Опустившись в кресло, он не сводил глаз с двух женщин, лежавших перед ним на широкой тахте. В этот короткий миг передышки он видел перед собой не пани Нору, а своих двух подруг, свидетельниц его жизни, Маркету и Еву, и представлял себя великим шахматистом, только что одолевшим соперников на двух шахматных досках. Это сравнение ему настолько понравилось, что, не сумев сдержаться, он высказал его вслух: — Я Бобби Фишер! Я Бобби Фишер! — смеясь выкрикивал он.

12

В то время как Карел выкрикивал, что он Бобби Фишер (примерно в это время тот выиграл в Исландии чемпионат мира по шахматам), Ева и Маркета лежали на тахте, прижавшись друг к другу, и Ева шепнула подруге на ухо: — Договорились?

Маркета ответила: «Договорились», — и крепко прильнула губами к ее губам.

Когда они час назад были одни в ванной комнате, Ева попросила ее (это был тот план, с которым она и приехала сюда) как-нибудь нанести ей ответный визит. Она с радостью пригласила бы ее вместе с Карелом, но Карел и муж Евы ревнивы и ни один из них не выдержит присутствия другого.

Сначала Маркете показалось невозможным согласиться с этим предложением, но она смолчала и лишь засмеялась. Однако чуть позже, уже в комнате, где болтовня мамы Карела едва касалась ее слуха, идея Евы сделалась вдруг столь навязчивой, сколь неприемлемой показалась в первую минуту. Призрак Евиного мужа был с ними.

А когда Карел стал твердить, что он четырехлетний мальчик и, присев на корточки, уставился снизу на стоявшую Еву, ей почудилось, будто он и вправду преобразился в четырехлетнего, будто он бежал от нее в свое детство, оставив их здесь вдвоем с его немыслимо неутомимым телом, таким механически мощным, что казалось безличным, опустошенным и готовым вместить в себя любую душу, какую только можно придумать. Пусть даже душу Евиного мужа, этого совершенно незнакомого человека, без лица и облика.

Маркета давала этому механическому мужскому телу любить себя, затем смотрела, как это тело бросает себя между ног Евы, но старалась не видеть лица и думать, что это тело незнакомца. Это был бал масок. Карел надел на Еву маску Норы, на себя маску ребенка, а Маркета сняла голову с его тела. Это было тело мужчины без головы. Карел исчез, и случилось чудо: Маркета была свободна и весела!

Хочу ли я тем самым подтвердить подозрение Карела, полагавшего, что их маленькие домашние оргии были до сих пор для Маркеты всего лишь жертвенностью и страданием?

Нет, это было бы излишним упрощением. Маркета действительно мечтала, телом и чувствами, о женщинах, которых считала любовницами Карела. И даже головой мечтала о них: следуя пророчеству старого учителя математики, она хотела — по крайней мере в границах злосчастного договора — быть предприимчивой, шаловливой и поражать Карела.

Но когда она оказалась с ними нагой на широкой тахте, чувственные фантазии стали улетучиваться из головы, и один лишь вид мужа постепенно возвращал ее назад в роль, в роль той, кто лучше и кому причиняют боль. И хотя она была с Евой, которую любила и к которой не ревновала, присутствие слишком любимого мужчины тяжко угнетало ее и приглушало наслаждение чувств.

В тот момент, когда она сняла голову с его тела, она ощутила незнакомое и пьянящее прикосновение свободы. Анонимность тел была внезапно обретенным раем. С удивительной радостью она изгоняла из себя свою израненную и чересчур бдительную душу и превращалась просто в тело без прошлого и без памяти, но тем более восприимчивое и жадное. Она нежно гладила Евино лицо, в то время как тело без головы мощно двигалось на ней.

Но потом вдруг безглавое тело прекратило свои движения, и голосом, неприятно напоминавшим Карела, произнесло невероятно дурацкую фразу: — Я Бобби Фишер! Я Бобби Фишер!

Было так, словно будильник вырвал ее из сновидения. И в эту самую минуту она прижалась к Еве (как проснувшийся соня льнет к подушке, пытаясь скрыться от хмурого света дня), и Ева спросила ее: «Договорились?», и она, согласно кивнув, прильнула к ней губами. Маркета всегда любила Еву, но сегодня впервые она любила ее всеми своими чувствами, за ее самое, за ее тело, за ее кожу и была опьянена этой телесной любовью, как нежданным откровением.

Потом они лежали на животе рядом с чуть поднятыми задиками, и Маркета чувствовала кожей, как это безмерно мощное тело уже снова впивается в них глазами и вот-вот займется с ними любовью. Она стремилась не слышать голоса, который твердил, что видит красивую пани Нору. Стремилась быть лишь неслышащим телом, которое жмется к сладкой подруге и к некоему мужчине без головы.

Когда все кончилось, ее подруга уснула в одно мгновение. Маркета позавидовала ее животному сну, ей хотелось вдыхать его из ее уст, хотелось уснуть в его ритме. Прижавшись к ней, она закрыла глаза, чтобы обхитрить Карела: решив, что обе женщины уснули, он пошел лечь в соседнюю комнату.

В половине пятого утра она открыла дверь в его спальню. Сквозь сон он посмотрел на нее.

— Спи, я позабочусь о Еве сама, — сказала она и нежно поцеловала его. Он, повернувшись на другой бок, тотчас снова заснул.

В машине Ева опять спросила ее: — Договорились?

Маркета уже не была столь решительна, как вчера. Да, она хотела бы перешагнуть это старое неписаное соглашение. Да, она хотела бы перестать быть лучшей. Но как это сделать, не уничтожив любви? Как это сделать, если она так бесконечно любит Карела?

— Не беспокойся, — сказала Ева, — он ни о чем не догадается. У вас уж так повелось: это ты подозреваешь, не он. Тебе не надо бояться, что ему вообще придет что-то в голову.

13

Ева подремывает в тряском купе, Маркета, вернувшись с вокзала, уже снова спит (через час ей вставать и собираться на работу), и сейчас очередь Карела отвозить маму к поезду. Это день поездов. Через несколько часов (но тогда супруги будут уже на работе) выйдет на перрон их сын, чтобы поставить последнюю точку в этой истории.

Карел еще полон красоты этой ночи. Он хорошо знает, что из двух или трех тысяч любовных встреч (сколько, собственно, раз в жизни он занимался любовью?) лишь две-три окажутся поистине значительными и незабываемыми, в то время как остальные всего лишь возвраты, подражания, повторы или воспоминания. И Карел знает, что вчерашняя встреча была одним из этих двух-трех великих любовных актов, и он преисполнен какой-то безграничной благодарности.

Он везет маму в машине к вокзалу, и мама всю дорогу не закрывает рта.

О чем она говорит?

Прежде всего она благодарит его: у сына и снохи она чувствовала себя превосходно.

А потом она упрекает его: они очень перед ней виноваты. Когда он с Маркетой жил у нее, он относился к ней нетерпимо, подчас даже грубо, невнимательно, мама очень страдала. Да, она должна признать, что на сей раз они были очень добры, совсем другие, чем прежде. Они изменились, да. Но почему для этого потребовалось столько времени?

Карел слушает длинную литанию упреков (он знает ее наизусть), но не чувствует никакого раздражения. Краем глаза он смотрит на маму и вновь поражается тем, какая она маленькая. Словно вся ее жизнь была процессом постепенного уменьшения.

Но что, собственно, означает это уменьшение?

Не реальное ли это уменьшение человека, который сбрасывает свои взрослые размеры и пускается в столь длинный путь через старость и смерть к тем далям, где он всего лишь безразмерное ничто?

Или это уменьшение — просто оптический обман, вызванный тем, что мама отдаляется, что она не там, где он, а стало быть, он видит ее с дальнего расстояния, и она предстает его взору, словно овечка, словно куколка или бабочка?

Когда мама на минуту прервала свою укоризненную литанию, Карел спросил ее: — А что, кстати, теперь с пани Норой?

— Ты же знаешь, она уже старушка. Почти совсем слепая.

— Ты видишься с ней иногда?

— Разве тебе не известно? — сказала мама обиженно. Оскорбленные, рассорившиеся, они давно перестали встречаться и уже никогда не помирятся. Карелу следовало бы это помнить.

— А не знаешь, где мы проводили с ней каникулы, когда я был маленьким?

— Как же мне не знать? — сказала мама и назвала один чешский курорт. Карел хорошо его знал, но никогда не предполагал, что именно там была раздевалка, где он видел обнаженную Нору.

Сейчас перед глазами возникла бугристая местность того курорта, деревянный перистиль с резными колоннами, вокруг холмы с лугами, на которых паслись овцы, звеня колокольцами. В этот пейзаж он мысленно поместил (как автор коллажей, вклеивающий одну вырезанную гравюру в другую) обнаженную фигуру пани Норы, и тотчас мелькнула мысль, что красота — это искра, вспыхивающая, когда через даль годов внезапно соприкасаются два разных возраста. Что красота — это упразднение хронологии и бунт против времени.

И он до краев был полон этой красоты и ощущения благодарности за нее. Потом неожиданно сказал: — Мама, мы тут с Маркетой подумали, может, ты хочешь жить с нами. Ведь совсем несложно обменять нашу квартиру на несколько большую.

Мама погладила его по руке: — Это очень мило с твоей стороны, Карел. Но знаешь, мой пуделек уже привык к тем местам. И я там подружилась с соседками.

Они садятся в поезд. И Карел выбирает для мамы купе. Все они кажутся ему слишком многолюдными и неудобными. Наконец он сажает ее в первый класс и бежит к проводнику доплатить разницу. А уж поскольку бумажник у него в руке, он вынимает из него сотню и сует маме в ладонь, словно мама — маленькая девочка, которую отправляют далеко в мир, и мама берет эту сотню без удивления, совершенно естественно, словно школьница, привыкшая к тому, что взрослые иногда суют ей немного денег.

Поезд трогается, мама у окна, Карел стоит на перроне и машет ей долго-долго, до самой последней минуты.

третья часть

АНГЕЛЫ

1

«Носорог» — пьеса Эжена Ионеско, на протяжении которой персонажи, одержимые желанием быть похожими друг на друга, превращаются в носорогов. Габриэла и Михаэла, две юные американки, разбирали эту пьесу на каникулярном курсе для иностранных студентов в маленьком городке на Средиземноморском побережье. Они были любимицами мадам Рафаэль, преподавательницы группы, ибо не сводили с нее глаз и тщательно записывали каждое ее замечание. Сегодня она задала им подготовить к следующему уроку совместный реферат по пьесе.

— Мне не очень понятно, как истолковать то, что люди превратились в носорогов, — сказала Габриэла.

— Надо воспринимать это как символ, — пояснила Михаэла.

— Да, это правда, — сказала Габриэла. — Литература состоит из знаков.

— Носорог прежде всего знак, — сказала Михаэла.

— Да, но если даже признать, что они превратились не в настоящих носорогов, а лишь в

85

знак, то почему они превратились именно в этот знак, а не в другой?

— Да, это, конечно, проблема,— печально сказала Михаэла, и обе девушки, спешившие в студенческое общежитие, надолго замолчали.

Молчание нарушила Габриэла: — Не считаешь ли ты, что это фаллический символ?

— Что? — спросила Михаэла.

— Рог,— сказала Габлиэла.

— Точно! — просияла Михаэла, но затем засомневалась: — Но почему тогда все превращаются в символ фаллоса? И мужчины и женщины?

Обе девушки, направлявшиеся в общежитие, опять примолкли.— Кое-что осенило меня,— внезапно сказала Михаэла.

— Что? — полюбопытствовала Габриэла.

— Кстати, мадам Рафаэль тонко намекнула на это,— сказала Михаэла, еще больше разжигая любопытство Габриэлы.

— Ну скажи что! — нетерпеливо настаивала Габриэла.

— Автор хотел произвести комическое впечатление!

Мысль, высказанная подругой, настолько захватила Габриэлу, что она, целиком сосредоточившись на происходящем в ее голове, забыла о ногах и замедлила шаг. Девушки почти остановились.

— Ты думаешь, что символ носорога должен произвести комическое впечатление? — спросила она.

Михаэла улыбнулась гордой улыбкой открывателя: — Да.

— Ты права, — согласилась Габриэла.

Обе девушки смотрели друг на друга, очарованные собственной смелостью, и уголки их губ подергивались от гордости. Затем вдруг они издали высокий, короткий, отрывистый звук, который очень трудно описать словами.

2

«Смех? Разве кому-нибудь еще интересен смех? Я имею в виду настоящий смех, не имеющий ничего общего с шуткой, насмешкой или потешностью. Смех, бесконечное и восхитительное наслаждение, наслаждение само по себе...

Я говорила моей сестре, или она говорила мне, поди сюда, давай играть в смех? Мы ложились рядом на кровать и приступали. Сперва, конечно, это было только притворство. Смех принужденный. Смех потешный. Смех до того потешный, что заставлял нас смеяться над ним. И вот тогда начинался настоящий смех, смех всеохватный, уносящий нас, словно мощный прибой. Смех взрывной, многократный, беспорядочный, неистовый, великолепные, роскошные и безумные взрывы смеха... Мы до бесконечности смеялись над смехом нашего смеха... О смех! Смех наслаждения, наслаждение смехом; смеяться — это такая глубина жизни...»

Цитируемый текст взят мною из книги «Слово женщины». Ее написала в 1974 году одна из страстных феминисток, оставивших выразительный след в климате нашей эпохи. Это мистический манифест радости. В противовес сексуальному влечению мужчины, зависящему от мимолетных вспышек эрекции, а стало быть, фатально обрученному с насилием, угасанием и закатом, автор как положительный антипод воспевает женскую радость, сладостную, вездесущую и непрерывную, одним французским словом *«jouissance»*. Для женщины, пока она остается верной своей природе, все является удовольствием: *«есть, пить, мочиться, испражняться, дотрагиваться, слышать или просто быть здесь»*. Это перечисление наслаждений проходит по всей книге, как прекрасная литания. *«Жить — это счастье: видеть, слышать, дотрагиваться, пить, есть, мочиться, испражняться, окунаться в воду и смотреть в небо, смеяться и плакать»*. И если соитие прекрасно, то потому, что является *«суммою всех возможных наслаждений жизни: осязать, видеть, слышать, говорить, обонять, а также пить, есть, испражняться, познавать и танцевать»*. И кормление грудью — наслаждение, и роды — удовольствие, и менструация — сладость, этот *«теплый и будто сладкий поток крови, эта теплая слюна живота, это загадочное молоко, эта боль с палящим вкусом счастья»*.

Только глупец мог бы посмеяться этому манифесту наслаждения. Любая мистика — преувеличение. Мистик не должен бояться быть смешным, если хочет дойти до самого конца, до конца смирения или до конца блаженства. Так же, как святая Тереза улыбалась в своей агонии, и святая Анни Леклер (ибо так зовут автора книги, откуда я взял цитаты) утверждает, что смерть есть частица радости и что только мужчина боится ее, потому что убого привязан *«к своему маленькому „я“ и к своей маленькой власти».*

Наверху, подобно своду этого храма счастья, звучит смех, этот *«сладкий транс счастья, наивысший пик наслаждения. Смех наслаждения, наслаждение смеха».* Нет ни малейшего сомнения в том, что этот смех не имеет *«ничего общего с шуткой, насмешкой или потешностью».* Две сестры на своей кровати смеются не чему-то конкретному, их смех беспредметен, он — выражение радости бытия. Подобно тому, как стоном человек привязывается к настоящей секунде своего страждущего тела (и он целиком за пределами прошлого и будущего), так и в этом экстатическом смехе человек свободен от воспоминаний и даже от желаний, ибо обращает свой крик к настоящему мгновению мира и ничего другого не хочет знать.

Вы, несомненно, помните эту сцену по десяткам плохих фильмов: держась за руки, юноша и девушка бегут на фоне весенней (возможно, летней) природы. Они бегут, бегут, бегут и смеются. Смех обоих бегущих должен возгласить всему миру и всем зрителям всех кинематографов: мы счастливы, мы рады, что живем на свете, мы принимаем бытие таким, каким оно есть! Сцена дурацкая, это не что иное, как кич, но в нем содержится одна из самых основных человеческих позиций: смех серьезный, смех, *«не имеющий ничего общего с шуткой»*.

Все церкви, все производители белья, все генералы, все политические партии сходятся на этом смехе и помещают образ этих двух смеющихся бегунов на своих плакатах, пропагандирующих их религию, их продукцию, их идеологию, их народ, их пол, их чистящий порошок.

Именно таким смехом смеются Михаэла и Габриэла. Они идут из магазина канцелярских товаров, держатся за руки, а в свободной руке у каждой из них покачивается небольшой сверток, в котором цветная бумага, клей и резинка.

— Мадам Рафаэль будет в восторге! Вот увидишь! — говорит Габриэла, издавая при этом высокий прерывистый звук. Михаэла соглашается с ней и отвечает подобным же звуком.

3

Вскоре после того, как мою страну в 1968 году оккупировали русские, я (как тысячи и тысячи других чехов) был выброшен с работы, и на любую иную меня было запрещено брать. Тогда стали приходить ко мне молодые друзья: будучи слишком молодыми, чтобы значиться в списках у русских, они могли еще оставаться в редакциях, школах и киностудиях. Эти прекрасные молодые люди, которых я никогда не выдам, предлагали мне писать под их именами инсценировки для радио и телевидения, пьесы для театра, статьи, репортажи, киносценарии и таким путем зарабатывать себе на хлеб. Несколько раз я воспользовался такого рода услугами, но по большей части отказывался от них: во-первых, не успевал делать все, что мне предлагали, и во-вторых, это было небезопасно. Не для меня, а для них. Тайная полиция хотела уморить нас голодом, загнать в угол, принудить капитулировать и публично покаяться. А посему она тщательно отслеживала запасные выходы, которыми мы могли выскользнуть из осады, и строго карала тех, кто дарил свои имена.

Среди таких добрых дарителей была и девушка Р. (Поскольку замысел провалился, в данном случае мне утаивать нечего.) Эта застенчивая, тонкая и умная девушка была редактором одного иллюстрированного еженедельника для молодежи, выходившего огромным тиражом. В то время журналу приходилось публиковать великое множество неудобоваримых статей, воспевающих братский русский народ, и потому редакция, выискивая все возможные способы привлечь внимание толпы, решила нарушить исключительную чистоту марксистской идеологии и открыть астрологическую рубрику.

В годы моего отлучения я сделал несколько тысяч гороскопов. Что ж, если великий Ярослав Гашек мог торговать собаками (он продал много краденых собак и много метисов выдал за собак редчайшей породы), то почему бы мне не стать астрологом? Когда-то я получил от своих парижских друзей все астрологические труды Андре Барбо, имя которого было украшено гордым званием «президента международного астрологического центра»; на первой странице, изменив почерк, пером я написал: *À Milan Kundera avec admiration, André Barbault*[1]. Книги с автографом я скромно оставил на столе, а своим изумленным пражским клиентам пояснял, что когда-то в Париже несколько месяцев я проработал ассистентом у знаменитого Барбо.

Когда Р. предложила мне тайно вести астрологическую рубрику ее еженедельника я, разумеется, пришел в восторг и велел ей объявить в редакции, что автором текстов будет известный физик-атомщик, не желающий открывать свое имя во избежание насмешек коллег. Тем самым наше предприятие казалось мне застрахованным вдвойне: несуществующим ученым и его псевдонимом.

Итак, под вымышленным именем я написал одну длинную и прекрасную статью об астрологии, а каждый месяц помещал короткий и довольно нелепый текст об отдельных знаках, к которым сам пририсовывал заставки Тельца, Овна, Девы, Рыб. Заработок был ничтожным, да и само занятие не представлялось ни увлекательным, ни примечательным. Забавным в нем было лишь

---

[1] Милану Кундере с восхищением, Андре Барбо (*фр.*).

мое существование, существование человека, изъятого из истории, из литературных справочников и телефонной книги, человека мертвого, который теперь, ожив в удивительном перевоплощении, вещает сотням тысяч молодых людей страны социализма о великой истине астрологии.

Однажды Р. сообщила мне, что главный редактор весьма заинтересовался своим астрологом и хочет получить от него гороскоп. Это меня восхитило. Главный редактор, назначенный в журнал русскими, полжизни провел на курсах марксизма-ленинизма в Праге и Москве!

— Он немного смущался, когда говорил мне это, — смеялась Р. — Ему бы не хотелось, чтобы пошли слухи, что он верит в такие средневековые предрассудки. Но это его страшно увлекает.

— Хорошо, — сказал я, испытывая немалую радость. Главного редактора я знал. Помимо всего, он был шефом Р., входил в высшую партийную комиссию по кадрам и испортил жизнь многим моим друзьям.

— Он хочет сохранить абсолютную анонимность. Я должна сообщить вам дату его рождения, но вам не положено знать, о ком идет речь.

— Тем лучше, — обрадовался я.

— Он заплатит вам за гороскоп сотню.

— Сотню? — рассмеялся я. — За кого он меня принимает, этот скупердяй?

Ему пришлось прислать мне тысячу крон. На десяти страницах я описал его характер, его прошлое (о нем я был достаточно осведомлен) и будущее. Над своим произведением я трудился целую неделю, обсуждая с Р. все подробности. Ведь с помощью гороскопа можно потрясающе воздействовать на людей, даже управлять их поступками. С его помощью можно внушать им определенные действия, от иных предостерегать и мягким намеком на грядущие катастрофы наставлять их на путь смирения.

Встретившись через какое-то время с Р., мы ужасно смеялись. Она утверждала, что главный редактор после прочтения гороскопа стал лучше. Меньше кричал. Начал опасаться своей строгости, от какой гороскоп предостерегал его, гордился и той толикой доброты, на которую был способен, и в его взгляде, часто устремленном в пустоту, сквозила печаль человека, узнавшего, что звезды в будущем ничего, кроме страдания, ему не сулят.

4

(О двух видах смеха)

Воспринимать дьявола как приверженца Зла и ангела как поборника Добра означает принимать демагогию ангелов. Разумеется, дело обстоит гораздо сложнее.

Ангелы — приверженцы не Добра, а Божьего творения. Дьявол, напротив, это тот, кто не признает за Божьим миром рационального смысла.

Как известно, дьяволы и ангелы делят между собой власть над миром. Добро мира, однако, не требует, чтобы ангелы обладали превосходством над дьяволами (как думал я ребенком), а чтобы власть одних и других была приблизительно уравновешена. Если в мире слишком много неопровержимого смысла (власть ангелов), человек изнемогает под его тяжестью. Если же мир полностью теряет свой смысл (власть дьяволов), жить также невозможно.

Вещи, внезапно лишенные предполагаемого смысла, места, кое им отведено в мнимом ряду вещей (марксист, вышколенный в Москве, верит в гороскопы), вызывают у нас смех. Смех, стало быть, изначально исходит от дьявола. В нем есть доля злорадства (вещи вдруг предстают иными, чем хотели казаться), но и доля благостного облегчения (вещи легче, чем казались, с ними можно жить свободнее, они не давят на нас своей строгой серьезностью).

Когда ангел впервые услыхал смех дьявола, он оцепенел. Это случилось на каком-то пиру, в зале было полно народу, и постепенно все, друг за другом, присоединились к дьявольскому смеху, чрезвычайно заразительному. Ангел прекрасно сознавал, что этот смех направлен против Бога и против достоинства его творения. Он понимал, что должен как-то быстро откликнуться, но чувствовал себя беззащитным и слабым. Не сумев ничего придумать сам, он скопировал своего противника. Открыл рот и издал отрывистый, неровный звук на самых высоких нотах своего вокального регистра (звук, напоминающий тот, что издали на улице приморского городка Габриэла и Михаэла), но придал ему противоположный смысл: в то время как смех дьявола указывал на бессмысленность вещей, ангел, напротив, хотел выразить им радость по поводу того, как все на свете четко упорядочено, разумно придумано, прекрасно, хорошо и осмысленно.

И так они стояли, дьявол и ангел, друг против друга, открывали рот и издавали приблизительно один и тот же звук, но каждый выражал им нечто совершенно противоположное. И дьявол, глядя на смеющегося ангела, смеялся все больше и больше, сильнее и искреннее, потому что смеющийся ангел был бесконечно смешон.

Смех потешный — это катастрофа! Но все-таки ангелам кое-что удалось. Они надули нас всех, прибегнув к семантическому обману. Их имитированный смех и смех исконный (дьявольский) называется одним и тем же словом. Люди нынче уже не осознают, что одно и то же внешнее проявление скрывает в себе две совершенно противоположные внутренние позиции. Существуют два вида смеха, и у нас нет слова, которым можно было бы их различить.

5

В иллюстрированном еженедельнике была помещена такая фотография: шеренга мужчин в униформе, с ружьями на плече, в касках, снабженных плексигласовым забралом, смотрит на группку молодых людей в джинсах и майках, которые, держась за руки, танцуют перед ними коло.

Вероятно, это минута ожидания перед стычкой с полицией, охраняющей безопасность атомной электростанции, учебного плаца, секретариата некой политической партии или окон некоего посольства. Молодые люди, воспользовавшись этим мертвым временем, встали в круг и под аккомпанемент незатейливой народной песенки принялись без устали делать два шага на месте, один шаг вперед и затем выбрасывать вверх сначала одну, потом другую ногу.

Думается, я понимаю их: им кажется, что круг, который они описывают по земле, — круг магический и что они связаны им, точно кольцом. И грудь их раздувает сильнейшее чувство невинности: они связаны не *маршем*, как солдаты или фашистские коммандос, а *танцем*, как дети. Свою невинность они хотят плюнуть фараонам в лицо.

Так их увидел фотограф, подчеркнув этот выразительный контраст: на одной стороне полиция в своем *искаженном* (навязанном, приказном) единстве шеренги, на другой — молодые люди в своем *подлинном* (искреннем и естественном) единстве круга; на одной стороне полиция в *угрюмой* надзирательской деятельности, на другой — они в *радости* игры.

Танец коло — магический танец, обращенный к нам из тысячелетней глубины памяти. Преподавательница, мадам Рафаэль, вырезала эту фотографию из журнала и мечтательно на нее смотрит. Она тоже мечтала бы танцевать в таком коло. На протяжении всей своей жизни она ищет круг людей, с которыми, держась за руки, могла бы танцевать коло, сначала она искала его в методистской церкви (отец был религиозным фанатиком), затем в коммунистической партии, затем в троцкистской партии, затем в партии отколовшихся троцкистов, затем в борьбе против абортов (ребенок имеет право на жизнь!), затем в борьбе за легализацию абортов (женщина имеет право на свое тело!), она искала его у марксистов, потом у структуралистов, искала его у Ленина, в дзен-буддизме, у Мао-Цзе-Дуна, среди адептов йоги, в школе нового романа, в театре Брехта, в «театре паники» и, наконец, мечтала слиться в единое целое по крайней мере со своими учениками, а это означало, что она всегда принуждала их думать и говорить то, что думала и говорила она, и таким образом быть с ней одним телом и одной душой в одном круге и одном танце.

Ее две ученицы, Габриэла и Михаэла, сейчас как раз дома, в комнате студенческого общежития. Они склоняются над текстом «Носорога» Ионеско, и Михаэла читает вслух:

«Логик — старому господину: Возьмите лист бумаги и сосчитайте. Отнимите две лапки у двух кошек. Сколько лапок останется у каждой кошки?

Старый господин — логику: Есть множество возможных решений. У одной кошки может быть четыре лапки, у другой — две. Может быть одна кошка с пятью лапками, а другая — только с одной. Если же мы отнимем из восьми лапок две, то у одной кошки может быть шесть лапок, а у второй — ни одной».

Михаэла прервала чтение: — Не понимаю, как можно отнимать у кошек лапки. Он что, способен их отрубить?

— Михаэла! — вскричала Габриэла.

— И еще я не понимаю, как может быть у одной кошки шесть лапок?

— Михаэла! — снова вскричала Габриэла.

— Что? — спросила Михаэла.

— Разве ты уже забыла? Сама же говорила!

— Что? — снова спросила Михаэла.

— Этот диалог должен производить комическое впечатление!

— Ты права, — сказала Михаэла, обратив к Габриэле счастливый взгляд. Какое-то время обе девушки смотрели друг другу в глаза, потом от гордости задергались у них уголки губ и наконец уста издали короткий, прерывистый звук на самой высокой ноте своего вокального регистра. И потом еще один такой звук и следующий такой же звук. «*Смех принужденный. Смех потешный... Смех взрывной, многократный, беспорядочный, неистовый, великолепные, роскошные и безумные взрывы смеха... О смех! Смех наслаждения, наслаждение смеха...*»

А где-то по улицам приморского городка бродила одинокая мадам Рафаэль. Вдруг она подняла голову, словно откуда-то издалека донесся до нее на крыльях ветра обрывок мелодии или словно далекий запах коснулся ее ноздрей. Она остановилась и в душе своей услыхала, как звучит крик пустоты, бунтующей и мечтающей быть заполненной. Ей казалось, что где-то поблизости трепещет пламя великого смеха, что где-то поблизости, возможно, какие-то люди держатся за руки и танцуют коло...

Она постояла какое-то время, нервозно оглядываясь по сторонам, а потом вдруг эта таинственная музыка смолкла (Михаэла и Габриэла перестали смеяться: у них сделались скучающие лица, предстояла пустая безлюбая ночь), и мадам Рафаэль, странно взволнованная и неудовлетворенная, направилась по теплым улицам приморского городка к дому.

6

Я тоже танцевал коло. Была весна 1948 года, в моей стране как раз одержали победу коммунисты, министры — социалисты и христианские демократы — бежали за границу, а я держался за руки или за плечи с другими студентами-коммунистами и танцевал: мы делали два шага на месте, один шаг вперед, потом выбрасывали правую ногу в одну сторону, затем левую ногу — в другую, и делали это чуть ли не каждый месяц, ибо постоянно что-то отмечали, какую-то годовщину или какое-то событие, прежние несправедливости устранялись, новые — совершались, фабрики были национализированы, тысячи людей заполонили тюрьмы, медицинская помощь стала бесплатной, у владельцев табачных киосков описывали киоски, старые рабочие впервые отправлялись на отдых в конфискованные виллы, и у нас на лицах была улыбка счастья. Потом однажды я что-то сказал, чего не следовало говорить, меня исключили из партии, и мне пришлось выйти из коло.

Я тогда впервые осознал магическое значение круга. Если вы выйдете из ряда, вы снова можете в него встать. Ряд — это открытое образование. Но круг замыкается, и в него нет возврата. Не случайно планеты движутся по кругу, и если от них отрывается камень, центробежной силой его неотвратимо уносит прочь. Подобно оторвавшемуся метеориту вылетел из круга и я, да так и лечу по сей день. Есть люди, которым суждено умереть в кружении, но есть и такие, что в конце падения разбиваются вдребезги. И эти вторые (к ним отношусь и я) постоянно ощущают в душе тихую тоску по утраченному танцу в коло, поскольку все мы прежде всего обитатели вселенной, где все вертится кругами.

И снова была годовщина бог весть чего, и снова на пражских улицах молодые люди танцевали коло. Я бродил среди них, стоял рядом с ними, но не смел вступить ни в один их круг. Шел июнь 1950 года, и вчера была повешена Милена Горакова, депутат от социалистической партии, обвиненная коммунистическим судом в антигосударственном заговоре. Вместе с ней был повешен и Завиш Каландра, чешский сюрреалист, друг Андре Бретона и Поля Элюара. А молодые чехи танцевали, зная, что вчера в этом же городе качались на виселице одна женщина и один сюрреалист, и танцевали они тем иступленнее, что танец был манифестацией их невинности, их чистоты, ослепительно выделявшейся на фоне черной виновности двух повешенных, предателей народа и его надежд.

Андре Бретон не верил, что Каландра предал народ и его надежды и призвал в Париже Элюара (в открытом письме от 13 июня 1950 года) выступить против абсурдного обвинения и попытаться спасти старого пражского друга. Но Элюар как раз танцевал в огромном коло между Парижем, Москвой, Варшавой, Прагой, Софией и Грецией, между всеми социалистическими странами и всеми коммунистическими партиями мира и повсюду читал свои прекрасные стихи о радости и братстве. Прочитав письмо Бретона, он сделал два шага на месте, один шаг вперед, покачал головой, отказался защитить предателя народа (в журнале «Action» от 19 июня 1950 года) и вместо этого возвестил металлическим голосом:

«Невинность насытим мы
Силой которой так долго
Нам не хватало
И уже никогда одиноки не будем».

А я бродил по улицам Праги, вокруг меня танцевали коло смеющиеся чехи, но я знал, что я не на их стороне, а на стороне Каландры, который также вырвался из круговой траектории и падал, падал, пока не упал в тюремный гроб; но даже будучи не на их стороне, я все-таки с завистью и грустью смотрел, как они танцуют, и был не в силах оторвать от них глаз. И тогда я увидел его прямо перед собой!

Он держался с ними за плечи и, напевая две-три простые ноты, выбрасывал то левую ногу в одну сторону, то правую — в другую. Да, это был он, любимец Праги, Элюар! И вдруг те, с кем он танцевал, замолчали, двигаясь дальше уже в абсолютной тишине, а он скандировал в ритме их ног:

«Мы отвергнем отдых мы отвергнем сон
Мы обгоним весну и рассветы
И приравняем дни и гбда времена
К масштабу наших грез».

А потом вдруг снова все затянули эти простые ноты и ускорили шаги танца. Они отвергали отдых и сон, обгоняли время и насыщали силой свою невинность. Все улыбались, и Элюар наклонился к девушке, которую держал за плечи:

«Миру отдавший себя улыбается вечно».

И она, засмеявшись, стукнула ногой оземь так сильно, что вознеслась над мостовой на три-четыре сантиметра, увлекая за собою ввысь остальных, и минуту спустя никто из них уже не касался земли, они делали в воздухе два шага на месте и один шаг вперед, да, они возносились над Вацлавской площадью, их танцевальное коло походило на большой возносящийся венок, а я бежал внизу по земле и глядел вверх им вослед, а они плыли все дальше, выбрасывая левую ногу в одну сторону, потом правую ногу — в другую, под ними была Прага со своими кофейнями, полными поэтов, и тюрьмами, полными изменников народа, а в крематории тем временем предавали огню одну женщину — депутата от социалистической партии, и одного поэта-сюрреалиста, дым поднимался к небу, словно счастливое пророчество, и я слышал металлический голос Элюара:

«Любовь что отдана труду неутомима».

И бежал по улицам за этим голосом, чтобы не упустить из виду прекрасный венок тел, возносящийся над городом, и с тоской в сердце сознавал, что они летят как птицы, а я падаю как камень, что у них есть крылья, а я навсегда бескрылый.

7

Спустя семнадцать лет после казни Каландра был полностью реабилитирован, но через несколько месяцев русские танки вторглись в Чехию, и уже десятки тысяч других были обвинены в измене народу и его надеждам, меньшая их часть арестована, большая — выброшена с работы, и один из этих новых обвиняемых (я) на протяжении двух последующих лет (стало быть, ровно через двадцать лет после того, как Элюар вознесся над Вацлавской площадью) вел астрологическую рубрику в иллюстрированном еженедельнике чешской молодежи. Однажды, по прошествии года после публикации моей последней статьи о Стрельце (это было в декабре 1971 года), меня навестил незнакомый молодой человек. Он молча вручил мне конверт. Вскрыв его, я стал читать и лишь минутой позже догадался, что письмо от Р. Ее почерк был неузнаваемо изменен. Несомненно, она писала письмо в страшном волнении. Старалась сформулировать фразы так, чтобы никто, кроме меня, не понял их смысла, но и я понимал его лишь отчасти. Единственное, что было для меня очевидно: по прошествии этого года мое авторство открылось.

В то время я занимал в Праге на Бартоломейской улице однокомнатную квартирку. Улица эта маленькая, но известная. Все дома, кроме двух (в одном проживал я), принадлежат полиции. Глядя из своего широкого окна на пятом этаже, я видел возвышающиеся над крышами башни пражского Града, а опустив глаза — полицейские дворы. Наверху шествовала прославленная история чешских королей, внизу — история прославленных заключенных. Этими дворами прошли все, в том числе Каландра и Горакова, Сланский и Клементис, и мои друзья: Шабата и Гюбл.

Молодой человек (вероятнее всего, это был жених Р.) неуверенно озирался по сторонам. Он явно предполагал, что тайные микрофоны установлены полицией и в моей квартире. Молча кивнув друг другу, мы вышли на улицу. Какое-то время мы шли, не произнося ни слова, и лишь когда оказались на шумном Национальном проспекте, он сказал мне, что Р. хотела бы со мной встретиться и что его друг, мне неведомый, готов для нашей тайной встречи предоставить свою квартиру на окраине Праги.

На другой день я долго ехал трамваем на эту пражскую окраину, стоял декабрь, у меня зябли руки, и район в эти послеобеденные часы был совершенно безлюден. По описанию я нашел нужный дом, поднялся в лифте на четвертый этаж и, проглядев дверные таблички, позвонил. В квартире стояла полная тишина. Я снова позвонил, но мне никто так и не открыл. Я вышел на улицу. Полчаса бродил на морозе вокруг дома, предполагая, что Р. опоздала и я встречу ее, когда она пойдет от трамвайной остановки по пустынному тротуару. Но никто нигде не показывался. Я снова поднялся в лифте на четвертый этаж и снова позвонил. Через секунду-другую я услыхал из глубины квартиры звук спускаемой воды. В это мгновение словно кто-то вложил в меня ледяной кубик тревоги. Вдруг внутри своего тела я почувствовал страх девушки, которая не в силах была открыть мне дверь, ибо этот страх выворачивал ее внутренности наизнанку.

Она открыла; была бледна, но улыбалась и старалась быть милой, как обычно. Даже отпустила несколько шуток насчет того, что мы наконец будем одни в пустой квартире. Мы сели, и она рассказала, что недавно ее вызвали в полицию. Допрашивали целый день. Первые два часа интересовались множеством совершенно пустяковых вещей, и она уж было почувствовала себя хозяйкой положения, шутила с ними и даже дерзко спросила, не думают ли они, что ради такой ерунды она должна обойтись без обеда. Вот тут-то они и задали ей вопрос: милая барышня Р., кто же все-таки пишет в ваш журнал статьи по астрологии? Она покраснела, попыталась говорить об известном физике, чье имя обещала хранить в тайне, но ее оборвали: а знаете ли вы пана Кундеру? Она сказала, что знает меня. Но что в этом такого плохого? Ей ответили: в этом нет абсолютно ничего плохого. Но знаете ли вы, что пан Кундера занимается астрологией? Я об этом ничего не знаю, ответила она. Вы об этом ничего не знаете? засмеялись они. Вся Прага говорит об этом, а вы ничего не знаете? Еще минуту-другую она твердила им об атомщике-физике, но один из фараонов крикнул ей: хватит отпираться!

Она выложила им правду. В редакции журнала решили открыть читабельную рубрику по астрологии, но не знали, к кому обратиться, она же была знакома со мной и попросила меня помочь им. Она уверена, что тем самым не нарушила никакого закона. Да, согласились они, никакого закона она не нарушила. Нарушила лишь внутренние служебные предписания, запрещающие сотрудничать с теми людьми, которые обманули доверие партии и государства. Она возразила, заявив, что ничего такого серьезного не случилось: имя пана Кундеры, так и оставшись скрытым под псевдонимом, никого не могло возмутить. А о гонорарах, полученных паном Кундерой, не стоит и говорить. Они снова с ней согласились: в самом деле, ничего серьезного не происходит, они лишь составят протокол о том, что имело место, а она подпишет его, не опасаясь никаких последствий.

Она подписала протокол, а через два дня ее вызвал главный редактор и сообщил ей о ее немедленном увольнении. Еще в тот же день она отправилась на радио, где у нее были друзья, давно предлагавшие ей там работать. Они радостно встретили ее, но, когда на следующий день она пришла оформить документы, начальник кадров, благоволивший к ней, состроил печальную мину: «Какую глупость вы сделали, девочка. Испортили себе жизнь. Ничем не могу вам помочь».

Поначалу она остерегалась говорить со мной, ибо вынуждена была обещать полицейским никому о допросе не рассказывать. Но, получив следующую повестку в полицию (ей предстояло идти туда завтра), решила тайно встретиться со мной и все обговорить во избежание противоречивых показаний, если вдруг меня тоже вызовут.

Заметьте, Р. была не робкого десятка. Она просто по молодости лет ничего не знала о мире. Сейчас она получила первый удар, непонятный и неожиданный, и уже никогда о нем не забудет. Я осознал, что мне суждена роль почтальона, который разносит людям предостережения и наказания, и стал ужасаться самого себя.

— Вы думаете, им известно о той тысяче крон, что вы получили за гороскоп? — спросила она сдавленным голосом.

— Не волнуйтесь. Тот, кто три года изучал марксизм-ленинизм в Москве, никогда не признается, что заказывает для себя гороскопы.

Она засмеялась, и этот смех, хотя и продолжался едва полсекунды, звучал для меня робким обещанием спасения. Ведь именно об этом смехе я мечтал, когда писал дурацкие статейки о Рыбах, Деве и Козероге, именно этот смех я представлял себе неким вознаграждением, но я так и не услышал его, ибо тем временем повсюду в мире ангелы захватили все решающие позиции, все генеральные штабы, овладели левыми и правыми, арабами и евреями, русскими генералами и русскими диссидентами. Они взирали на нас со всех сторон своим леденящим взглядом, срывавшим с нас симпатичное одеяние веселых мистификаторов и превращавшим нас в жалких мошенников, которые работают для журнала социалистической молодежи, хотя не верят ни в молодежь, ни в социализм, составляют гороскоп для главного редактора, хотя смеются над главным редактором и гороскопом, и занимаются дребеденью, тогда как все вокруг (правые и левые, арабы и евреи, генералы и диссиденты) борются за будущее человечества. Мы чувствовали на себе тяжесть их взгляда, превращавшего нас в насекомых, достойных лишь того, чтобы быть раздавленными под ногами.

Уняв тревогу, я попытался придумать для Р. самый что ни на есть разумный план, как ей свидетельствовать в полиции. Во время разговора она несколько раз поднималась и уходила в туалет. Ее возвращения сопровождались звуком спущенной воды и стыдливой паникой. Эта мужественная девушка стыдилась своего страха. Эта элегантная женщина стыдилась своих внутренностей, которые буйствовали на глазах у постороннего мужчины.

8

Примерно двадцать пять юношей и девушек разных национальностей сидели за партами и рассеянно смотрели на Михаэлу и Габриэлу, взволнованно стоявших возле кафедры, где восседала их преподавательница, мадам Рафаэль. Каждая из девушек держала в руке несколько листов бумаги с текстом реферата и какой-то странный картонный предмет, снабженный резинкой.

— Мы будем говорить о пьесе Ионеско «Носорог», — сказала Михаэла и наклонила голову, чтобы надеть на нос картонную, облепленную разноцветными бумажками трубку и прикрепить ее на затылке резинкой. Габриэла проделала то же самое. Затем девушки, перекинувшись взглядом, издали короткий высокий прерывистый звук.

Класс довольно легко догадался, что обе девушки хотели показать: во-первых, что у носорога вместо носа рог, а во-вторых, что пьеса Ионеско комическая. Обе эти мысли они решили выразить не только словами, но и телодвижениями.

Длинные трубки покачивались у них на лицах, и класс впал в состояние какого-то растерянного сочувствия, словно калека явился демонстрировать перед их партами свою ампутированную руку.

Одна мадам Рафаэль пришла в восторг от идеи своих любимиц, и на их прерывистый, высокий звук ответила таким же возгласом.

Девушки с удовлетворением покивали длинными носами, и Михаэла начала читать свою часть реферата.

Среди учеников была юная еврейка по имени Сара. Недавно она попросила обеих американок позволить ей заглянуть в их записи (все знали, что от девушек не ускользнуло ни единого словечка мадам Рафаэль), но они отказали ей: «Нечего таскаться на пляж во время занятий». С тех пор Сара искренне ненавидела их и сейчас наслаждалась зрелищем их несуразности.

Михаэла и Габриэла поочередно читали свой анализ «Носорога», и длинные картонные рога взывали с их лиц словно тщетная мольба. Сара смекнула, что представился случай, который было бы жаль упустить. Когда Михаэла на минуту прервала свое выступление и повернулась к Габриэле, давая ей понять, что теперь ее черед продолжать, Сара встала из-за парты и направилась к обеим девушкам. Габриэла, вместо того, чтобы взять слово, обратила к приближавшейся сокурснице отверстие своего фальшивого изумленного носа и застыла, разинув рот. Сара подошла к обеим студенткам, обогнула их (американки, словно приделанный нос слишком утяжелял их головы, не в состоянии были обернуться и посмотреть, что делается у них за спиной), размахнулась, пнула Михаэлу в зад и, размахнувшись снова, пнула и Габриэлу. Сделала все это спокойно, даже с достоинством, и пошла назад к своей парте.

На мгновение воцарилась абсолютная тишина.

Потом потекли слезы из глаз Михаэлы, потом — из глаз Габриэлы.

Потом весь класс взорвался безудержным смехом.

Потом Сара села за свою парту.

Потом мадам Рафаэль, ошеломленная, застигнутая врасплох, наконец поняла, что Сарин поступок был заранее согласованным эпизодом тщательно подготовленного студенческого фарса, цель которого — лучшее понимание изучаемого предмета (то есть трактовка художественного произведения не должна ограничиваться лишь традиционно теоретическим подходом; необходимо и современное прочтение: средствами практики, действия, хеппенинга!), и, не видя слез своих любимиц (лицом они были обращены к классу, стало быть, спиной к ней), запрокинула голову и в радостном единодушии со всеми разразилась смехом.

Михаэла и Габриэла, услышав за спиной смех своей обожаемой преподавательницы, почувствовали себя преданными. Слезы теперь текли у них из глаз, как из водопроводного крана. Чувство унижения их так мучило, что они корчились, точно от желудочных спазм.

Корчи любимых учениц мадам Рафаэль восприняла как своего рода танец, и некая сила, более мощная, чем преподавательское достоинство, в эту минуту подбросила ее со стула. Она смеялась до слез, раскидывала руки, и ее тело дергалось так, что голова на шее двигалась взад и вперед подобно колокольчику, которым ризничий, держа в руке перевернутым, рьяно названивает. Она подошла к корчившимся девушкам и взяла Михаэлу за руку. Теперь они все три стояли перед партами, извивались и обливались слезами. Мадам Рафаэль сделала на месте два шага, потом выбросила левую ногу в одну сторону, правую ногу — в другую, а плачущие девушки стали робко ей подражать. Слезы текли у них вдоль картонных носов, а они извивались и подпрыгивали на месте. Мадам преподавательница теперь взяла за руку и Габриэлу, и таким образом они втроем создали перед партами круг: держась за руки, делали шаги на месте и в сторону и кружились по паркету классного зала. Они выбрасывали то одну ногу, то другую, и гримасы плача на их лицах неприметно превращались в смех.

Три женщины танцевали и смеялись, картонные носы качались, а класс молчал и взирал на это в тихом ужасе. Но танцующие женщины в эти минуты уже никого не замечали, они были сосредоточены только на себе и на своем наслаждении. Вдруг мадам Рафаэль топнула ногой сильнее, вознеслась на несколько сантиметров над полом класса и при следующем шаге уже не коснулась земли. Она потянула за собой обеих девушек, и вскоре они втроем кружились над паркетом и постепенно по спирали поднимались вверх. И вот волосами они уже касались потолка, который стал медленно расступаться. Сквозь это отверстие они поднимались все выше, картонные носы совсем скрылись, из отверстия торчали лишь три пары туфель, наконец исчезли и они, и до слуха ошеломленных студентов с высоты донесся сияющий и удаляющийся смех трех архангелов.

9

Моя встреча с Р. в чужой квартире оказалась для меня решающей. Тогда я окончательно понял, что превратился в разносчика несчастий и больше не смею жить среди тех, кого люблю, если не хочу навредить им; что мне ничего не остается, как покинуть свою страну.

Но эту последнюю встречу с Р. я вспоминаю еще и по другому поводу. Я всегда любил ее самым невинным, самым нечувственным образом, какой только возможен. Ее тело было как бы совершенно скрыто за ее·блестящим умом, за сдержанностью ее поведения и элегантной манерой одеваться. Эта девушка не предоставила мне ни малейшей щелочки, сквозь которую я мог бы увидеть проблеск ее обнаженности. И вдруг страх разъял ее, как нож мясника. Мне казалось, что она открыта передо мной, будто располовиненная туша телки, висевшей на крюку в лавке. Мы сидели рядом на тахте в чужой, занятой на время квартире, из туалета доносился звук льющейся воды, наполнявшей только что опорожненный бачок, а на меня вдруг нашло яростное желание овладеть ею. Точнее сказать, яростное желание изнасиловать ее. Броситься на нее и взять ее в едином объятии со всеми ее неодолимо возбуждающими противоречиями, с ее изысканным платьем и бунтующими кишками, с ее умом и страхом, с ее гордостью и ее бедой. Мне сдавалось, что в этих противоречиях таится ее сущность, это сокровище, этот слиток золота, этот бриллиант, сокрытый в ее глубинах. Я хотел прыгнуть на нее и вырвать его для себя. Я хотел поглотить ее всю целиком: с ее дерьмом и неизъяснимой душой.

Но на меня были устремлены два тревожных глаза (тревожные глаза на умном лице), и чем тревожнее были эти глаза, тем сильнее — и одновременно абсурднее, глупее, скандальнее, непонятнее и неосуществимее — было мое желание изнасиловать ее.

Когда в тот день я вышел из чужой квартиры на пустынную улицу пражского предместья (Р. еще оставалась там, боясь выйти со мной, чтобы никто не увидел нас вместе), я не думал ни о чем другом, кроме как об этом непомерном желании изнасиловать свою симпатичную приятельницу. Это желание так и осталось внутри меня плененным, точно птица в мешке, которая время от времени пробуждается и хлопает крыльями.

Возможно, это безумное желание изнасиловать Р. было не чем иным, как отчаянным стремлением уцепиться за что-то в падении. Ибо с той поры, как меня исключили из коло, я непрестанно падаю, падаю по сей день, и в тот раз меня лишь снова подтолкнули, чтобы я падал еще дальше, еще глубже, все дальше от моей страны в пустое пространство мира, в котором раздается чудовищный смех ангелов, покрывающий своим гулом все мои слова.

Я знаю, где-то есть Сара, еврейская девушка Сара, моя сестра Сара, но где мне найти ее?

Пассажи курсивом и в кавычках представляют собой цитаты из следующих книг:

Анни Леклер «Слово женщины», 1976 (Annie Leclerc, La parole de femme, 1976),

Поль Элюар «Лик мира», 1951 (Paul Eluard, Le visage de la paix, 1951),

Эжен Ионеско «Носорог», 1959 (Eugen Ionesco, Rhinoceros, 1959).

четвертая часть

УТРАЧЕННЫЕ ПИСЬМА

1

По моим подсчетам, обряд крещения еже-
секундно в мире проходят два или три новых
вымышленных персонажа. Оттого-то я всегда те-
ряюсь, когда и мне случается присоединяться к
этому сонму Иоаннов Крестителей. Но что поде-
лаешь? Я же должен как-то называть своих персонажей. А чтобы на сей раз было ясно, что моя
героиня принадлежит мне и никому другому (я
привязан к ней больше, чем ко всем остальным), я
даю ей имя, которое еще ни одна женщина никогда не носила: Тамина. Она видится мне красивой,
высокой, ей лет тридцать, и родом она из Праги.

Я представляю себе, как она идет по улице
провинциального города на западе Европы. Да,
вы верно подметили: имя далекой Праги я называю, тогда как город, в котором происходит действие, остается неизвестным. И пусть это против
всех правил перспективы, но вам придется с этим
смириться.

Тамина работает официанткой в маленьком
кафе, принадлежащем одной супружеской паре.
Их доход так мал, что супругу пришлось посту-
пить на другую работу, а освободившееся место

доверить ей. Разница между скудным жалованьем хозяина на его новом рабочем месте и еще более скудным жалованьем, что они платят Тамине, составляет их маленькую прибыль.

Тамина разносит кофе и кальвадос посетителям (их мало, кафе постоянно полупустое), а затем снова становится за барную стойку. На табурете у бара обычно сидит кто-то, кому хочется поговорить с ней. Ее все любят. Ибо Тамина умеет слушать, о чем рассказывают ей люди.

Но в самом ли деле она их слушает? Или просто внимательно и молчаливо смотрит на них? Этого я не знаю, да и так ли это важно? Главное, она не прерывает их. Вы же знаете, как бывает, когда двое беседуют. Один говорит, а другой перебивает его: «Ну точно, как у меня, я...» и начинает рассказывать о себе, пока первому уже, в свою очередь, не удается вставить: «Ну точно, как у меня, я...»

Эта фраза «Ну точно, как у меня, я...» может казаться согласным эхом, продолжением мысли собеседника, но это вовсе не так: на самом деле это грубый бунт против грубого насилия, стремление высвободить из рабства собственное ухо и силой завладеть ухом противника. Ибо вся жизнь человека среди людей не что иное, как битва за чужое ухо. И весь секрет популярности Тамины заключается в том, что она не стремится рассказывать о себе. Она без сопротивления принимает захватчиков своего уха и никогда не говорит: «ну точно, как у меня, я...»

2

Биби на десять лет моложе Тамины. Вот уж без малого год, как она изо дня в день рассказывает о себе. А недавно объявила Тамине (собственно, с этого все и началось), что они с мужем собираются летом посетить Прагу.

В эту минуту Тамина словно пробуждается от многолетнего сна. Биби продолжает говорить, а Тамина (против обыкновения) прерывает ее:

— Биби, если вы поедете в Прагу, не смогли бы вы зайти к моему отцу и взять один пустячок для меня? Ничего крупного! Всего лишь небольшой пакет, он легко поместится в вашем чемодане!

— Для тебя что угодно, — с готовностью говорит Биби.

— Я была бы по гроб жизни благодарна тебе, — говорит Тамина.

— Положись на меня, — заверяет ее Биби, и обе женщины еще немного толкуют о Праге; у Тамины пылают щеки.

Затем Биби говорит: — Я хочу написать книгу.

Тамина думает о своем пакете в Праге и знает, что должна сохранить Бибино расположение. Поэтому тут же предлагает ей свое ухо: — Книгу? И о чем же?

Годовалая дочка Биби ползает под барным табуретом, на котором сидит ее мама, и визжит.

— Тише! — бросает Биби, обратив взгляд к полу, а затем, выдыхая сигаретный дым, говорит: — О том, как я вижу мир.

Ребенок визжит все пронзительнее, а Тамина спрашивает: — И у тебя бы хватило духу написать книгу?

— А почему нет? — говорит Биби и снова задумывается: — Конечно, не плохо бы получить хоть какие-то сведения о том, как пишется книга. Ты случайно не знаешь Банаку?

— Кто это? — спрашивает Тамина.

— Писатель, — говорит Биби. — Живет здесь. Хотелось бы с ним познакомиться.

— А что он написал?

— Не знаю, — говорит Биби и добавляет в задумчивости: — Пожалуй, стоило бы что-нибудь почитать из его книг.

3

Вместо возгласа радостного удивления в трубке прозвучало ледяное: — Надо же! Ты наконец вспомнила обо мне?

— Ты же знаешь, что у меня туго с деньгами. Звонить очень дорого, — извиняясь, сказала Тамина.

— Могла бы написать. Марка для письма, надеюсь, тебе по карману! Я уж и не помню, когда получила от тебя последнее письмо.

Тамина поняла, что разговор со свекровью начался скверно, и потому сперва долго расспрашивала ее, как живет и что делает, прежде чем осмелилась сказать: — Я хочу тебя кое о чем попросить. Уезжая, мы оставили у тебя один пакет.

— Пакет?

— Да. Петр при тебе запер его в письменном столе своего отца. Ты же помнишь, у него там всегда был свой ящик. А ключ отдал тебе.

— Ни о каком ключе я и понятия не имею.

— Как же так, мама! Ключ должен быть у тебя. Петр точно дал его тебе. Это было в моем присутствии.

— Вы мне ничего не давали.

— Прошло много лет. Ты, может, забыла. Я прошу тебя только посмотреть, где этот ключик. Ты наверняка его найдешь.

— А что мне с ним делать?

— Просто посмотри, в ящике ли этот пакет.

— А почему бы ему там не быть? Вы положили его туда?

— Положили.

— Тогда зачем мне открывать этот ящик? Вы думаете, что я что-то сделала с вашими записными книжками?

Тамина опешила: откуда свекровь знает, что там записные книжки? Они же были завернуты, и сверток тщательно заклеен скотчем. Тамина, однако, не выдала своего удивления.

— Я ведь ничего такого не говорила. Я только прошу тебя посмотреть, все ли там в порядке. А потом скажу тебе еще кое-что.

— А ты не можешь мне объяснить, в чем дело?

— Мама, у меня нет времени долго говорить. Это очень дорого!

Свекровь расплакалась: — Тогда не звони мне, если это дорого!

— Не плачь, мама, — сказала Тамина. Она прекрасно знала эти слезы. Когда свекровь хотела чего-то добиться от них, она всегда плакала. Своим плачем она обвиняла их, и не было на свете ничего более агрессивного, чем ее слезы.

Трубку, казалось, сотрясали рыдания, и Тамина сказала: — Мама, я еще позвоню.

Свекровь плакала, и у Тамины не хватало смелости положить трубку прежде, чем она услышит слова прощания. Но рыдания не утихали, и каждая слеза стоила немалых денег.

Тамина повесила трубку.

— Мадам Тамина, — сказала хозяйка кафе удрученным голосом, указывая на счетчик: — Вы разговаривали по телефону ужасно долго. — Она подсчитала, сколько стоил разговор с Чехией, и Тамину ужаснула величина суммы. Ведь Тамине приходилось считать каждый сантим, чтобы дотянуть до следующего жалованья. Но не сказав ни слова, она заплатила положенное.

4

Тамина и ее муж покинули Чехию нелегально. В государственном бюро путешествий они записались в туристическую поездку на побережье Югославии. Там, отстав от группы, через Австрию направились на Запад.

Чтобы не привлекать к себе внимания, каждый из них взял лишь по одному большому чемодану. Захватить с собой объемистый пакет, содержавший их переписку и Таминины дневники, в последнюю минуту они не решились. Случись полицейскому оккупированной Чехии при таможенном досмотре открыть их багаж и обнаружить, что они везут с собой к морю на две недели весь архив своей личной жизни, они сразу навлекли бы на себя подозрение. Зная к тому же, что после их бегства квартира будет конфискована государством, они решили не оставлять там пакета, а сохранить его у свекрови Тамины в заброшенном, теперь уже никому не нужном письменном столе покойного свекра.

За границей муж Тамины заболел, и она лишь наблюдала, как медленно его отнимает у нее смерть. Когда он умер, ее спросили, хочет ли она похоронить или кремировать тело. Она ответила, что хочет кремировать. Ее спросили, хочет ли она хранить прах в урне или развеять его. Лишенная родного очага, она испугалась, что будет вынуждена всю жизнь носить мужа, как ручную кладь. И она позволила развеять его прах.

Я представляю себе, как мир вокруг Тамины растет ввысь кольцеобразной стеной, а Тамина остается внизу, словно маленькая лужайка. И на этой лужайке расцветает единственная роза — воспоминание о муже.

Или представляю себе настоящее Тамины (оно состоит из подношения кофе и подставления уха) плывущим по воде паромом, на котором она сидит и смотрит назад, только назад.

Однако в последнее время ее приводит в отчаяние, что прошлое все больше и больше тускнеет. После смерти мужа у нее сохранилась лишь фотография с его паспорта, все остальные фото остались в конфискованной пражской квартире. Она смотрит на эту жалкую, проштемпелеванную, со срезанным уголком карточку, на которой муж, снятый анфас (точно преступник, сфотографированный для судебного опознания), не очень-то и похож на себя. Она ежедневно сколько-то времени проводит над этой фотографией, занимаясь своего рода духовными упражнениями: старается представить себе мужа в профиль, затем в полупрофиль, а затем в три четверти. Она мысленно прочерчивает линию его носа, подбородка и что ни день приходит в ужас от того, что зрительная память отказывает ей и в этом воображаемом рисунке появляются новые спорные черты.

Во время этих упражнений она пыталась представить себе его кожу, ее цвет и все ее мелкие изъяны, бородавочки, наросты, веснушки, сосудики. Это было трудно, почти невозможно. Краски, которыми пользовалась ее память, были нереальны и вообще не годились для изображения человеческой кожи. Это научило ее особой технике воспоминания. Сидя напротив того или иного мужчины, она использовала его голову в качестве скульптурного материала: она упорно смотрела на него и мысленно переделывала его лицо, придавала ему более темный оттенок, разбрасывала по нему веснушки и бородавочки, уменьшала уши или окрашивала глаза в голубой цвет.

Но все эти усилия лишь доказывали, что образ мужа безвозвратно ускользает. Еще в начале их любви он попросил ее (будучи на десять лет старше, он уже имел некое представление о скудости человеческой памяти) вести дневник и записывать для них обоих все события их жизни. Она сопротивлялась, утверждая, что это насмешка над их любовью. Она слишком любила его, чтобы суметь допустить, что казавшееся ей незабвенным может быть забыто. В конце концов она, разумеется, согласилась, но без восторга. И ее дневники отражали это: в них было много пустых страниц и отрывочных записей.

5

Она прожила с мужем в Чехии одиннадцать лет, и записных книжек, оставшихся у свекрови, тоже было одиннадцать. Вскоре после смерти мужа она купила тетрадь и разделила ее на одиннадцать частей. Хотя ей и удалось восстановить в памяти много полузабытых событий и ситуаций, случалось, она не знала, в какую часть тетради их занести. Хронологическая последовательность безнадежно утрачивалась.

Прежде всего ей хотелось воскресить в памяти такие события, которые служили бы ориентирами в потоке времени и создали бы основной костяк реконструированного прошлого. В частности, их отпуска. Их, несомненно, было одиннадцать, но она сумела вспомнить лишь девять. Два безвозвратно исчезли из памяти.

Эти девять найденных отпусков она попыталась занести в отдельные части тетради. С уверенностью она делала это лишь тогда, когда тот или иной год был чем-то ознаменован. В 1964 году у Тамины умерла мама, и спустя месяц они отправились в печальный отпуск в Татры. Помнила она и то, что на другой год они поехали к морю в Болгарию. Она также помнила отпуск в 1968 году и в году последующем, ибо это были их последние отпуска, проведенные в Чехии.

Но если большинство отпусков она худо-бедно сумела воссоздать в памяти (пусть некоторые и не смогла распределить по датам), то она потерпела полный крах, когда попыталась вспомнить их общие рождественские и новогодние праздники. Из одиннадцати рождественских праздников она обнаружила в уголках своей памяти всего два, а из двенадцати новогодних — пять.

Еще хотелось вспомнить все имена, которыми он называл ее. Собственным ее именем он пользовался, пожалуй, только первые две недели их совместной жизни. Его нежность была неким устройством, без конца производящим разные прозвища. У нее было много имен, но они как-то быстро изнашивались, и он не уставал давать ей новые и новые. В течение тех двенадцати лет, что они знали друг друга, у нее было двадцать — тридцать имен, и каждое относилось к определенному периоду их жизни.

Но как восстановить утраченную связь между прозвищем и ритмом времени? Тамине удается воскресить ее лишь в редких случаях. Например, она вспоминает дни после маминой смерти. Муж настойчиво шептал ей на ухо ее имя (имя того периода, той минуты), словно старался разбудить ее. Это прозвище она помнит и может с уверенностью вписать его в раздел, помеченный «1964». Но все остальные имена взмывают свободно и суматошно, вне времени, словно птицы, вырвавшиеся из вольера.

Вот почему она так отчаянно мечтает заполучить этот пакет с записными книжками и письмами.

Конечно, она знает, что в записных книжках немало неприятных моментов, дни неудовольствия, размолвок, даже тоски, но дело вовсе не в этом. Она не хочет возвращать прошлому его поэзию. Она хочет вернуть ему свое утраченное тело. Ее побуждает не мечта о красоте, а мечта о жизни.

Итак, Тамина сидит на плывущем пароме и смотрит назад, только назад. Все содержание ее бытия сводится лишь к тому, что ей видится там, далеко позади. Так же, как уменьшается, теряется и расплывается прошлое Тамины, уменьшается и теряет свои очертания она сама.

Тамина мечтает о записных книжках, дабы хрупкий остов прошлого, каким она создала его в новой тетради, обрел стены и стал домом, в котором она смогла бы жить. Ибо если рухнет шаткое строение воспоминаний, как непрочно поставленная палатка, от Тамины останется лишь одно настоящее, эта незримая точка, это ничто, медленно продвигающееся к смерти.

6

Почему же в таком случае она давно не попросила свекровь прислать ей эти старые записные книжки?

Переписка с заграницей в Чехии проходит через руки тайной полиции, и Тамина не в силах смириться с мыслью, что полицейские чиновники будут совать нос в их интимную жизнь. Сверх того, фамилия мужа (она продолжала ее носить), бесспорно, все еще числится в черных списках, а полиция испытывает неослабевающий интерес к любым документам, касающимся жизни своих противников, пусть даже умерших. (Тут Тамина нисколько не ошибается: наше единственное бессмертие в папках полицейских архивов.)

Вот поэтому Биби — единственная ее надежда, и она сделает все, чтобы обязать Биби. Она хочет познакомиться с Банакой, и Тамина рассуждает:

ее подруге не мешало бы знать фабулу хотя бы одной его книги. Все-таки надо, чтобы во время разговора Биби обронила: «Да, именно так вы и говорите в своей книге!» Или: «Вы ужасно похожи на своих героев, господин Банака!» Тамина знает, что в квартире у Биби нет ни одной книжки и что чтение нагоняет на нее скуку. И потому Тамина хотела бы знать, о чем пишет Банака, а уж затем подготовить подругу к встрече с ним.

В зале сидел Гуго, и Тамина поставила перед ним чашечку кофе: — Гуго, вы знакомы с Банакой?

У Гуго пахло изо рта, но в остальном он казался Тамине вполне симпатичным: был тихий, робкий, лет на пять моложе ее. Он заходил в кафе раз в неделю и впивался взглядом то в книги, которые носил с собой, то в Тамину, стоявшую за стойкой.

— Конечно, — ответил он.

— Я хотела бы узнать содержание одной из его книг.

— Запомните, Тамина, — сказал Гуго, — еще никто никогда не читал Банаку. Читать книги Банаки значит просто выставить себя идиотом. Ни у кого нет сомнений, что это писатель второго, если не третьего или даже десятого сорта. Уверяю вас, что и сам Банака в определенной мере жертва собственной репутации, он презирает людей, читавших его книги.

Итак, больше она не интересовалась книгами Банаки, но и не упустила возможности организовать встречу с писателем. Иногда она предоставляла свою квартиру, пустующую в течение дня, замужней маленькой японке по имени Жужу, тайно встречавшейся с одним женатым преподавателем философии. Философ знал Банаку, и Тамина обязала обоих любовников привести его к ней в тот день, когда у нее будет гостить Биби.

Узнав об этом, Биби сказала: — Возможно, Банака хорош собой, и твоя сексуальная жизнь наконец изменится.

7

В самом деле, с тех пор как умер муж, Тамина не была близка ни с одним мужчиной. И вовсе не из принципа. Напротив, эта ее верность даже за порогом смерти казалась ей почти смешной, и она никогда не хвасталась ею. Но стоило ей представить себе (а это случалось часто), что она раздевается перед чужим мужчиной, перед ней всегда возникал образ мужа. Она знала, что именно в этот момент увидит его. Знала, что увидит его лицо и следящие за ней глаза.

Конечно, все это было нелепо, даже абсурдно, и она вполне это сознавала. Она не верила в загробную жизнь души мужа, равно как и не думала, что оскорбит его память, заведя любовника. Но она ничего не могла с собой поделать.

Ей пришла в голову даже такая странная мысль: ей было бы куда легче изменять мужу при его жизни. Он был веселым, удачливым, сильным, она чувствовала себя гораздо слабее его, и ей казалось, что она, даже при желании, не могла бы ранить его.

Сейчас все изменилось. Сейчас она оскорбила бы того, кто не может защититься, кто отдан ей во власть, как ребенок. У ее покойного мужа нет никого, кроме нее, ах, никого, кроме нее, на всем белом свете!

И потому, стоило ей лишь подумать о возможности телесной близости с другим мужчиной, тотчас возникал образ мужа и с ним — мучительная печаль, а с печалью и непомерное желание плакать.

8

Банака был уродлив и вряд ли мог пробудить в какой-либо женщине дремлющую чувственность. Тамина наливала ему чай в чашку, и он весьма учтиво благодарил ее. Впрочем, все чувствовали себя у Тамины свободно, и Банака вскоре сам прервал беспорядочную болтовню и с улыбкой обратился к Биби:

— Я слышал, вы хотите писать книгу. О чем же она?

— Ничего особенного, — сказала Биби. — Роман. О том, как я вижу мир.

— Роман? — спросил Банака голосом, в котором прозвучало явное неодобрение.

— Это необязательно будет роман, — уклончиво поправилась Биби.

— Только представьте себе роман, — сказал Банака. — Множество разных персонажей. Вы хотите убедить нас, что все о них знаете? Что вы знаете о том, как они выглядят, о чем думают, как одеваются, из какой семьи происходят? Согласитесь, что это вас вовсе не интересует!

— Это правда, — согласилась Биби, — не интересует.

— Видите ли, — продолжал Банака, — роман — плод человеческой иллюзии, будто мы можем понять другого. Но что мы знаем друг о друге?

— Ничего, — сказала Биби.

— Это правда, — сказала Жужу.

Преподаватель философии одобрительно кивнул.

— Единственное, что мы можем сделать, — сказал Банака, — это свидетельствовать о себе самих. Все остальное — превышение наших полномочий. Все остальное — ложь.

Биби восторженно согласилась: — Это верно! Абсолютно верно! Я ведь тоже ни о каком романе не помышляю. Я просто неудачно выразилась. Я хотела писать именно так, как вы сказали: о себе самой. Свидетельствовать о своей жизни. При этом я не хочу скрывать, что моя жизнь совершенно будничная, обыкновенная и что я, в общем, ничего особенного не пережила.

Банака улыбался: — Это не имеет значения! Если смотреть извне, так я тоже ничего особенного не пережил.

— Да, — воскликнула Биби, — правильно сказано! Если смотреть *извне*, ничего особенного я не пережила. Если смотреть извне! Но если смотреть *изнутри*, я чувствую, что мой опыт стоит того, чтобы написать о нем, и тем самым заинтересовать всех.

Тамина, подливая в чашки чаю, была довольна, что оба мужчины, спустившиеся к ней в квартиру с Олимпа духа, обходительны с ее подругой.

Преподаватель философии, попыхивая трубкой, прятался за дымом, словно стыдился.

— Уже начиная с Джеймса Джойса, — сказал он, — мы знаем, что наивысшее приключение нашей жизни — отсутствие приключения. Одиссей, воевавший в Трое, возвращался морями, сам управлял судном, на каждом острове его ждала любовница, — нет, это не наша жизнь. Гомеровская Одиссея переместилась вовнутрь человека. Она стала содержанием его души. Острова, моря, обольщающие нас сирены, Итака, призывающая нас, — сегодня это лишь голоса нашей души.

— Да! Это именно то, что я чувствую! — воскликнула Биби и вновь обратилась к Банаке: — Поэтому я и хотела вас спросить, как взяться за это. У меня часто возникает ощущение, что все мое тело переполнено жаждой выразиться. Говорить. Высказаться. Иногда кажется, что я могу сойти с ума, меня до того распирают чувства, что хочется кричать; вам, господин Банака, это, несомненно, знакомо. Я хотела бы рассказать о своей жизни, о своих ощущениях, я знаю, они совершенно особые, но когда передо мной лист бумаги, все мои мысли вдруг улетучиваются. Вот я и подумала, что это дело техники. Вероятно, мне не хватает каких-то знаний, которые есть у вас. Ведь вы написали такие прекрасные книги...

9

Я избавляю вас от урока по искусству письма, который преподали оба Сократа молодой женщине. Скажу кое о чем другом. Недавно я проехал Париж из одного конца в другой, и таксист разговорился. По ночам он не спит. Страдает хронической бессонницей. Началось это еще во время войны. Он был моряком. Корабль его потопили. Он плавал в море три дня и три ночи. Потом его спасли. Несколько месяцев был между жизнью и смертью. Выздоровел, но лишился сна.

— Моя жизнь на треть длиннее вашей,— сказал он с улыбкой.

— Что же вы делаете с этой третью, данной вам в дополнение? — спросил я.

— Пишу,— сказал он.

Я спросил, что он пишет.

Он пишет о своей жизни. О человеке, который плавал три дня и три ночи в море, боролся со смертью, потерял сон и все-таки сохранил силу жить.

— Вы это пишете для своих детей? Как хронику семьи?

Он горько засмеялся: — Для моих детей? Их это не интересует. Пишу просто книгу. Думаю, она может помочь многим людям.

Разговор с таксистом вдруг осветил мне суть писательской деятельности. Мы пишем книги, потому что наши дети не интересуются нами. Мы обращается к анонимному миру, потому что наша жена затыкает уши, когда мы разговариваем с ней.

Вы, пожалуй, возразите: в случае с таксистом речь идет о графомане и никоим образом не о писателе. Стало быть, прежде всего нам надо уточнить понятия. Особа, пишущая любовнику по четыре письма на дню, не графоманка, а влюбленная женщина. Но мой приятель, делающий фотокопии своей любовной переписки, чтобы однажды издать ее, — графоман. Графомания — это желание писать не письма, дневники, семейные хроники (то есть писать для себя или для своих самых близких), а писать книги (то есть обретать аудиторию неизвестных читателей). В этом смысле страсть таксиста и страсть Гёте одинаковы. Гёте от таксиста отличает не иная страсть, а иной результат страсти.

Графомания (страсть писать книги) закономерно становится массовой эпидемией при наличии трех условий развития общества:

1) высокого уровня всеобщего благосостояния, дающего возможность людям отдаваться бесполезной деятельности;

2) высокой степени атомизации общественной жизни и вытекающей отсюда тотальной разобщенности индивидуумов;

3) радикального отсутствия больших общественных изменений во внутренней жизни народа. (С этой точки зрения мне представляется знаменательным, что во Франции, где, по существу, ничего не происходит, число писателей в двадцать один раз больше, чем в Израиле. Кстати, Биби точно выразилась, заявив, что, *если смотреть со стороны*, она ничего не пережила. Именно это отсутствие жизненного содержания, эта пустота и является мотором, принуждающим ее писать.)

Однако результат, в свою очередь, воздействует на причину. Тотальная разобщенность порождает графоманию, но массовая графомания в то же время обостряет чувство тотальной разобщенности. Изобретение книгопечатания когда-то дало человечеству возможность взаимопонимания. В пору всеобщей графомании написание книг обретает обратный смысл: каждый отгораживается собственными словами, словно зеркальной стеной, сквозь которую не проникает ни один голос извне.

10

— Тамина, — сказал Гуго, болтая с ней однажды в пустом кафе, — я знаю, у меня нет ни малейшей надежды завоевать вас. Я даже не буду пытаться. Но все-таки я могу пригласить вас на воскресный обед?

Пакет находится в провинциальном городе у свекрови, и Тамина хочет переправить его к отцу в Прагу, чтобы Биби смогла его оттуда забрать. Казалось бы, нет ничего проще, но на уговоры старых людей с их причудами ей придется потратить много времени и денег. Телефонный разговор стоит дорого, а ее жалованья едва хватает на оплату квартиры и необходимое питание.

— Да, — говорит Тамина, думая о том, что в квартире у Гуго есть телефон.

Заехав за ней на машине, он повез ее в загородный ресторан.

Убогость ее положения могла бы облегчить ему роль всесильного покорителя, но за фигурой низкооплачиваемой официантки видится таинственный опыт чужестранки и вдовы. Он чувствует себя неуверенно. Ее любезность словно непробиваемый панцирь. Он хотел бы привлечь ее внимание, заинтересовать ее, проникнуть в ее мысли!

Он попытался придумать для нее нечто необычное. Не доехав до цели, он остановил машину, решив побродить с нею по зоологическому саду, расположенному в парке красивого загородного замка. Они ходили среди обезьян и

139

попугаев на фоне готических башен. В парке они оказались совершенно одни, лишь деревенский садовник сметал опавшие листья с широких аллей. Миновав волка, бобра и тигра, они подошли к большому полю, обнесенному проволочной сеткой, за которой содержались страусы.

Их было шестеро. Увидев Тамину и Гуго, птицы подбежали к ним. Сбившись в стайку у забора, они вытягивали длинные шеи, таращили на них глаза и беспрестанно открывали широкие плоские клювы. Они открывали и закрывали их с невероятной, лихорадочной быстротой, словно разговаривали, перекрикивая друг друга. Но их клювы были безнадежно немы и не издавали даже тончайшего звука.

Страусы походили на гонцов, заучивших какую-то важную весть, но по дороге неприятель перерезал им голосовые связки, и они, достигнув цели, могли лишь беззвучно шевелить губами.

Тамина, точно заколдованная, смотрела на страусов, а они без устали говорили, говорили все настойчивее, а когда она и Гуго двинулись дальше, побежали за ними вдоль ограды и, продолжая щелкать немыми клювами, предупреждали ее о чем-то, но о чем — Тамина не ведала.

11

— Это было похоже на эпизод из страшной сказки, — говорила Тамина, отрезая паштет. —

Словно они хотели сообщить мне что-то ужасно важное. Но что? Что они хотели сказать мне?

Гуго стал объяснять, что это молодые страусы и что именно так они и ведут себя. Когда он в последний раз был в этом зоологическом саду, они все шестеро, подбежав к ограде, тоже открывали свои немые клювы.

Но Тамина оставалась встревоженной: — Видите ли, в Чехии я оставила кое-что. Пакет с некоторыми бумагами. Если отправить его почтой, полиция скорее всего конфискует его. Биби летом собирается в Прагу. И обещала мне его привезти. А теперь мне стало страшно. И я задаюсь вопросом, не пришли ли страусы предупредить меня, что с этим пакетом что-то случилось.

Гуго знал, что Тамина вдова и что муж ее эмигрировал по политическим причинам.

— Это какие-то политические документы? — спросил он.

Тамина уже давно осознала: если она хочет, чтобы ее жизнь была понятной здешним людям, она должна ее упростить. Было бы чрезвычайно сложно объяснить, почему эта частная переписка и интимные дневники могут быть конфискованы и почему она вообще придает им такое значение. Она сказала: — Да, политические документы.

И тут же испугалась, что Гуго захочет подробнее узнать об этих документах, но ее тревога была напрасной. Разве кто-нибудь когда-нибудь задавал ей какие-то вопросы? Люди обычно сообщали, что они думают о ее стране, но опыт самой Тамины не занимал их.

Гуго спросил: — А Биби знает, что это политические документы?

— Нет, — ответила Тамина.

— Это хорошо, — сказал Гуго. — Не говорите ей, что речь идет о политике. В последнюю минуту она испугается и ничего не возьмет. Вы не представляете себе, Тамина, как люди боятся. Пусть Биби думает, что речь идет о чем-то совершенно незначительном и обыкновенном. Ну, к примеру, о вашей любовной переписке. Да, скажите ей, что в этом пакете любовные письма!

Гуго посмеялся над своей идеей: — Любовные письма! Да! Это то, что не переходит границ ее кругозора! Биби способна это понять!

Стало быть, для Гуго, думает Тамина, любовные письма — нечто незначительное и обыкновенное. Никому даже в голову не приходит, что она могла кого-то любить и что это было так важно.

Гуго добавил: — Если ее поездка почему-либо сорвется, положитесь на меня. Я поеду и найду там ваш пакет.

— Спасибо, — искренне сказала Тамина.

— Я поеду и найду его, — повторил Гуго, — пусть меня даже посадят.

— Да полно вам! — возражает Тамина. — Ничего такого с вами не случится! — И она пытается ему объяснить, что иностранным туристам в Чехии не грозит никакая опасность. В Чехии жизнь опасна только для чехов, да и те уже не сознают этого. Она говорила взволнованно и долго, она знала эту страну как свои пять пальцев, и я могу подтвердить, что она говорила сущую правду.

Час спустя она держала у своего уха трубку телефона Гуго. Ее разговор со свекровью был ничуть не удачнее первого: — Вы не давали мне никакого ключа! Вы от меня всегда все скрывали! Почему ты заставляешь меня вспоминать, как вы всю жизнь ко мне относились!

12

Если для Тамины так важны ее воспоминания, почему же она не возвращается в Чехию? Эмигранты, нелегально покинувшие страну после 1968 года, были тем временем амнистированы и приглашены вернуться. Чего же тогда боится Тамина? Она ведь слишком неприметная фигура, чтобы на родине подвергаться опасности!

Да, она без боязни могла бы вернуться. И все-таки не может.

Мужа на родине предали все. И Тамина считает: вернись она к ним, она бы тоже его предала.

Когда его постоянно понижали в должности, а в конце концов и вовсе выгнали с работы, никто не заступился. Даже друзья. Конечно, Тамина знает, что в глубине души они были на его стороне и лишь страх принуждал их молчать. Но именно потому, что были на его стороне, они тем больше стыдились своего страха и, встречая его на улице, делали вид, что не замечают его. Супруги из деликатности и сами стали избегать людей, дабы не пробуждать в них чувства стыда. И вскоре оба почувствовали себя прокаженными. Когда они покинули Чехию, бывшие коллеги подписали публичное заявление, в котором оклеветали и осудили мужа. Они, конечно, сделали это ради того, чтобы не лишиться работы, как лишился ее несколько раньше муж Тамины. Однако же сделали это. И тем самым еще больше углубили пропасть между собой и двумя эмигрантами, которую Тамина никогда не согласится перепрыгнуть, чтобы вернуться туда.

Когда в первую ночь после бегства они проснулись в маленьком отеле в Альпах и осознали, что они одни, оторванные от мира, в котором развертывалась вся их предыдущая жизнь, Тамина почувствовала освобождение и облегчение. Они были в горах, в восхитительном уединении. Вокруг стояла невообразимая тишина. Тамина воспринимала ее как нежданный дар, и ей вдруг подумалось, что муж покинул Чехию, чтобы спастись от преследования, а она — чтобы обрести тишину; тишину для мужа и для себя; тишину для любви.

После смерти мужа ее охватила внезапная тоска по родине, где повсюду остались следы одиннадцати лет их жизни. В порыве вдруг нахлынувшей сентиментальности она послала траурное извещение десятку знакомых. Но не получила ни одного ответа.

Месяцем позже на оставшиеся сбережения она поехала к морю. Надев купальный костюм, она проглотила тюбик транквилизатора и уплыла далеко в море. Думала, что таблетки вызовут у нее глубокую усталость и она утонет. Но холодная вода и спортивная сноровка (она всегда была превосходной пловчихой) не дали ей уснуть, и таблетки, видимо, были слабее, чем она предполагала.

Она вернулась на берег, пошла в номер и проспала там двадцать часов. Когда проснулась, ощутила в себе покой и мир. Решила жить в тишине и ради тишины.

13

Телевизор Биби озарял серебристо-голубым светом присутствующих: Тамину, Жужу, Биби и ее мужа Деде, коммивояжера, вернувшегося накануне после четырех дней отсутствия. В комнате стоял слабый запах мочи, а на телеэкране была большая, круглая, старая, лысая голова: незримый журналист адресовал ей провокационный вопрос:

— Мы прочли в ваших мемуарах несколько шокирующих эротических признаний.

Шла регулярная передача; популярный журналист пригласил к участию в беседе нескольких авторов, чьи книги вышли в свет на минувшей неделе.

Большая голая голова самовлюбленно улыбалась: — Помилуйте! Ничего шокирующего! Всего лишь предельно точный подсчет! Посчитаем вместе. Моя эротическая жизнь началась в пятнадцать лет. — Старая круглая голова гордо огляделась вокруг: — Да, в пятнадцать. Сейчас мне шестьдесят пять. Стало быть, у меня за спиной пятьдесят лет эротической жизни. Я могу предположить, а это весьма скромная оценка, что я занимался любовью в среднем два раза в неделю. Следовательно, сто раз в год, или же пять тысяч раз в течение моей жизни. Считайте дальше. Если оргазм продолжается пять секунд, значит, у меня было двадцать пять тысяч секунд оргазма. А в сумме это шесть часов пятьдесят шесть минут оргазма. Недурно, как по-вашему?

Все в комнате серьезно кивали, а Тамина вообразила себе лысоголового старика, испытывавшего непрерывный оргазм: как он извивается, хватается за сердце, как спустя четверть часа у него изо рта выпадает искусственная челюсть, а спустя еще пять минут он падает замертво. Она прыснула со смеха.

— Что ты смеешься? — приструнила ее Биби. — Это не такой уж плохой итог! Шесть часов пятьдесят шесть минут сплошного оргазма.

Жужу сказала: — Многие годы я вообще не знала, что такое испытывать оргазм. Но теперь, вот уже несколько лет, испытываю его достаточно регулярно.

Все стали обсуждать оргазм Жужу, в то время как на экране выражала свое возмущение уже другая физиономия.

— Почему он так сердится? — спросил Деде.

Писатель на экране говорил: — Это весьма важно. Весьма важно. Я объясняю это в своей книге.

— Что весьма важно? — спросила Биби.

— Что он провел свое детство в деревне Руру, — пояснила Тамина.

У субъекта, который провел свое детство в деревне Руру, был длинный нос, отяжелявший его, словно гиря: его голова все больше и больше клонилась вниз, и временами казалось, что она выпадет из экрана в комнату. Лицо, отяжеленное носом, было безмерно возбуждено, когда изрекало:

— Я объясняю это в своей книге. Все мое творчество связано с простой деревней Руру, а кто этого не понимает, тот вообще не может постичь мое произведение. Даже свои первые стихи я писал именно там. Да. Я считаю это весьма важным фактом.

— С некоторыми мужчинами, — сказала Жужу, — я вообще никогда не испытываю оргазма.

— Не забывайте, — говорил писатель, и его лицо все больше возбуждалось, — что именно в Руру я впервые сел на велосипед. Да, я подробно пишу об этом в своей книге. А вы все знаете, что значит в моих произведениях велосипед. Это символ. Велосипед для меня — это первый шаг человечества из патриархального мира в мир цивилизации. Первый флирт с цивилизацией. Флирт девственницы перед первым поцелуем. Пока еще девственность, но уже грех.

— В самом деле,— сказала Жужу,— моя коллега Танака первый оргазм испытала на велосипеде, когда была еще девственницей.

Все стали обсуждать оргазм Танаки, а Тамина спросила Биби: — Я могу от тебя позвонить?

14

В соседней комнате запах мочи был еще сильнее. Там спала дочка Биби.

— Я знаю, что вы не разговариваете,— шептала Тамина,— но иначе я не получу от нее своего пакета. Есть единственная возможность: ты поедешь к ней и возьмешь его. Если она не найдет ключа, заставь ее взломать замок. В ящике мои вещи. Письма и прочее. У меня есть право на них.

— Тамина, не принуждай меня разговаривать с ней!

— Папа, пересиль себя и сделай это для меня. Она боится тебя и не осмелится отказать.

— Знаешь что? Если твои знакомые приедут в Прагу, я дам им для тебя шубу. Это важнее, чем старые письма.

— Но мне не нужна шуба. Мне нужен мой пакет.

— Говори громче! Я не слышу тебя! — просил отец, но дочь умышленно говорила шепотом, чтобы Биби не слышала ее чешских фраз, по которым сразу бы поняла, что она звонит за границу и что каждая секунда разговора дорого обойдется.

— Я говорю, что мне нужен мой пакет, а не шуба! — повторила Тамина.

— Тебя всегда волнуют глупости!

— Папа, телефон стоит ужасно дорого! Скажи, пожалуйста, ты правда не можешь поехать к ней?

Разговор был трудным. Отец поминутно просил ее повторить сказанное и упорно не соглашался поехать к свекрови. В конце концов проговорил:

— Позвони брату! Пусть съездит он! И привезет этот пакет мне!

— Но брат ее совсем не знает!

— Тем лучше, — засмеялся отец. — Иначе он никогда бы к ней не поехал.

Тамина быстро прикинула: это, конечно, неплохая идея послать к свекрови брата, человека энергичного и властного. Но Тамине не хочется ему звонить. С тех пор как она за границей, они не обменялись ни единым письмом. Брат занимает высокооплачиваемую должность и сохранил ее лишь благодаря тому, что не поддерживает никакой связи с сестрой-эмигранткой.

— Папа, я не могу ему звонить. Может, ты сам все ему объяснишь? Прошу тебя, папа!

15

Когда отец, человек низкорослый и хилый, шел, бывало, по улице, держа Тамину за руку, он гордо выпячивал грудь, словно демонстрировал всему свету памятник одной героической ночи, когда он сотворил дочь. Зятя он всегда недолюбливал и вел с ним непрерывную войну. И, предлагая послать Тамине шубу (наверняка доставшуюся ему от какой-нибудь умершей родственницы), был движим не заботой о здоровье дочери, а своим старым соперничеством. Он хотел, чтобы Тамина предпочла отца (шубу) супругу (пакету бумаг).

Тамину приводило в ужас, что судьба ее пакета во враждебных руках отца и свекрови. Она все чаще представляла себе, как ее дневники читают чужие глаза, и ей пришла мысль, что чужие взгляды подобны дождю, смывающему надписи на стенах. Или подобны свету, что раньше времени падает на фотобумагу в ванночке с проявителем и губит изображение.

Она поняла, что ценность и смысл ее памятных записей состоит лишь в том, что они предназначены *только ей*. В ту минуту, когда они утрачивают это свойство, обрывается интимная нить, связывающая ее с ними, и она уже будет читать их не своими глазами, а глазами публики, которая знакомится с документом, написанным другим. И тот, кто писал его, станет для нее существом посторонним. Поразительное сходство, которое все же останется между нею и автором дневников, будет производить на нее впечатление пародии и насмешки. Нет, она никогда не сможет читать свои дневники, если их коснутся чужие глаза!

И ею овладело нетерпение: эти дневники и письма ей захотелось получить как можно быстрее, покуда запечатленный в ней образ прошлого еще не погублен.

16

В кафе появилась Биби и подсела к барной стойке: — Привет, Тамина. Дай мне виски.

Биби в основном пила кофе и только в исключительных случаях портвейн. Просьба дать ей виски говорила о том, что Биби в особом расположении духа.

— Как продвигается книга? — спросила Тамина, наливая виски.

— Чтобы писать, надо быть в лучшем настроении, — ответила Биби. Она залпом выпила виски и попросила еще.

В кафе вошли несколько посетителей. Узнав, что угодно каждому из них, Тамина вернулась к стойке, налила подруге вторую порцию виски и принялась обслуживать клиентов. Когда она снова подошла к стойке, Биби сказала:

— Деде не могу выносить больше. После своих поездок он два дня валяется в постели. Два дня не вылезает из пижамы. А ты бы это вынесла? И самое ужасное, когда ему хочется трахаться. Он понять не может, что это траханье мне просто обрыдло. На этом надо поставить точку. Он только и знает, что готовится к своим отпускам. Лежит в пижаме на кровати и изучает атлас. Сначала собирался в Прагу. Но сейчас это его уже не привлекает. Нашел какую-то книгу об Ирландии и во что бы то ни стало хочет туда.

— Значит, вы поедете в отпуск в Ирландию? — спросила Тамина, чувствуя, как перехватило горло.

— *Мы? Мы* никуда не поедем. Я останусь дома и буду писать. Он никуда меня не вытянет. Мне Деде не нужен. А я для него вообще пустое место. Я пишу, но представляешь, он еще ни разу не спросил, о чем я пишу. Я поняла, что нам с ним вообще не о чем говорить.

Тамина хотела спросить: «Так ты, значит, не поедешь в Прагу?», но снова перехватило горло, и она не смогла вымолвить ни слова.

Тут в кафе вошла японка Жужу и вспрыгнула на барный табурет рядом с Биби. Она спросила: — Вы могли бы заниматься любовью прилюдно?

— Что ты имеешь в виду?

— Ну, к примеру, тут в кафе, на полу, на глазах у всех. Или в кино во время сеанса.

— Тише! — крикнула Биби дочке, поднявшей визг внизу у ее табурета. Потом сказала: — А почему бы и нет? В этом нет ничего противоестественного. Почему надо стыдиться того, что естественно?

Тамина снова набралась было мужества спросить у Биби, поедет ли она в Прагу. Но тут же поняла, что вопрос излишен. Было даже слишком очевидно: Биби в Прагу не поедет.

Из кухни в зал вошла хозяйка кафе и с улыбкой спросила Биби: — Как вы поживаете?

— Нужна революция, — сказала Биби. — Что-то должно произойти! В конце концов, должно же что-то произойти!

Ночью Тамине снились страусы. Они стояли у ограды и наперебой разговаривали с ней. Они вселяли в нее страх. Не в силах сдвинуться с места, она, словно загипнотизированная, смотрела на их немые клювы. И судорожно сжимала губы. Во рту у нее было золотое кольцо, и она боялась потерять его.

17

Почему я представляю ее с золотым кольцом во рту?

Я ничего не могу поделать: я представляю ее именно так.

И вдруг мне вспоминается фраза: «*...тихий, чистый, металлический тон; будто золотое кольцо падает в серебряную чашу*».

Томас Манн еще в ранней молодости написал наивный, захватывающий рассказ о смерти: в этом рассказе смерть прекрасна, как прекрасна она для всех тех, кто мечтает о ней, когда он очень молод и смерть еще нереальна и пленительна, точно голубоватый голос далей.

Молодой человек, смертельно больной, садится в поезд, выходит на неведомой станции, идет в город, названия которого он не знает, и в одном доме у старухи, чей лоб покрыт экземой, снимает комнату. Нет, я не собираюсь рассказывать, что происходило в этой временно снятой квартире, я хочу лишь упомянуть об одном незначительном эпизоде: когда этот больной молодой человек ходил по комнате, *«ему казалось, что среди чеканных звуков собственных шагов он слышит рядом, в соседних комнатах, какой-то неопределенный звук, тихий, чистый, металлический тон; но, возможно, это лишь казалось ему. Будто золотое кольцо падает в серебряную чашу, подумал он...».*

У этого маленького акустического эпизода нет в рассказе ни продолжения, ни объяснения. С точки зрения чистого действия его можно было бы беспрепятственно опустить. Звук раздался, и все; ни с того ни с сего; просто так.

Я думаю, что Томас Манн позволил зазвучать этому *«тихому, чистому, металлическому тону»*, чтобы возникла тишина. Она была нужна ему, чтобы услышать красоту (ибо смерть, о которой он рассказывал, была *смертью-красотой*), а красота, чтобы быть воспринятой, требует хотя бы минимальной тишины (измеряемой именно звуком упавшего в серебряную чашу золотого кольца).

(Да, я знаю, вам непонятно, о чем я говорю, ведь красота давно погибла. Она исчезла под слоем шума — шума слов, шума машин, шума музыки, шума букв, — в котором мы постоянно живем. Красота затоплена, как Атлантида. После нее осталось только слово, чей смысл год от году все менее вразумителен.)

Тамина впервые услыхала эту тишину (драгоценную, точно обломок мраморной статуи из затонувшей Атлантиды), проснувшись после бегства из Чехии в альпийском отеле, окруженном лесом. Второй раз она услыхала ее, плавая в море с желудком, полным таблеток, принесших ей вместо смерти нежданный покой. Эту тишину ей хочется оберечь своим телом и в своем теле. Вот почему она видится мне в ее сне: она стоит у проволочной ограды и, судорожно сжимая губы, держит во рту золотое кольцо.

Против нее за оградой шесть длинных шей с маленькими головками и плоскими клювами, что беззвучно открываются и закрываются. Она не понимает их. И не знает, угрожают ли они ей, предупреждают, увещевают или просят. А поскольку ничего не знает, испытывает безмерную тревогу. Она боится потерять золотое кольцо (этот камертон тишины) и, судорожно сжимая губы, хранит его во рту.

И Тамина никогда не узнает, о чем они пришли сказать ей. Но я это знаю. Они пришли не за тем, чтобы предупреждать ее, наставлять или угрожать ей. Она для них вовсе ничего не значит. Они пришли, чтобы каждый из них рассказал ей о себе. Как он ел, как спал, как бежал к ограде и что видел за ней. Что провел свое знаменитое детство в знаменитой деревне Руру. Что его знаменитый оргазм продолжался шесть часов. Что за оградой он видел бабку, повязанную платком. Что он плавал, занемог, но потом выздоровел. Что в юности он ездил на велосипеде, а нынче съел мешок травы. Они все стоят перед Таминой и наперебой рассказывают ей о себе, воинственно, напористо и агрессивно, ибо на свете нет ничего более важного, чем то, о чем они хотят ей сказать.

18

Несколькими днями позже в кафе появился Банака. Пьяный в стельку, он уселся на табурет у бара, дважды упал с него, дважды взгромоздился снова, заказал себе кальвадос и опустил голову на стол. Тамина заметила, что он плачет.

— Что с вами, господин Банака? — спросила она.

Банака посмотрел на нее заплаканными глазами и пальцем ткнул себя в грудь: — Меня нет, понимаете! Меня нет! Я не существую!

Затем он пошел в туалет, а оттуда прямиком на улицу, так и не расплатившись.

Тамина рассказала об этом Гуго, а тот вместо объяснения показал ей страничку газеты с несколькими рецензиями на книги, а также с заметкой о творении Банаки, состоявшей из четырех саркастических строк.

Эпизод с Банакой, который пальцем тыкал себя в грудь и плакал, потому что он не существует, напоминает мне строку из гётевского «Западновосточного дивана»: *«Живет ли человек, когда жи-*

вут другие?» В вопросе Гёте сокрыта тайна самой сущности писательства: человек, пишущий книги, превращается во вселенную (разве не говорят о вселенной Бальзака, вселенной Чехова, вселенной Кафки?), а сущность вселенной именно в том и заключается, что она единственная. Наличие другой вселенной, стало быть, угрожает самой ее сущности.

Два башмачника, если их мастерские не на одной улице, могут жить вместе в чудесной гармонии. Но стоит им начать писать книгу об участи башмачника, они тотчас станут мешать друг другу и задавать вопрос: *«Живет ли башмачник, когда живут другие башмачники?»*

Тамине кажется, что даже единый посторонний взгляд может уничтожить ценность ее интимных дневников, а Гёте одержим мыслью, что даже единый взгляд одного-единственного человека, скользящий поверх строк его произведения, ставит под сомнение само существование Гёте. Разница между Таминой и Гёте не более, чем разница между человеком и писателем.

Тот, кто пишет книги, либо всё (он единственная вселенная для самого себя и для всех других), либо ничто. А так как никому не дано быть *всем*, мы все, пишущие книги, являем собою *ничто*. Непризнанные, ревнивые, озлобленные, мы желаем другому смерти. Тут мы все равны: Банака, Биби, я и Гёте.

Неудержимый рост массовой графомании среди политиков, таксистов, рожениц, любовниц, убийц, воров, проституток, префектов, врачей и пациентов убеждает меня в том, что каждый человек без исключения носит в себе писателя как некую свою возможность, и потому человечество по праву могло бы высыпать на улицы и кричать: мы все писатели!

Ибо каждый человек страдает при мысли, что он исчезнет в равнодушной вселенной неуслышанным и незамеченным, а посему сам хочет вовремя превратиться во вселенную слов.

Но когда однажды (и это будет скоро) во всех людях проснется писатель, настанут времена всеобщей глухоты и непонимания.

19

Теперь ее единственной надеждой остается Гуго. Он пригласил ее на ужин, и на этот раз она с радостью приняла приглашение.

Гуго сидит за столом напротив нее и думает об одном: Тамина постоянно от него ускользает. В ее присутствии он теряет уверенность и не решается атаковать ее напрямую. И чем больше он страдает от невозможности достичь цели, весьма скромной и определенной, тем сильнее его желание завоевать мир, эту неохватность неопределенного, эту неопределенность неохватного. Он вынимает из кармана журнал и, раскрыв его, протягивает ей. На раскрытой странице большая статья, подписанная его именем.

Затем он разражается длинной тирадой. Говорит о журнале, показанном ей: да, пока за пределами их города читают его немногие, однако это серьезное теоретическое издание, и люди, его выпускающие, не робкого десятка и со временем далеко пойдут. Гуго говорит, говорит, и его слова должны стать метафорой его эротической агрессивности, демонстрацией его мужской силы. В этих словах — волшебная готовность абстрактного, спешащего заменить непреклонность конкретного.

А Тамина, глядя на Гуго, преображает его лицо. Эти ее духовные упражнения превратились в манию. По-другому она уже не смотрит на мужчину. Усилием воли она мобилизует все свое воображение, и в результате карие глаза Гуго действительно меняют свой цвет, становясь вдруг голубыми. Тамина смотрит на него пристально: ведь для того, чтобы голубой цвет не рассеялся, она должна удержать его в глазах Гуго всей силой своего взгляда.

Этот взгляд будоражит Гуго, заставляя его говорить все больше и больше, его глаза светятся яркой голубизной, его лоб мягко вытягивается над висками, пока впереди не остается лишь узкий треугольник волос, обращенный острым концом вниз.

— Я всегда направлял свою критику против нашего западного мира, и только. Но несправедливость, царящая здесь, может привести нас к ложной снисходительности к другим странам. Благодаря вам, да, Тамина, благодаря вам я понял, что проблема власти повсюду одинакова, и у вас, и у нас, на Западе и на Востоке. Мы не должны пытаться заменить одну форму власти другой, но мы обязаны отрицать сам *принцип* власти, и отрицать его повсеместно.

Гуго наклоняется над столом к Тамине, кислый запах из его рта нарушает ее духовные упражнения настолько, что надо лбом Гуго вновь нависают густые, низко растущие волосы. А Гуго опять говорит, что все это он понял лишь благодаря ей.

— Как так? — прерывает его Тамина. — Мы же никогда не говорили об этом!

На лице у Гуго уже только один голубой глаз, да и тот постепенно коричневеет.

— Нам и не надо было о чем-то говорить. Достаточно того, что я о вас много думал.

Официант, склонившись, поставил перед ними тарелку с закуской.

— Прочту это дома, — сказала Тамина и сунула журнал в сумку. Потом сказала: — Биби в Прагу не едет.

— Я знал это, — сказал Гуго и добавил: — Не волнуйтесь, Тамина. Я обещал вам. Я сам поеду туда.

20

— У меня для тебя хорошая новость. Я говорил с твоим братом. Он поедет к свекрови в эту субботу.

— Правда? И ты объяснил ему все? Ты сказал, что, если свекровь не найдет ключа, надо просто выломать замок?

Тамина, словно в дурмане, повесила трубку.

— Хорошая новость? — спросил Гуго.

— Да, — сказала она.

В ушах у нее стоял голос отца, веселый и решительный, и ей подумалось, что она была несправедлива к нему.

Гуго встал, подошел к бару. Достал оттуда две рюмки и налил в них виски.

— Звоните от меня, Тамина, когда вам угодно и сколько угодно. Я могу повторить вам то, что уже сказал. Мне с вами хорошо, хотя я знаю, что вы никогда не будете со мной спать.

Он принудил себя произнести это «я знаю, что вы никогда не будете со мной спать» лишь для того, чтобы доказать себе, что способен выговорить перед этой неприступной женщиной определенные слова (пусть даже в осторожной, отрицательной форме), и теперь казался себе почти храбрецом.

Тамина встала и направилась к Гуго, чтобы взять у него рюмку. Она думала о брате: они не общались, но все же любят друг друга и готовы друг другу помочь.

— Пусть все у вас получится! — сказал Гуго и выпил.

Тамина тоже выпила свое виски и поставила бокал на столик. Собралась было сесть, но не успела: Гуго обнял ее.

Она не сопротивлялась, разве что отвернула голову. У нее искривился рот, лоб покрылся морщинами.

Он обнял ее, даже не зная, как это случилось. Сначала он сам испугался, и, оттолкни его Тамина, он робко отступил бы от нее и, возможно, попросил бы прощения. Но Тамина не оттолкнула его, а ее искривленное лицо и повернутая голова лишь несказанно возбудили его. Те немногие женщины, которых он до сих пор знал, никогда не отвечали на его ласку столь выразительно. Если они и решались вступить с ним в любовную связь, то раздевались и совершенно спокойно, чуть ли не равнодушно, ждали его дальнейших действий. Гримаса на лице Тамины придавала их объятию такую значимость, какая до сих пор ему и не снилась. Он стал безудержно обнимать ее, пытаясь сорвать с нее платье.

Но почему Тамина не сопротивлялась?

Вот уже три года она с опасением думала об этой минуте. Вот уже три года она жила под ее гипнотическим взглядом. И эта минута пришла, причем именно такой, какой она ее представляла. Вот почему она не сопротивлялась. Она приняла ее, как принимают неотвратимое.

Разве что голову отвернула. Но и это не помогло. Образ мужа был здесь, и по мере того, как она поворачивала лицо, он перемещался по комнате. То был огромный портрет гротескно огромного мужа, мужа сверхъестественной величины, да, все было точно так, как в течение трех лет она себе представляла.

И вот Тамина уже совсем обнажилась, и Гуго, возбужденный тем, что принимал за ее возбуждение, с изумлением обнаружил, что ее лоно сухое.

21

Однажды во время небольшой операции, которую ей делали без наркоза, она заставляла себя повторять неправильные английские глаголы. Сейчас она старалась вести себя подобным образом, сосредочив мысли на своих дневниках. Она думала о том, что скоро они будут в безопасности у отца и этот славный малый Гуго привезет их. А этот славный Гуго уже не одну минуту бешено метался на ней, когда она вдруг заметила, что при этом он странно приподнимается на руках и во все стороны двигает бедрами. Было ясно: он недоволен ее откликом, она кажется ему недостаточно возбужденной, и потому он силится проникнуть в нее под разными углами и отыскать в ее глубинах таинственную точку чувственности, сокрытую от него.

Она не хотела видеть его многотрудных усилий и отвернула голову. Стараясь приструнить мысли, она снова направила их на свои дневники. Заставила себя повторить в уме очередность их отпусков в том виде, в каком пока ей удалось ее восстановить: первый отпуск на берегу небольшого озера в Чехии; потом Югославия, опять озерцо в Чехии и один чешский водный курорт, но очередность этих отпусков все еще неясна. В 1964 году они были в Татрах, на следующий год в Болгарии, потом след снова теряется. В 1968 году они весь отпуск провели в Праге, на следующий год отправились на курорт, а потом была уже эмиграция и последний отпуск в Италии.

Сейчас Гуго отстранился от ее тела и попытался перевернуть его. Она догадалась: он хочет, чтобы она встала на четвереньки. Тут вдруг она вспомнила, что Гуго младше ее, и застыдилась. Но она старалась умертвить все свои чувства и с полным равнодушием подчиниться ему. Потом она ощутила резкие толчки его тела на своем крупе. Она поняла, что он хочет потрясти ее своей выносливостью и силой, что он вступил в решающий бой, что сдает выпускной экзамен, на котором должен доказать, что победит и будет достоин ее.

Она не знала, что Гуго не видит ее. Лишь мимолетный взгляд на зрелый и красивый круп Тамины (казавшийся ему открытым оком, безжалостно смотревшим на него) минуту назад так его возбудил, что он тотчас закрыл глаза, замедлил движения и стал глубоко дышать. Теперь он старался думать о чем-то постороннем (это было единственное, в чем они походили друг на друга), лишь бы немного продлить любовную близость.

А она в то же время видела напротив себя, на белой поверхности шкафа Гуго, огромное лицо мужа; быстро закрыв глаза, она опять начала воскрешать в памяти очередность отпусков, словно это были неправильные английские глаголы: сперва отпуск на берегу озера; затем Югославия, озеро, курорт или же курорт, Югославия, озеро; потом Татры, Болгария, и тут след теряется; затем Прага, курорт, наконец, Италия.

Шумное дыхание Гуго прервало ее воспоминания. Она открыла глаза и на белом шкафу снова увидела лицо мужа.

Гуго тоже внезапно открыл глаза. Он увидел око Тамининого крупа, и наслаждение пронизало его, словно молния.

22

Брату Тамины, навестившему ее свекровь, не пришлось взламывать ящик. Он не был заперт, и в нем хранились все одиннадцать дневников. Они не были упакованы, а лежали вразброс. Письма в ящике тоже лежали все вперемешку, создавая бесформенную гору бумаг. Письма вместе с дневниками брат поместил в чемоданчик и отправился с ним к отцу.

Тамина по телефону попросила отца все аккуратно упаковать и заклеить, а главное, запретила ему и брату что-либо читать.

Слегка обиженным тоном отец уверил ее, что им и в голову никогда не пришло бы уподобиться свекрови и читать то, что их не касается. Но я-то знаю (да и Тамина это знает), что есть взгляды, которым ни один человек не может противиться: например, взгляд, брошенный на автомобильную катастрофу или на чужое любовное письмо.

Итак, интимные бумаги наконец были сложены у отца. Но так ли они еще важны для Тамины? Разве она не говорила себе сотню раз, что посторонние взгляды подобны дождю, смывающему надписи?

Нет, она ошибалась. Она мечтает о своих дневниках больше прежнего, они ей еще дороже. Ее записи опустошены и изнасилованы так же, как опустошена и замарана она сама, стало быть, они — она и ее воспоминания — сестры с одинаковой судьбой. Она любит их еще больше.

Но она чувствует себя оскверненной.

В очень давние времена, когда ей было лет семь, дядя застиг ее в спальне голой. Ей было страшно стыдно, и стыд ее превратился в бунтарство. Она торжественно поклялась себе, что никогда в жизни не взглянет на дядю.

Ее могли попрекать, ругать, смеяться над ней, но на дядю, часто заходившего к ним, она никогда больше не подняла глаз.

Сейчас она оказалась в такой же ситуации. Отцу и брату она была благодарна, но уже не хотела их видеть. Лучше, чем когда-либо прежде, знала: к ним она уже никогда не вернется.

23

Нежданный сексуальный успех принес Гуго столь же нежданное разочарование. Несмотря на то, что ему дозволялось заниматься с ней любовью, когда ему вздумается (она едва ли могла отказать ему в том, что допустила однажды), он чувствовал, что не сумел ни покорить ее, ни обольстить. О, может ли быть нагое тело под его телом таким безучастным, таким недосягаемым, таким далеким и чужим? Он же хотел сделать ее частью своего внутреннего мира, этой великолепной вселенной, сотворенной его кровью и его мыслями!

Он сидит напротив нее в кафе и говорит: — Хочу написать книгу, книгу о любви, да, о себе и о тебе, Тамина, о нас двоих, наш сокровеннейший дневник, дневник наших двух тел, да, я хочу в нем развеять все запреты и сказать о себе все, все, кто я и что я думаю, но одновременно это будет и политическая книга, политическая книга о любви и любовная книга о политике...

Тамина смотрит на Гуго, и он, подавленный ее взглядом, вдруг теряет нить речи. Он мечтал увлечь ее во вселенную своей крови и своих мыслей, но она абсолютно замкнута в собственном мире, и его слова, слова неразделенные, все больше тяжелеют в его устах, и их поток замедляется:

— ... любовная книга о политике, да, ибо мир должен быть сотворен соразмерно человеку, соразмерно нам, нашим телам, твоему телу, Тамина, моему телу, да, чтобы человек однажды мог иначе целовать, иначе любить...

Слова все больше тяжелеют, они, словно огромные куски жесткого неразжеванного мяса. Гуго умолк. Тамина была красива, и он почувствовал к ней ненависть. Ему казалось, что она злоупотребляет своей судьбой. Свое прошлое эмигрантки и вдовы она превратила в некий небоскреб ложной гордыни, с высоты которой смотрит на всех остальных. И Гуго ревниво думает о собственной башне, которую старается воздвигнуть напротив ее небоскреба, но которую она отказывается замечать: башню, выстроенную из опубликованной статьи и задуманной книги об их любви.

Потом Тамина сказала: — Ты когда собираешься ехать в Прагу?

И тут Гуго осенило, что она никогда не любила его и была с ним лишь потому, что нуждается, чтобы кто-то поехал в Прагу. Его наполнило неодолимое желание отомстить ей за это.

— Тамина, — говорит он, — я думал, ты сама догадаешься. Ты же читала мою статью!

— Читала, — подтверждает Тамина.

Он не верит ей. А если и читала, то не заинтересовалась ею. Она ни разу не заговорила о ней. И Гуго сознает, что единственное большое чувство, на которое он способен, — это верность его непризнанной, покинутой башне (башне опубликованной статьи и задуманной книги о любви к Тамине), что он готов сражаться за эту башню и что заставит Тамину заметить ее и изумиться ее высоте.

— Ты же знаешь, что я там затрагиваю проблему власти. Исследую, как функционирует власть. Причем ссылаюсь на то, что творится у вас. И говорю об этом без обиняков.

— Скажи, пожалуйста, ты и вправду думаешь, что в Праге знают о твоей статье?

Гуго уязвлен ее иронией: — Ты уже давно живешь за границей и забыла, на что способна ваша полиция. Эта статья имела большой отклик. Я получил уйму писем. Ваша полиция знает обо мне. Не сомневаюсь в этом.

Тамина молчит и становится все красивее. Бог мой, да он готов сто раз съездить в Прагу, лишь бы она хоть мельком заметила его вселенную, куда он хочет взять ее, вселенную *его* крови и *его* мыслей! И он внезапно меняет тон.

— Тамина, — говорит он печально, — я знаю, ты сердишься, что я не еду в Прагу. Я раньше говорил тебе, что могу подождать с публикацией этой статьи, но потом понял, что молчать больше нельзя. Ты понимаешь меня?

— Нет, — отвечает Тамина.

Гуго знает: все, что он говорит, сплошная бессмыслица, поставившая его в положение, в каком он вовсе не хотел быть, но пути к отступлению нет, и он полон отчаяния. Лицо его покрывается красными пятнами, голос срывается: — Ты не понимаешь меня? Я не хочу, чтобы у нас произошло то же, что и у вас! Если мы все будем молчать, станем рабами!

В эту минуту Тамину охватило немыслимое отвращение; вскочив со стула, она бросилась в туалет; желудок подводило к самому горлу, она склонилась над унитазом, ее вырвало, тело стало извиваться в корчах, словно в рыданиях, а перед глазами маячили яйца, член, волосы на лобке этого типа, она чувствовала запах из его рта, чувствовала прикосновение его бедер, и мелькнула мысль, что она уже не может представить себе половые органы мужа, что теперь память омерзения сильнее памяти нежности (о Боже, память омерзения сильнее памяти нежности!) и что в ее несчастной голове не останется ничего, кроме этого типа, у которого пахнет изо рта, и она корчилась, и ее рвало и рвало.

Потом она вышла из туалета, и ее рот (все еще полный кислого запаха) был крепко сжат.

Он был в растерянности. Хотел проводить ее домой, но она не произносила ни единого слова и крепко сжимала губы (как в том сне, когда во рту хранила золотое кольцо).

Он заговаривал с ней, она не отвечала и только ускоряла шаг; уже не находя слов, он еще с минуту молчаливо шел рядом, а потом остановился. Она устремилась вперед, так и не оглянувшись.

Она продолжала подавать кофе и в Чехию уже никогда не звонила.

пятая часть

ЛИТОСТЬ

Кто она, Кристина?

Кристине тридцать лет, у нее один ребенок, муж-мясник, с которым она вполне уживается, и одна весьма нерегулярная связь с местным автомехаником, время от времени занимающимся с нею любовью после рабочего дня в довольно стесненных условиях своей мастерской. Маленький город не очень-то приспособлен для внебрачной любви или, иначе говоря, требует чрезмерной сообразительности и смелости, то есть качеств, которыми пани Кристина вовсе не обладает.

Тем сильнее вскружила ей голову встреча со студентом. Он приехал на каникулы к матери в маленький город, два раза пристально поглядел на жену мясника, когда та стояла за прилавком магазина, в третий раз заговорил с ней в бассейне, и его поведение было столь чарующе робким, что молодая женщина, привыкшая к мяснику и автомеханику, не смогла устоять. Со дня своей свадьбы (тому уж добрых десять лет) она осмеливалась коснуться постороннего мужчины лишь в прочно запертой мастерской посреди разобранных машин и старых шин, а теперь вдруг решилась на любовное свидание под открытым небом, подвергая себя опасности нескромных взглядов. Хотя они и выбирали для своих прогулок весьма отдаленные места, где вероятность встречи с нежеланными путниками была ничтожной, у пани Кристины сильно стучало сердце, и вся она была преисполнена возбуждающего страха. Чем больше смелости проявляла она перед лицом опасности, тем сдержаннее была по отношению к студенту. Не очень-то он и преуспел с ней. Разве что добился недолгих объятий и нежных поцелуев, а в основном она выскальзывала из его рук и крепко сжимала ноги, когда он гладил ее тело.

И было это не потому, что она не желала студента. Но покоренная с самого начала его нежной робостью, она хотела сохранить ее для себя. С пани Кристиной еще никогда не случалось, чтобы какой-нибудь мужчина излагал ей свои мысли о жизни и упоминал имена поэтов и философов. А ведь бедолага-студент не умел ни о чем другом говорить; гамма его обольстительного красноречия была весьма ограниченной, и приспосабливать ее к социальному уровню собеседниц он не привык. Кстати, ему казалось, что и попрекать себя не за что, ибо цитаты, заимствованные из философов, действовали на простую жену мясника гораздо сильнее, чем на его подруг по факультету. Однако от него ускользало то, что впечатляющая цитата из философа, пусть и очаровывала душу его собесед-

ницы, воздвигала барьер между ним и ее телом.
Ибо пани Кристину тревожило туманное опасение, что отдайся она студенту телом, их связь
тем самым снизится до уровня мясника или автомеханика, и о Шопенгауэре она уже никогда не
услышит.

Перед студентом она испытывала смущение,
какого прежде не знала. С мясником и автомехаником она всегда могла весело и быстро
обо всем договориться. О том, например, что
оба мужчины, занимаясь с нею любовью, должны быть чрезвычайно внимательны: ведь врач
при родах сказал ей, что второго ребенка она
не может себе позволить, так как рискует здоровьем, если не жизнью. История разворачивается в те давние времена, когда аборты были
строжайшим образом запрещены и женщины
не могли сами ограничивать свою плодовитость.
Мясник и автомеханик правильно понимали ее
опасения, и Кристина, прежде чем позволить
им проникнуть в нее, с веселой деловитостью
контролировала, соблюдают ли они все необходимые меры предосторожности. Но когда она
представляла себе нечто подобное по отношению к своему ангелу, спустившемуся к ней с
облака, на котором он беседовал с Шопенгауэром, то чувствовала, что подходящих слов ей
не найти. Поэтому нетрудно заключить, что ее
любовная сдержанность имела две причины: как
можно дольше удерживать студента в очаровательном пространстве нежной робости и как

можно дольше избегать того отвращения, которое она могла бы вызвать чересчур практическими сведениями и пошлыми предосторожностями, без каких, по ее мнению, не обходится телесная любовь.

Но студент при всей своей тонкости был упрям. Как бы крепко она ни сжимала ляжки, он мужественно держал ее за ягодицы, и это объятие говорило о том, что если кто и любит цитировать Шопенгауэра, то ради этого он вовсе не намерен отказываться от тела, которое ему нравится.

Впрочем, каникулы на исходе, и оба любовника обнаруживают, что им было бы грустно не видеться целый год. Пани Кристине ничего не остается, как выдумать предлог и поехать к нему. Оба знают, что будет означать этот приезд. Студент живет в Праге в маленькой мансарде, и путь пани Кристины может закончиться только там и нигде больше.

Что такое литость?

Литость — чешское слово, непереводимое на другие языки. Его первый слог, произнесенный под ударением и протяжно, звучит как стон брошенной собаки. Для смысла этого слова я напрасно ищу соответствие в других языках, хотя мне и трудно представить себе, как без него может кто-то постичь человеческую душу.

Приведу пример: студент купался со своей подругой-студенткой в реке. Девушка была спортсменкой, а он плавал скверно. Не умел дышать под водой, двигался медленно, судорожно держа голову над поверхностью. Девушка любила его до безумия и была настолько тактична, что старалась плавать так же медленно, как и он. Но когда купание уже близилось к концу, ей захотелось отдаться своему спортивному порыву, и она мощным кролем устремилась к другому берегу. Студент тоже попытался плыть быстрее, но при этом наглотался воды. И, почувствовав себя ничтожным, уличенным в своей физической неполноценности, испытал *литость*. Ему вспомнилось его болезненное детство без спортивных занятий, без друзей, под чрезмерно заботливым присмотром матери, и при мысли о себе и своей жизни его охватило отчаяние. Когда они шли по проселочной дороге к городу, он молчал. Уязвленный и униженный, он ощущал неодолимое желание ее ударить. «Что с тобой?» — спросила его студентка, и он попенял ей: она же прекрасно знает, что на другой стороне реки водовороты, что он запретил ей туда плавать, что там она могла утонуть, — и дал ей пощечину. Девушка расплакалась, и он, видя на ее лице слезы, проникся к ней сочувствием, обнял ее, и его *литость* рассеялась.

Или вот иное переживание из детства студента: родители заставляли его брать уроки скрипки. Он не был особо одаренным, и учитель прерывал его холодным и невыносимым голосом, попрекая за ошибки. Он чувствовал себя униженным, хотелось плакать. Но вместо того, чтобы стараться играть точнее, без ошибок, он, напротив, стал делать их умышленно, и голос учителя звучал еще невыносимее и злобнее, а он все глубже и глубже погружался в свою *литость*.

Итак, что такое *литость*?

Литость — мучительное состояние, порожденное видом собственного, внезапно обнаруженного убожества.

Одно из обычных лекарств против собственного убожества — любовь. Ибо тот, кто истинно любим, убогим быть не может. Все его слабости искуплены магическим взглядом любви, в котором даже неспортивное плавание с торчащей над водной гладью головой становится очаровательным.

Абсолют любви есть, собственно, мечта об абсолютном тождестве: необходимо, чтобы любимая женщина плавала так же медленно, как мы, и никоим образом не имела своего собственного прошлого, о котором вспоминала бы с радостью. Но как только иллюзия абсолютного тождества рушится (девушка с радостью вспоминает о своем прошлом или быстро плавает), любовь становится лишь постоянным источником того великого страдания, которое мы называем *литостью*.

Тот, кто обладает глубоким опытом всеобщего человеческого несовершенства, относительно защищен от ударов *литости*. Вид собственного убожества представляется ему чем-то обыденным и нелюбопытным. *Литость*, таким образом, характерна для возраста неопытности. Это одно из украшений молодости.

Литость работает как двухтактный мотор. За ощущением страдания следует жажда мести. Цель мести — заставить партнера выглядеть таким же убогим. Пусть мужчина и не умеет плавать, но получившая пощечину женщина плачет. Стало быть, они чувствуют себя ровней и могут продолжать любить друг друга.

Поскольку месть никогда не может раскрыть своего истинного повода (студент не может сказать девушке, что ударил ее потому, что она плавает быстрее его), она вынуждена привести мотив ложный. *Литость*, стало быть, никогда не обходится без патетического лицемерия: молодой человек заявляет, что содрогался от ужаса при мысли, что его девушка утонет, а мальчик нескончаемо выводит фальшивый звук, изображая непоправимую бездарность.

Эта глава изначально должна была называться: «Кто он, студент?». Но, рассуждая о *литости*, она как бы вела речь о студенте, ибо он не что иное, как воплощенная *литость*. А посему не стоит удивляться, что студентка, в которую он был влюблен, в конце концов бросила его. Приятно ли получать пощечину только за то, что ты умеешь плавать?

Жена мясника, которую он встретил в родном городе, пришлась ему весьма кстати, словно большой пластырь, способный заживить его раны. Она восторгалась им, боготворила его и, когда он рассказывал ей о Шопенгауэре, не пыталась, возражая ему, проявлять свою собственную, не зависящую от него индивидуальность (как это делала злополучной памяти студентка), а смотрела на него глазами, в которых он, умиленный ее умилением, видел, как ему казалось, слезы. Кроме того, не преминем добавить: с тех пор как студент расстался со студенткой, он не спал ни с одной женщиной.

Кто он, Вольтер?

Это ассистент на университетской кафедре, остроумный и напористый, его глаза язвительно впиваются в лицо противника. Все это достаточный повод для того, чтобы его называли Вольтером.

Он любил студента, чем оказывал ему немалую честь, ибо был весьма требователен в своих привязанностях. После одного семинара он остановил студента и спросил, свободен ли он завтра вечером. Вот незадача, завтра вечером должна приехать Кристина. Студенту потребовалось немало смелости, чтобы сказать Вольтеру, что он занят. Но Вольтер, махнув рукой, отвел это возражение: «Ну так отложите ваше свидание. Вы не пожалеете» и сообщил ему, что завтра в Клубе литераторов встретятся лучшие поэты страны и он, Вольтер, который будет там непременно, хотел бы, чтобы студент познакомился с ними.

Да, там будет и один великий поэт: Вольтер пишет о нем монографию и часто навещает его. Поэт болен и пользуется костылями. Он редко появляется на людях, и тем дороже возможность встретиться с ним.

Студент знал книги всех поэтов, что должны были присутствовать, а из трудов великого поэта помнил наизусть целые страницы стихов. Ни о чем на свете он так не мечтал, как провести вечер в их узком кругу. Но тотчас вспомнил, что уже несколько месяцев не спал ни с одной женщиной, и вновь повторил, что прийти не сумеет.

Вольтер отказывается понять, что может быть важнее встречи с великими мужами. Женщина? Неужто это нельзя отложить? Его очки внезапно вспыхивают насмешливыми искринками. Но у студента перед глазами образ жены мясника, стыдливо ускользавшей от него целый месяц каникул, и он, делая над собой невероятное усилие, отрицательно качает головой. В эту минуту Кристина не менее дорога ему, чем вся поэзия его отечества.

Компромисс

Она приехала утром. В течение дня она занималась в Праге делами, что должны были послужить ей алиби. Студент встретился с ней только вечером в кафе, которое выбрал сам. Войдя в него, он чуть не испугался: помещение было забито пьяными, и провинциальная нимфа его каникул сидела возле туалета за столиком, предназначенным не для посетителей, а для использованной посуды. Одета она была с неуместной праздничностью, так, как может одеться лишь провинциалка, мечтающая после долгого перерыва посетить столицу и насладиться ее развлечениями. На ней была шляпа, кричащие бусы и черные лодочки на высоких каблуках.

Студент чувствовал, как горит у него лицо,— но не от волнения, а от разочарования. На фоне маленького города, населенного мясниками, механиками и пенсионерами, Кристина производила совершенно другое впечатление, чем в Праге, городе студенток и хорошеньких парикмахерш. Со своими смешными бусами и едва приметным золотым зубом (сверху, в уголке губ) она явила ему сущую противоположность той женской красоты, молодой и облаченной в джинсы, что так жестоко вот уже несколько месяцев отвергала его. Неуверенным шагом он направился к Кристине, и *литость* сопровождала его.

Однако Кристина была не менее разочарована, чем студент. Ресторан, куда он пригласил ее, носил прекрасное название «У короля Вацлава», и Кристина, не знавшая Праги, вообразила себе, что это роскошное заведение, где студент угостит ее ужином, чтобы затем поразить фейерверком пражских увеселений. Обнаружив, что ресторан «У короля Вацлава» точно такой же трактир, в какой захаживает выпить автомеханик, и что ей приходится ждать студента в углу рядом с туалетом, она ощутила отнюдь не то, что я называю словом *литость*, а самую обыкновенную злость. Тем самым я хочу подчеркнуть, что она не почувствовала себя жалкой и униженной, а лишь пришла к выводу, что ее студент недостаточно воспитан. И она тотчас выложила ему это. Лицо ее было озлобленным, и разговаривала она с ним, как с мясником.

Они стояли друг против друга, она многословно и громко упрекала его, а он разве что вяло защищался. Его антипатия к ней лишь возрастала. Ему хотелось быстро увести ее к себе, скрыть от посторонних взоров и ждать, оживет ли в интимном укрытии утраченное волшебство. Но она отвергла его предложение. Уж раз в кои-то веки она приехала в столицу, то хочет здесь что-то увидеть, куда-то пойти, получить удовольствие. И ее черные лодочки и крупные яркие бусы громогласно заявляли о своих правах.

«Это отличное заведение, сюда хотят прекрасные люди, — проронил студент, давая тем самым понять жене мясника, что она нисколько не разбирается, что интересно в столице, а что нет. — К сожалению, сегодня здесь полно народу, и придется повести тебя в другое место». Но, как назло, все остальные кафе были также набиты битком, причем путь от одного к другому был долог, а пани Кристина казалась ему невыносимо комичной со своей шляпкой, бусами и золотым зубом, посверкивавшим во рту. Они шли по улицам, заполненным молодыми женщинами, и студент сознавал: он никогда не сможет найти для себя оправдание, что ради Кристины отказался от возможности провести вечер с гигантами своей страны. Но обострить с ней отношения ему тоже не хотелось, ибо, как я сказал, он уже длительное время не спал ни с одной женщиной. Положение мог спасти лишь ловко придуманный компромисс.

Наконец они нашли свободный столик в одном отдаленном кафе. Студент, заказав два бокала аперитива, грустно поглядел Кристине в глаза: жизнь здесь в Праге полна непредвиденных событий. Как раз вчера ему, студенту, звонил самый прославленный поэт страны.

Когда он произнес его имя, пани Кристина оцепенела. Как-никак в школе она учила его стихи наизусть. А в тех, кого мы учим в школе, есть что-то нереальное и нематериальное, они уже при жизни принадлежат к величественной галерее мертвых. Кристине не верилось, что студент и вправду лично знаком с поэтом.

Конечно, он знаком с ним, заявил студент. Более того, он изучает его творчество, работает над монографией, которая когда-нибудь наверняка будет издана в виде книги. Он никогда не говорил об этом пани Кристине, чтобы она не заподозрила его в хвастовстве, но теперь он должен ей это сказать, ибо великий поэт нежданно стал у них на пути. Иными словами, сегодня в Клубе литераторов состоится частная беседа с некоторыми поэтами страны, на которую приглашены очень немногие критики и знатоки. Предстоит очень важная встреча. На ней скорее всего разгорятся жаркие споры — искры полетят! Но студент, разумеется, туда не пойдет. Он ведь так мечтал побыть с пани Кристиной!

В моей сладостной и удивительной стране очарование поэтов все еще не перестает волновать сердца женщин. Кристина пришла в восторг от студента и вместе с тем почувствовала какое-то материнское желание стать ему советчицей и защищать его интересы. С поразительным и неожиданным прямодушием она заявила, что было бы огорчительно, не прими студент участия в вечере, на котором будет великий поэт.

Студент сказал, что пытался сделать все возможное, чтобы Кристина пошла туда вместе с ним, ведь ей наверняка было бы интересно увидеть великого поэта и его друзей. Но, к сожалению, ничего не получилось. Даже великий поэт будет там без жены. Беседа рассчитана только на специалистов. Поначалу у студента и в мыслях не было пойти туда, но теперь он понимает, что Кристина, по-видимому, права. Да, это неплохая идея. Что если он заскочит туда хотя бы на часок? Кристина тем временем подождет его дома, а потом они уже будут вместе.

Позабыв о всех соблазнах театров и варьете, Кристина поднялась в мансарду студента. В первую минуту она почувствовала разочарование подобное тому, какое испытала, войдя в ресторан «У короля Вацлава». И впрямь, трудно было бы назвать квартирой маленькую комнатку без передней, где помещались лишь тахта и письменный стол. Но Кристина уже утратила уверенность в суждениях. Она вошла в мир, где существует загадочная шкала ценностей, недоступных ее пониманию. Она быстро смирилась с неуютной и грязной комнатой, призвав на помощь весь свой женский талант, чтобы почувствовать себя здесь как дома. Студент попросил ее снять шляпу, поцеловал ее, усадил на тахту и указал ей на небольшую библиотечку, чтобы в его отсутствие ей было чем развлечься.

И тут ее осенило: — А у тебя здесь нет его книжки? — Она имела в виду великого поэта.

Разумеется, у студента была его книжка.

Она продолжала очень робко: — А ты не мог бы мне ее подарить? И попросить его подписать ее для меня?

Студент просиял. Автограф великого поэта заменит Кристине все театры и варьете. Чувствуя себя перед ней виноватым, он готов был сделать для нее что угодно. Как он и ожидал, в интимной обстановке его мансарды ожило ее очарование. Девушки, гуляющие по улицам, исчезли, и прелесть ее скромности тихо наполнила комнату. Разочарование мало-помалу рассеялось, и студент отправился в клуб просветленным, весело предвкушая двойную восхитительную программу, которую обещал ему наступающий вечер.

Поэты

Студент подождал Вольтера у Клуба литераторов и затем поднялся с ним на второй этаж. Они прошли гардероб, и уже в зале до них донесся веселый галдеж. Вольтер открыл дверь в гостиную, и студент увидел вокруг широкого стола всю поэзию своего отечества.

Я смотрю на них с огромного расстояния в две тысячи километров. Осень 1977 года, моя страна уже девять лет дремлет в сладком и крепком объятии русской империи, Вольтер был изгнан из университета, а мои книги, изъятые из всех публичных библиотек, были заперты в одном из государственных подвалов. Я выждал еще несколько лет, потом сел в машину и покатил как можно дальше на Запад, аж до бретонского города Ренн, где в первый же день нашел квартиру на самом верхнем этаже самой высокой башни. На следующее утро, когда меня разбудило солнце, я понял, что ее большие окна обращены на восток, в сторону Праги.

И вот сейчас я смотрю на поэтов с высоты своего бельведера, но они слишком далеки от меня. По счастью, накатившая слеза, словно линза телескопа, приближает ко мне их лица. И сейчас я отчетливо вижу, что среди них прочно и развалисто сидит великий поэт. Ему наверняка уже за семьдесят, но его лицо все еще красиво, глаза живые и мудрые. Рядом с ним к столу прислонены два костыля.

Я вижу их всех на фоне освещенной Праги, какой она была пятнадцать лет назад, когда их книги еще не были заперты в государственном подвале и они весело и шумно сидели вокруг широкого стола, уставленного бутылками. Любя их всех, я стыжусь наделять их обычными именами, взятыми наугад из телефонной книги. И уж коль мне приходится скрывать их лица под маской вымышленных имен, я хочу им дать эти имена как подарок, как украшение, как знак почитания.

Если студенты называют своего преподавателя Вольтером, то почему бы и мне не назвать великого и любимого поэта Гёте?

Напротив него сидит Лермонтов.

А того с черными мечтательными глазами я хочу назвать Петраркой.

Еще за столом сидят Верлен, Есенин и несколько других поэтов, не стоящих упоминания, а также один человек, который забрел к ним явно по ошибке. Издалека (даже с расстояния в две тысячи километров) отчетливо видно, что поэзия не одарила его своим поцелуем и что он не любит стихов. Его зовут Боккаччо.

Вольтер взял два стула, стоявших у стены, придвинул их к столу, уставленному бутылками, и стал представлять поэтам студента. Поэты приветливо закивали, один Петрарка не обратил на него никакого внимания, ибо в ту минуту спорил с Боккаччо. Закончил он свой спор сентенцией: — Женщина всегда в чем-то превосходит нас. Я мог бы об этом рассказывать целыми неделями.

Гёте поощрительно: — Неделями — это чересчур. Уложись хотя бы в десять минут.

Рассказ Петрарки

— На прошлой неделе случилось со мной нечто невообразимое. Моя жена приняла ванну и в своем красном халате с распущенными золотыми волосами была потрясающе хороша. Однако в десять минут десятого раздался звонок в дверь. Я открыл и увидел на площадке девушку, прижавшуюся к стене. Я тотчас узнал ее. Раз в неделю я хожу в женскую школу. Там организовали кружок поэзии, и девушки тайно боготворят меня.

Я спрашиваю ее: «Ответь, пожалуйста, что ты здесь делаешь?»

«Я должна вам кое-что сказать!»

«Что же ты хочешь сказать мне?»

«Я должна вам сказать что-то ужасно важное!»

«Послушай, — говорю я, — уже поздно, зайти ко мне сейчас невозможно, спустись вниз и подожди меня у двери в подвал».

Я вернулся в комнату и сказал жене, что кто-то ошибся дверью. А потом, объявив как бы между прочим, что надо еще сходить в подвал за углем, взял два пустых угольных ведра. И конечно, сделал глупость. Целый день меня мучил желчный пузырь, и я полеживал. Мое неожиданное усердие не могло не показаться жене подозрительным.

— Тебя мучит желчный пузырь? — заинтересованно спросил Гёте.

— Уже много лет, — сказал Петрарка.

— Почему же ты не удалишь его?

— Ни за что, — сказал Петрарка.

Гёте понимающе кивнул, а Петрарка спросил: — На чем я остановился?

— Что у тебя больной желчный пузырь, а ты взял два угольных ведра, — подсказал ему Верлен.

— Девушка стояла у двери в подвал, — продолжал Петрарка, — и я пригласил ее войти внутрь. Набирая лопатой уголь в ведро, я тем временем пытался выяснить, что, собственно, привело ее ко мне. А она все повторяла, что *должна была* увидеть меня. Ничего другого я из нее так и не вытянул.

Вдруг я услышал шаги на лестнице. Я быстро схватил наполненное ведро и выскочил из подвала. Сверху спускалась жена. Я подал ей ведро и говорю: «На, возьми поскорее, а я схожу наберу еще одно!» Жена понесла ведро наверх, а я, вернувшись в подвал, сказал девушке, что оставаться здесь уже не могу, пусть подождет меня на улице. Я наполнил углем второе ведро и поспешил с ним в квартиру. Там я поцеловал жену, предложил ей пойти лечь и сказал, что хочу перед сном еще принять ванну. Она легла в постель, а я в ванной комнате открыл кран. Вода с шумом застучала по дну ванны. Я снял домашние туфли и в одних носках вышел в переднюю. Башмаки, в которых я ходил в тот день, стояли у двери, ведущей на лестничную площадку. Я оставил их на прежнем месте, как свидетельство того, что из дому я не вышел. Вытащил из шкафа другие башмаки, обулся и выскользнул за дверь.

— Петрарка,— подал голос Боккаччо,— мы все знаем, что ты великий лирик. Но ты, я вижу, и чрезвычайно рассудочен, ты ловкий стратег, который не позволяет ни на мгновение ослепить себя страстью! Твоя проделка со шлепанцами и двумя парами башмаков дорогого стоит!

Все согласились с Боккаччо и осыпали Петрарку комплиментами, явно ему польстившими.

— Она ждала меня на улице, — продолжал он.— Я старался ее успокоить. Я внушал ей, что сейчас мне надо идти домой, а прийти ко мне она может завтра утром, когда моя жена наверняка на работе. Перед нашим домом как раз остановка трамвая. Я уговаривал ее уехать. Но когда пришел трамвай, она рассмеялась и снова было припустилась к дверям нашего дома.

— Ты должен был бросить ее под трамвай, — сказал Боккаччо.

— Друзья мои,— сказал Петрарка, чуть ли не торжественным тоном,— бывают моменты, когда поневоле приходится быть с женщиной жестоким. Я сказал ей: не уйдешь домой добровольно, я запру дверь перед твоим носом. Не забывай, что тут мой дом, и я не собираюсь превращать его в бардак! Кроме того, друзья, учтите: в то время как я препирался с ней возле дома, наверху в ванной был открыт кран, и в любую минуту вода могла перелиться через край!

Я повернулся и бегом к подъезду. Девица бросилась вслед за мной. Как на грех, в дом входили еще какие-то люди, и она вместе с ними проскользнула в дверь. Я взбежал по лестнице, точно спринтер! Позади я слышал ее шаги. Мы живем на четвертом этаже! Это был настоящий бросок! Но я бежал быстрее и успел захлопнуть дверь прямо перед ней. Хватило еще времени вырвать из стены провода звонка, чтобы не слышать ее трезвона, я же понимал, что она, нажав на звонковую кнопку, уже не отпустит ее. На цыпочках я поспешил в ванную.

— Вода не перелилась? — участливо спросил Гёте.

— Я закрутил кран в последнюю минуту. Потом снова подошел к двери. Открыв глазок, увидел, что она стоит недвижно и упорно смотрит на дверь. Друзья, меня охватила паника. Я испугался, что она останется там до утра.

Боккаччо мутит воду

— Петрарка, ты неисправимый обожатель! — прервал его Боккаччо. — Я могу представить себе этих барышень, что организовали поэтический кружок и взывают к тебе, словно к Аполлону. Ни за что на свете я не хотел бы встретиться ни с одной из них. Женщина-поэтесса — вдвойне женщина. Это чересчур для такого женоненавистника, как я.

— Послушай, Боккаччо, — сказал Гёте, — почему ты все время хвастаешься, что ты женоненавистник?

— Потому что женоненавистники — лучшие представители рода мужского.

На эту реплику все поэты ответствовали возмущенным гулом. Боккаччо вынужден был повысить голос.

— Поймите меня. Женоненавистник не презирает женщин. Он просто не выносит женственности. Мужчины издавна делятся на две основные категории. На обожателей женщин, иными словами, на поэтов, и на женоненавистников, или, лучше сказать, женофобов. Обожатели или поэты боготворят традиционные женские ценности, такие как чувство, домашний очаг, материнство, плодовитость, святые вспышки истерии и божественный голос природы в нас, тогда как в женоненавистников, или женофобов, эти ценности вселяют легкий ужас. Обожатель боготворит в женщине женственность, тогда как женофоб отдает предпочтение женщине перед женственностью. А с вами ни одна женщина никогда не была счастлива!

Раздался новый возмущенный гул.

— Обожатель или поэт может подарить женщине драму, страсть, слезы, беспокойство, но ни-

какого удовольствия. Я знавал одного такого. Он
обожал свою супругу. Потом заобожал другую
женщину. Но не пожелал унизить ни первую своей изменой, ни вторую ее статусом тайной любовницы. Он во всем открылся своей жене, просил помочь ему, жена заболела с горя, и он плакал так безутешно, что любовница не смогла
выдержать и решила расстаться с ним. Он лег на
рельсы в надежде, что трамвай переедет его. Во-
дитель, как на зло, заметил его еще издали, и моему обожателю пришлось заплатить пятьдесят
крон за нарушение дорожного движения.

— Боккаччо лжец! — вскричал Верлен.

— История, которую рассказывает Петрарка, того же рода. Разве твоя златокудрая жена
заслуживает того, чтобы ты принимал всерьез
какую-то истеричку?

— Что ты знаешь о моей жене? — возвысив
голос, возразил Петрарка. — Моя жена — мой
верный друг! У нас нет друг от друга секретов!

— Почему же ты тогда переобулся? — спросил Лермонтов.

Но Петрарка не давал сбить себя с толку: —
Друзья, в те тяжкие минуты, когда девица стояла на лестничной площадке и я решительно
не знал, что делать, я пошел к жене в спальню
и открылся ей во всем.

— Точь-в-точь как мой обожатель! — рассмеялся Боккаччо. — Открыться! Это рефлекс всех
обожателей! Наверняка ты еще просил ее помочь
тебе!

Голос Петрарки источал нежность: — Да, просил ее помочь мне. Она никогда не отказывала мне в помощи. Не отказала и на этот раз. Сама пошла к двери. А я остался в комнате, потому что боялся.

— Я бы тоже боялся, — с пониманием сказал Гёте.

— Но жена вернулась абсолютно спокойной. Она поглядела в глазок на лестничную площадку, открыла дверь, но там никого не было. Выходило так, будто я все это выдумал. Но вдруг у нас за спиной раздался страшный удар и звон стекла. Вы же знаете, у нас старая квартира, и окна выходят на галерею. И девушка, видя, что звонок не работает, нашла где-то железный прут, поднялась с ним на галерею и принялась бить все наши стекла, одно за другим. Беспомощно, чуть ли не в ужасе мы стояли в квартире и смотрели на нее. А потом увидели, как с другой стороны темной галереи появились три белые тени. Это были три старухи из квартиры напротив, разбуженные звоном стекла. Они выбежали в ночных рубахах, жадно и нетерпеливо предвкушая нежданный скандал. Вообразите только эту картину! Молоденькая красивая девушка с железным прутом и возле нее зловещие тени трех ведьм!

Наконец девушка разбила последнее окно и вошла в комнату.

Я было направился к ней, но жена обняла меня и взмолилась: «Не подходи к ней, она убьет тебя!» А девушка стояла посреди комнаты с железным прутом в руке, словно Жанна д'Арк со своим копьем, красивая, величественная! Я высвободился из объятий жены и направился к ней. По мере того, как я приближался, взгляд ее утрачивал грозное выражение, мягчел и становился небесно-спокойным. Я взял у нее прут, отбросил его и схватил ее за руку.

Оскорбления

— Я не верю ни одному твоему слову, — сказал Лермонтов.

— Разумеется, все происходило не совсем так, как рассказывает Петрарка, — снова вмешался Боккаччо, — но я верю, что это произошло в действительности. Девица была истеричкой, которой любой нормальный мужчина в подобной ситуации давно надавал бы пощечин. Обожатели или поэты всегда были превосходной добычей истеричек, знающих, что те никогда не отвесят им пощечины. Обожатели беспомощны перед женщиной, ибо не в силах перешагнуть тень своей матери. В каждой женщине они видят ее посланца и подчиняются ей. Юбка их матери простирается над ними, как небосвод. — Последняя фраза так понравилась ему, что он повторил ее несколько раз: — То, что над вами, поэты, не свод небесный, а огромная юбка вашей матери! Все вы живете под юбкой вашей матери!

— Ты это что сказал? — невообразимым голосом взревел Есенин, вскочив со стула. Он едва держался на ногах. Весь вечер пил больше других. — Ты что сказал о моей матери? Что ты сказал?

— Я не говорил о твоей матери, — спокойно ответил Боккаччо; он знал, что Есенин живет со знаменитой танцовщицей, которая на тридцать лет старше его, и испытывал к нему искреннее сочувствие. Но Есенин, набрав в рот слюны, подался вперед и плюнул. Он был слишком пьян, так что плевок попал на воротник Гёте. Боккаччо, вынув платок, стал вытирать великого поэта.

Плевок смертельно утомил Есенина, и он рухнул на стул.

Петрарка продолжал: — Если бы, друзья, вы слышали, что она мне говорила. Это незабываемо! Она говорила, и это было как молитва, как литания: «Я простая, я совсем обыкновенная девушка, во мне нет ничего особенного, но я пришла сюда, посланная любовью, я пришла... — и в эту минуту она сильно сжала мою руку, — чтобы ты узнал, что такое настоящая любовь, чтобы ты раз в жизни осознал это!»

— А что говорила твоя жена этой посланнице любви? — спросил с подчеркнутой иронией Лермонтов.

Гёте рассмеялся: — Чего бы только Лермонтов не отдал за то, чтобы какая-нибудь женщина выбила ему окна! Да он бы еще и заплатил ей за это!

Лермонтов метнул на Гёте ненавистный взгляд, а Петрарка продолжал: — Моя жена? Ты ошибаешься, Лермонтов, если принимаешь эту историю за боккаччовскую юмореску. Девушка с небесным взором повернулась к моей жене и сказала ей, и это тоже было как молитва, как литания: «Вы же не сердитесь на меня, потому что вы добрая, я и вас люблю, я люблю вас обоих», и она взяла за руку и ее.

— Будь это сцена из боккаччовской юморески, я не имел бы ничего против, — сказал Лермонтов. — Но то, что ты рассказываешь, намного хуже. Это скверная поэзия.

— Ты просто завидуешь! — крикнул ему Петрарка. — Тебе же никогда не случалось быть одному в комнате с двумя красивыми женщинами, которые любят тебя! Знаешь ли ты, как хороша моя жена, когда она в красном халате и с распущенными волосами?

Лермонтов мрачно засмеялся, а Гёте решил наказать его за резкие комментарии: — Ты, Лермонтов, великий поэт, это мы знаем, но отчего у тебя такие комплексы?

Ошеломленный Лермонтов ответил Гёте, с трудом сдерживая себя: — Иоганн, ты не должен был это мне говорить. Ничего худшего ты не мог мне сказать. Это хамство с твоей стороны.

Миротворец Гёте, пожалуй, перестал бы дразнить Лермонтова, но его биограф, очкарик Вольтер, засмеявшись, сказал: «Конечно, у тебя, Лермонтов, явные комплексы», — и принялся разбирать его поэзию, которой не хватает ни счастливой естественности Гёте, ни страстного дыхания Петрарки. Он стал даже разбирать отдельные его метафоры, чтобы с блеском доказать, что комплекс неполноценности Лермонтова является прямым источником его вдохновения и корнями уходит еще в детство поэта, отмеченное бедностью и гнетущей авторитарностью отца.

В эту минуту Гёте, наклонившись к Петрарке, сказал ему шепотом, заполнившим комнату и услышанным всеми, включая Лермонтова: — Да полноте! Все это глупости. У Лермонтова это оттого, что он не спит с женщинами!

Студент принимает сторону Лермонтова

Студент сидел тихо, подливал себе вина (невозмутимый официант бесшумно относил пустые бутылки и приносил новые) и напряженно вслушивался в спор, высекавший искры. Не поспевая уследить за их бешеным круговоротом, он непрестанно вертел головой.

Студент размышлял, кто из поэтов вызывает в нем наибольшую симпатию. Гёте он боготворил не менее пани Кристины, как, впрочем, и все его отечество. Петрарка околдовывал его горящим взором. Но, как ни странно, самую сильную симпатию он питал к оскорбленному Лермонтову, особенно после последней реплики Гёте, открывшей ему, что и великий поэт (а

Лермонтов был поистине великим поэтом) может испытывать такие же трудности, как и он, неприметный студент. Взглянув на часы, он понял, что пора отправляться домой, если не хочет уподобиться Лермонтову.

Однако не в силах оторваться от великих мужей, он пошел не к пани Кристине, а в туалет. Стоя перед белой кафельной стеной, преисполненный глубоких мыслей, он вдруг услыхал рядом голос Лермонтова: — Ты слышал их. Они *не тонкие*. Понимаешь, они *не тонкие*.

Лермонтов произносил слово «тонкие», словно оно было написано курсивом. Да, есть слова, отличные от других, слова, наделенные особым значением, доступным лишь посвященным. Студент не знал, почему Лермонтов произносит слово «тонкие», будто оно написано курсивом, но я, принадлежавший к посвященным, знаю, что Лермонтов когда-то прочел рассуждения Паскаля о духе тонкости и духе геометрии и с тех пор разделял весь род людской на две категории: на тонких и всех прочих.

— Или ты думаешь, что они *тонкие?* — спросил он запальчиво в ответ на молчание студента.

Студент, застегивая брюки, заметил, что у Лермонтова, как и писала о нем в своем дневнике полтораста лет назад графиня Е. П. Ростопчина, очень короткие ноги. Он почувствовал к нему благодарность, ибо это был первый большой поэт, удостоивший его серьезным вопросом в надежде услышать от него столь же серьезный ответ.

— Думаю,— сказал студент,— что они и вправду не тонкие.

Лермонтов повернулся на своих коротких ногах: — Нет, они совсем не тонкие.— И добавил, повысив голос: — А я *гордый!* Понимаешь? Я *гордый!*

И вновь слово «гордый», прозвучавшее из его уст, было написано курсивом, означавшим, что только дебил может подумать, будто гордость Лермонтова сродни гордости девушки своей красотой или гордости коммерсанта своим имуществом; речь шла о совершенно особой гордости, гордости оправданной и возвышенной.

— Я *гордый!* — восклицал Лермонтов, возвращаясь вместе со студентом в комнату, где Вольтер расточал похвалы Гёте. И тут уж Лермонтов вошел в раж. Он встал к столу, сразу оказавшись на голову выше всех, сидевших за ним, и заявил: — Теперь я покажу вам, какой я *гордый!* Теперь я скажу вам, почему *я гордый!* Есть только два поэта в этой стране: Гёте и я.

И тут Вольтер воскликнул: — Возможно, ты и великий поэт, но человек ты маленький, коль сам говоришь о себе такое!

Лермонтов, смутившись, пробормотал: — А почему я не вправе это говорить? Я гордый!

Он еще несколько раз повторял, что он гордый, Вольтер закатывался смехом, остальные хохотали вместе с ним.

Студент понял, что настала долгожданная минута. Он встал по примеру Лермонтова, оглядел всех присутствующих и сказал: — Вы совсем не понимаете Лермонтова. Гордость поэта — нечто совершенно другое, чем обычная гордость. Только поэт знает цену тому, что он пишет. Остальные поймут это гораздо позже, а возможно, вообще никогда не поймут. Поэтому поэт обязан быть гордым. Не будь он гордым, он предал бы свое творчество.

Хотя минуту назад они еще закатывались смехом, сейчас сразу все согласились со студентом. Ведь все они были такими же гордыми, как Лермонтов, только стеснялись в этом признаться, ибо не ведали, что слово «гордый», произносимое надлежащим образом, уже не смешно, а остроумно и возвышенно. Они почувствовали благодарность к студенту, давшему им столь полезный совет, а один из них, скорее всего Верлен, даже зааплодировал ему.

Гёте превращает Кристину в королеву

Студент сел, и Гёте с ласковой улыбкой обратился к нему: — Мой мальчик, вы знаете, что такое поэзия.

Все остальные уже снова погрузились в свою пьяную дискуссию, и студент остался с глазу на глаз с великим поэтом. Он хотел воспользоваться этим редкостным случаем, но, растерявшись, не знал, что сказать. А поскольку напряженно искал подходящую фразу — Гёте лишь молча улыбался ему — и не мог найти ни одной, он тоже лишь улыбался. Пока вдруг на помощь ему не поспешило воспоминание о Кристине.

— Я сейчас встречаюсь с одной девушкой, вернее с женщиной. Она жена мясника.

Гёте это понравилось, он по-дружески рассмеялся.

— Она боготворит вас. Дала мне книжку, чтобы вы написали ей посвящение!

— Дайте-ка мне, — сказал Гёте и взял у студента сборник своих стихов. Открыв его на титульном листе, попросил: — Расскажите мне о ней. Как она выглядит? Хороша ли собой?

Глядя в глаза Гёте, студент не мог солгать. Он признал, что жена мясника не красавица. И в столицу приехала вообще в смешном виде. Весь день ходила по Праге в больших бусах и в черных вечерних туфлях, какие уже давно вышли из моды.

Гёте, слушая студента с искренним интересом, почти грустно сказал: — Прекрасно.

Студента это ободрило, он даже признался, что у жены мясника золотой зуб, сверкающий во рту, как золотая мушка.

Радостно рассмеявшись, Гёте поправил студента: — Как перстень.

— Как маяк, — засмеялся студент.

— Как звезда, — улыбнулся Гёте.

Студент сказал, что жена мясника, по существу, самая обыкновенная провинциалка, но именно поэтому она так притягивает его.

— Я прекрасно вас понимаю, — сказал Гёте. — Это как раз те детали — неудачно подобранный туалет, небольшой изъян зубов, волшебная обыденность души, — что делают женщину по-настоящему живой. Женщины на афишах или в журналах мод, на которых сейчас все стремятся походить, непривлекательны, поскольку они не настоящие, а лишь сумма абстрактных предписаний. Они рождены кибернетической машиной, а не человеческой плотью! Друг мой, ручаюсь вам, что именно ваша провинциалка — настоящая женщина для поэта, и хочу поздравить вас с нею!

Гёте склонился над титульным листом, вынул ручку и стал писать. Он исписал всю страницу, писал вдохновенно, чуть не в трансе, и его лицо светилось любовью и пониманием.

Студент взял книжку и покраснел от гордости. То, что написал Гёте незнакомой женщине, было прекрасно и грустно, горестно и чувственно, шутливо и мудро, и студент не сомневался, что еще ни одна женщина не удостаивалась такого дивного посвящения. Он подумал о Кристине и бесконечно затосковал по ней. На ее смешное одеяние поэзия накинула мантию самых возвышенных слов. Она стала королевой.

Вынос поэта

В гостиную вошел официант, но на сей раз он был без новой бутылки. Он предложил поэтам подумать об уходе. Дом вот-вот закроется, и консьержка угрожает запереть их здесь до утра.

Он несколько раз повторил свою просьбу, громко и тихо, всем вместе и каждому в отдельности, прежде чем поэты осознали, что с консьержкой шутки плохи. Петрарка вдруг вспомнил о своей жене в красном халате и вскочил из-за стола, будто кто-то пнул его сзади.

А Гёте сказал бесконечно печальным голосом: — Ребята, оставьте меня здесь. Я останусь здесь. — Костыли, прислоненные к столу, стояли возле него, и он лишь качал головой в ответ на уговоры друзей уйти вместе с ними.

Все знали его жену, даму злую и строгую. И все боялись ее. Знали, что, не приди Гёте домой вовремя, она всем им задаст по первое число. И потому уговаривали его: «Иоганн, опомнись, тебе пора домой» и, смущенно взяв его под мышки, пытались поднять со стула. Но король Олимпа был тяжелым, а их руки робкими. Он был по меньшей мере лет на тридцать старше, был их истинным патриархом, и они вдруг, когда надо было поднять его и подать ему костыли, почувствовали себя растерянными и маленькими. А он продолжал твердить, что хочет остаться здесь.

Все возражали ему, один Лермонтов воспользовался случаем выказать себя умнее других: — Ребята, оставьте его, а я побуду с ним до самого утра. Вы что, не понимаете его? В молодости он целыми неделями не возвращался домой. Он хочет вернуть молодость! Вы что, не понимаете этого, идиоты? Иоганн, мы ляжем здесь с тобой на ковре и останемся до утра вот с этой бутылкой красного вина, а они пусть уходят. Пусть Петрарка отваливает к своей жене в красном халате и с распущенными волосами!

Вольтер, однако, знал, что Гёте удерживает не тоска по молодости. Гёте был болен, и ему запрещалось пить. Когда он пил, ему отказывали ноги. Вольтер, энергично взяв костыли, попросил остальных отбросить излишнюю робость. И вот слабые руки подвыпивших поэтов подхватили под мышки Гёте, подняли его со стула и понесли или, вернее, поволокли (ноги Гёте то касались пола, то болтались над ним, точно ноги ребенка, с которым родители играют в качели) через гостиную в вестибюль. Однако Гёте был тяжелым, поэты пьяными, и потому в вестибюле они опустили его на пол; он застонал и воскликнул: «Друзья, оставьте меня здесь умирать!» Вольтер рассердился и приказал поэтам немедленно поднять Гёте. Поэты устыдились. Ухватив Гете кто под мышки, кто за ноги, они подняли его и вынесли из двери клуба на лестничную клетку. Его несли все. Его нес Вольтер, его нес Петрарка, его нес Верлен, его нес Боккаччо и даже пошатывавшийся Есенин держался за ноги Гёте, чтобы не упасть.

Студент тоже старался нести великого поэта, ибо понимал, что такой случай подворачивается один раз в жизни. Однако не тут-то было: Лермонтов слишком возлюбил его. Он держал студента за руку и без конца что-то втолковывал ему.

— Мало того, что они не тонкие, — говорил он, — но еще и безрукие. Все они избалованные сынки. Посмотри, как они его тащат! Того и гляди уронят! Руками никогда не работали. Ты же знаешь, что я работал на заводе?

(Не будем забывать, что все герои этого времени и этой страны познали заводской труд, кто добровольно, кто движимый революционным энтузиазмом, а кто по принуждению, в виде наказания. Но как одни, так и другие одинаково гордились этим, ибо им казалось, что на заводе сама Суровость жизни, эта благородная богиня, поцеловала их в лоб.)

Держа Гёте за руки и за ноги, поэты спускали своего патриарха вниз по ступеням. Лестничная клетка была квадратной, приходилось многократно разворачиваться под прямым углом, и эти повороты подвергали особому испытанию их ловкость и силу.

Лермонтов не унимался: — Друг мой, ты знаешь, что такое носить перекладины? Ты их никогда не носил! Ты же студент. И эти тоже их никогда не носили! Погляди, как по-дурацки они его тащат! Да они уронят его! — Повернувшись к поэтам, он крикнул: — Держите его крепко, болваны, вы же уроните его! Этими своими руками вы никогда не вкалывали! — И он, ухватив студента за локоть, медленно спускался с ним вслед шатающимся поэтам, которые боязливо держали все более тяжелевшего Гёте. Наконец они снесли его вниз на тротуар и прислонили к уличному фонарю. Петрарка и Боккаччо придерживали его, чтобы он не упал, а Вольтер, выйдя на проезжую дорогу, пытался остановить машину, но все безуспешно.

И Лермонтов говорил студенту: — Ты соображаешь, что видишь перед собой? Ты студент и ничего не знаешь о жизни. А это грандиозная сцена! Вынос поэта. Представляешь, какое бы это было стихотворение?

Тем временем Гёте сполз на землю, а Петрарка с Боккаччо силились поднять его.

— Посмотри, — говорил Лермонтов студенту, — поднять его и то не могут. Руки слабые. О жизни у них никакого понятия. Вынос поэта. Потрясающее название. Ты понимаешь. Сейчас я пишу две книжки стихов. Совершенно различные. Одна в абсолютно классической форме, рифмованная, с точным ритмом. Другая верлибром. Озаглавлю ее «Итоги». А последнее стихотворение будет называться «Вынос поэта». И это стихотворение будет беспощадным. Но *честным. Честным.*

Это было третье слово Лермонтова, произнесенное курсивом. Оно выражало противоположность всему тому, что является лишь орнаментом и игрой ума. Оно выражало противоположность грезам Петрарки и фарсам Боккаччо. Оно выражало пафос физического труда и страстную веру в вышеупомянутую богиню — Суровость жизни.

Ночной воздух опьянил Верлена: он стоял на тротуаре, смотрел на звезды и пел. Есенин сел, оперся о стену дома и уснул. Вольтер все еще махал руками посреди мостовой, пока наконец ему не удалось остановить машину. С помощью Боккаччо он затолкал Гёте на заднее сиденье. Подозвав Петрарку, попросил его сесть рядом с шофером, ибо только Петрарка был способен кое-как успокоить мадам Гёте. Но Петрарка яростно сопротивлялся: — Почему я! Почему я! Я боюсь ее!

— Погляди на него, — сказал Лермонтов студенту. — Когда надо помочь товарищу — он дает деру. Никто из них не умеет разговаривать со старухой Гёте. — Он наклонился к машине, где на заднем сиденье в невыносимой тесноте сидели Гёте, Боккаччо и Вольтер: — Ребята, я еду с вами. Мадам Гёте беру на себя, — и он сел на свободное место рядом с шофером.

Петрарка порицает смех Боккаччо

Такси с поэтами исчезло из поля зрения, и студент вспомнил, что пора быстро возвращаться к пани Кристине.

— Мне надо домой, — сказал он Петрарке.

Петрарка согласился, взял его под руку и пошел с ним в сторону, противоположную той, где жил студент.

— Видите ли, — сказал он ему, — вы наблюдательный человек. Вы были единственным, кто способен был слушать, что говорили другие.

Студент подхватил: — Я мог бы повторить вам в точности вашими же словами, как эта девушка стояла посреди комнаты с железным прутом в руке, словно Жанна д'Арк со своим копьем.

— Но ведь эти выпивохи так и не выслушали меня до конца! Разве их вообще что-нибудь интересует, кроме их самих?

— Или как ваша жена испугалась, что девушка хочет убить вас, но по мере того, как вы к ней приближались, ее взгляд становился небесно-спокойным, и это было маленьким чудом!

— О дружище, да вы поэт! Вы, но не они! — Петрарка продолжал вести студента под руку в сторону своей отдаленной окраины.

— И как это кончилось? — спросил студент.

— Жена сжалилась над ней и оставила у нас ночевать. Но представьте себе! Моя теща спит в каморке за кухней и встает чуть свет. Обнаружив разбитые окна, она тотчас пригласила стекольщиков, работавших по соседству, и все стекла были вставлены еще до того, как мы проснулись. От вчерашнего дня и следа не осталось. Нам казалось, что это был сон.

— А девушка? — спросил студент.

— Она тихо выскользнула из квартиры еще на рассвете.

Петрарка, остановившись вдруг посреди улицы, довольно строго посмотрел на студента: — Видите ли, дружище, я был бы ужасно огорчен, если бы вы эту историю восприняли как один из боккаччовских анекдотов, которые кончаются в постели. Кое-что вам положено знать. Боккаччо болван. Боккаччо никогда никого не поймет, потому как понять означает слиться и отождествиться. Это тайна поэзии. Мы сжигаем себя в обожаемой женщине, сжигаем себя в идее, которой мы одержимы, мы сгораем в пейзаже, который потрясает нас.

Студент слушал Петрарку в восхищении, и перед глазами был образ его Кристины, в прелести которой он еще несколько часов назад сомневался. Сейчас он стыдился своих сомнений, поскольку они принадлежали к худшей (боккаччовской) половине его существа, они были порождены не его силой, а его малодушием: они говорили о том, что он боялся войти в любовь целиком, всем своим существом, что он боялся сгореть в любимой женщине.

— Любовь — это поэзия, а поэзия — это любовь, — говорил Петрарка, и студент обещал себе, что будет любить Кристину страстной и огромной любовью. Гёте давеча облачил ее в королевское одеяние, а Петрарка сейчас вливает огонь в его сердце. Предстоящая ночь будет освящена двумя поэтами.

— В противовес тому смех, — продолжал Петрарка, — это взрыв, что отрывает нас от мира и бросает в наше холодное одиночество. Шутка — барьер между человеком и остальным миром. Шутка — враг любви и поэзии. Я повторяю это вновь и хочу, чтобы вы хорошо запомнили это. Боккаччо ничего не смыслит в любви. Любовь не может быть смешна. У любви нет ничего общего со смехом.

— Да, — с восторгом подтвердил студент. Он видел мир поделенным на две половины, из которых одна — любовь, а другая — шутка, и знал, что сам он принадлежит и будет принадлежать к войску Петрарки.

Ангелы летают над ложем студента

Она не ходила по квартире нервничая, не сердилась, не дулась и даже не изнывала у открытого окна. Свернувшись клубочком, лежала в ночной рубашке под одеялом. Он разбудил ее поцелуем в губы и, стремясь опередить попреки, с нарочитой торопливостью принялся рассказывать ей о невообразимом вечере, где дело дошло до драматической схватки Боккаччо с Петраркой, тогда как Лермонтов наносил оскорбления всем остальным поэтам. Не проявляя интереса к объяснениям, она с недоверием прервала его: — А про книжку ты, конечно, забыл.

Когда он дал ей книгу стихов с длинным посвящением Гёте, она не поверила своим глазам. Она вновь и вновь перечитывала эти невероятные фразы, словно они воплощали все ее столь же невероятное приключение со студентом, все ее последнее лето, тайные прогулки по неведомым лесным тропам, всю эту тонкость и нежность, которые были так несвойственны ее жизни.

Тем временем студент разделся и лег к ней. Она обняла его и крепко прижала к себе. Это было объятие, какого он еще никогда не изведал. Объятие искреннее, сильное, пылкое, материнское, сестринское, дружеское и страстное. Этим вечером Лермонтов много раз использовал слово *честный,* и студенту подумалось, что объятие Кристины заслуживает именно этого синтетического названия, включающего в себя целый сонм прилагательных.

Студент чувствовал, что его тело превосходно подготовлено для любви. Оно было подготовлено так надежно, надолго и прочно, что он не спешил и лишь с наслаждением вкушал нескончаемо сладостные минуты неподвижного объятия.

Она погружала чувственный язык в его рот и тут же осыпала истинно сестринскими поцелуями все его лицо. Нащупывая языком ее золотой зуб наверху слева, он вспоминал слова Гёте: Кристина — порождение не кибернетической машины, а человеческой плоти! Это женщина, которая нужна поэту! Ему хотелось вопить от радости. И в душе его звучали слова Петрарки, что любовь — это поэзия, а поэзия — это любовь и что понять означает сливаться с другим человеком и сгорать в нем. (Да, все три поэта здесь с ним, они летают над его постелью, как ангелы, радуются, поют и благословляют его!) Исполненный бесконечного восторга, студент решил, что пришла пора превратить лермонтовскую честность неподвижного объятия в реальное любовное действие. Опустившись на тело Кристины, он попытался коленями раздвинуть ее ноги.

Но в чем дело? Кристина сопротивляется! Она сжимает ноги так же упорно, как и во время их летних прогулок!

Он хотел было спросить ее, почему она сопротивляется ему, но не смог говорить. Пани Кристина была так робка, так нежна, что рядом с ней затеи любви утрачивали свои названия. У него хватало смелости говорить лишь на языке дыхания и ласк. К чему им тяжеловесность слов? Разве он не сгорал в ней? Они оба пламенели одним и тем же пламенем! И он снова и снова в упорном молчании стремился раздвинуть коленом ее плотно сжатые бедра.

И пани Кристина молчала. Она тоже стеснялась говорить и хотела все выразить лишь поцелуями и ласками. Но при его двадцать пятой попытке, на сей раз более грубой, раздвинуть ее бедра, она сказала: — Нет, прошу тебя, нет. Я бы умерла.

— Как это? — спросил он со вздохом.

— Я бы умерла. Правда. Я бы умерла,— сказала пани Кристина и, снова глубоко погрузив язык в его рот, сильно сжала бедра.

Студент испытывал отчаяние, смешанное с блаженством. Им владело яростное желание обладать ею и одновременно хотелось плакать от счастья, ибо он понял, что она любит его так, как никто не любил. Она смертельно любит его, любит так, что боится отдаться ему, ибо, отдавшись ему, уже не могла бы жить без него и умерла бы от тоски и желания. Он был счастлив, был безумно счастлив тем, что вдруг, неожиданно и совершенно незаслуженно достиг того, о чем мечтал: бесконечной любви, перед которой весь земной шар со всеми его континентами и морями ничто.

— Я понимаю тебя! Я умру вместе с тобой! — шептал он, гладя и целуя ее и чуть не плача от любви. Но великая нежность не задушила вожделения плоти, что становилось болезненным и почти нестерпимым. И потому он снова попытался протиснуть колено меж ее сжатых бедер и открыть себе путь к ее лону, вдруг ставшему для него таинственнее чаши Грааля.

— Нет, ты не умрешь. Это *я* умру! — сказала Кристина.

Он представил себе столь бесконечное наслаждение, от которого умирают, и повторил снова: «Мы умрем вместе! Мы умрем вместе!» Он продолжал протискивать колено меж ее бедер, но по-прежнему безуспешно.

Больше им нечего было сказать. Они прижимались друг к другу, она качала головой, а он еще много раз штурмовал твердыню ее бедер, пока наконец не сдался. Смирившись, он лег подле нее навзничь. Она взяла студента за жезл его любви, воздетый в ее честь, и сжала его со всей восхитительной учтивостью: искренно, крепко, пылко, по-матерински, по-сестрински, дружески и страстно.

В студенте смешивалось блаженство бесконечно любимого человека с отчаянием отвергнутого тела. А жена мясника не переставала держать его за его оружие любви, но не так, чтобы несколькими простыми движениями заменить ему любовный акт, о котором он вожделел, а так, словно держала в руке что-то редкостное, дорогое, то, что боялась повредить и хотела надолго сохранить воздетым и твердым.

Впрочем, довольно уже об этой ночи, что длится без заметных перемен почти до утра.

Мутный утренний свет

Уснув очень поздно, они проснулись лишь к полудню. У обоих болела голова. Временем они особенно не располагали, так как Кристина спешила на поезд. Оба молчали. Кристина, положив в сумку ночную рубашку и книгу Гёте, опять маячила в своих неуместных вечерних лодочках и нелепых бусах вокруг шеи.

Мутный утренний свет словно снял с них печать молчания, словно после ночи поэзии наступал день прозы, и пани Кристина сказала студенту совсем просто: — Ты не сердись на меня, я правда могла бы умереть. Уже после первых родов доктор сказал, что мне больше нельзя беременеть.

Студент горестно посмотрел на нее: — Думаешь, ты могла бы от меня забеременеть? За кого ты меня принимаешь?

— Так все мужчины говорят. Они всегда в себе уверены. Я-то знаю, что стряслось с моими подружками. Молодые ребята вроде тебя ужасно опасны. А случись такое, не выкрутишься.

С отчаянием в голосе он стал убеждать ее, что не такой уж он простофиля и что никогда не сделал бы ей ребенка: — Не станешь же ты равнять меня с какими-то сопляками своих подружек?

— Я знаю, — сказала она примиренно, чуть не извиняясь. Студенту больше не пришлось ее убеждать. Она поверила ему. Он же не какой-нибудь деревенщина и, пожалуй, знает толк в любви больше, чем все автомеханики мира. Может, она и напрасно ночью сопротивлялась ему. Но она не сожалела об этом. Любовная ночь с каким-то коротким любовным актом (Кристина не способна была представить себе телесную любовь иной, чем поспешной и короткой) всегда казалась ей чем-то хоть и прекрасным, но рискованным и вероломным. То, что пережила она со студентом, было несравнимо лучше.

Он проводил ее на вокзал, и она уже мечтала о том, как будет сидеть в купе и вспоминать пережитое. С практичностью простолюдинки она повторяла себе, что испытала нечто такое, чего *никто у нее не отнимет*: она провела ночь с юношей, который всегда казался ей нереальным, неуловимым, далеким, и всю ночь держала его за воздетый жезл любви. Да, всю ночь! В самом деле, она никогда не испытывала ничего подобного! Возможно, она больше не увидит его, но ведь она никогда и не рассчитывала постоянно видеться с ним. Она была счастлива, что у нее осталось от него нечто долговечное: стихи Гёте и его невероятное посвящение, которое в любое время может подтвердить ей, что это ее приключение не было сновидением.

Зато студент был в отчаянии. Достаточно же было сказать одну-единственную разумную фразу! Достаточно было назвать вещи своими именами, и он мог быть с нею! Она боялась зачать от него, а он думал, что она ужасается беспредельности своей любви! Он смотрел в бездонную глубину своей глупости и чувствовал приступы безудержного смеха, смеха слезливо-истеричного!

Он возвращался с вокзала в свою пустыню безлюбых ночей, и *литость* сопровождала его.

Дальнейшие примечания к теории литости

На двух примерах из жизни студента я объяснил два вида изначальной реакции человека на собственную *литость*. Если партнер слабее нас, мы находим повод, чтобы оскорбить его, — так студент оскорбил студентку, когда та поплыла слишком быстро.

Если партнер сильнее, нам ничего не остается, как избрать какой-либо окольный путь мщения, пощечину рикошетом, убийство посредством самоубийства. Мальчик так долго выводит на скрипке фальшивый звук, что учитель не выдерживает и выкидывает его из окна. Мальчик падает и на протяжении всего полета радуется, что злой учитель будет обвинен в убийстве.

Это две классические реакции человека, и если первая реакция сплошь и рядом встречается в жизни любовников и супругов, вторая, присущая так называемой великой Истории человечества, являет собой бесчисленное количество примеров другого порядка. Вероятно, все то, что наши наставники называли героизмом, было нечем иным, как формой *литости*, проиллюстрированной мною на примере мальчика и учителя по классу скрипки. Персы завоевывают Пелопоннес, и спартанцы совершают одну военную ошибку за другой. И так же как мальчик отказывался взять правильный звук, они, ослепленные слезами бешенства, отказываются предпринять что-либо разумное, не способные ни воевать успешнее, ни сдаться, ни спастись бегством, они во власти *литости* позволяют перебить себя всех до последнего.

В этом контексте мне приходит на ум, что вовсе не случайно понятие *литости* родилось в Чехии. История чехов, эта история вечных восстаний против сильнейших, череда знаменитых поражений, во многом определивших ход мировой истории и обрекших на гибель собственный народ, и есть история *литости*. Когда в августе 1968 года тысячи русских танков захватили эту маленькую и прекрасную страну, я видел на стенах одного города лозунг: «*Мы не хотим компромисса, мы хотим победы!*» Поймите: в тот момент речь шла о выборе лишь одного из нескольких вариантов поражений, ничего больше, но этот город отверг компромисс и возжелал победы! Это голос не рассудка, а *литости!* Человек, одержимый *литостью*, мстит за себя собственной гибелью. Мальчик расплющился на тротуаре, но его бессмертная душа будет вечно радоваться, что учитель повесился на оконной задвижке.

Но как студент может оскорбить пани Кристину? Прежде чем он успевает что-либо предпринять, Кристина садится в поезд. Теоретики знакомы с такой ситуацией и утверждают, что при этом происходит так называемая *блокировка литости*.

Ничего худшего не может случиться. *Литость* студента была словно непрерывно растущая опухоль, и он не знал, что с нею делать. Поскольку ему некому было мстить, он жаждал хотя бы утешения. Вот почему он вспомнил Лермонтова. Он вспомнил, как Лермонтова оскорблял Гёте, как его унижал Верлен и как Лермонтов вновь и вновь кричал им, что он гордый, словно все поэты за столом были учителями по классу скрипки и он хотел спровоцировать их выкинуть его из окна.

Студент тосковал по Лермонтову, как тоскуют по брату. Он опустил руку в карман и нащупал в нем большой сложенный лист бумаги. На листе, вырванном из тетради, было написано: «*Жду тебя. Люблю тебя. Кристина. Полночь*».

Он понял. Пиджак, что был сегодня на нем, вчера висел на вешалке в его мансарде. Поздно обнаруженное послание лишь подтвердило то, что он знал. С телом Кристины он разминулся по собственной глупости. *Литость* переполняла его до отказа и не находила выхода.

На дне безнадежности

День клонился к вечеру, и студент предположил, что поэты уже очнулись после вчерашней попойки. Возможно, они будут в Клубе литераторов. Он взбежал на второй этаж, миновал гардероб и свернул вправо, к ресторану. Не привыкший бывать здесь, он остановился у входа и неуверенно огляделся. В глубине зала сидели Петрарка и Лермонтов с двумя незнакомцами. Студент сел за ближайший свободный стол. Никто не обратил на него внимания. Ему даже показалось, что Петрарка и Лермонтов, кинув на него отсутствующий взгляд, не узнали его. Он попросил официанта принести ему коньяку, а в голове болью отдавался бесконечно печальный и бесконечно прекрасный текст Кристининого послания: *«Жду тебя. Люблю тебя. Кристина. Полночь».*

Он сидел минут двадцать, потягивая коньяк. Вид Петрарки и Лермонтова принес ему не утешение, а, напротив, новое огорчение. Он почувствовал себя покинутым всеми, покинутым Кристиной и поэтами. Он сидел здесь один, лишь с большим листом бумаги, на котором было написано: *«Жду тебя. Люблю тебя. Кристина. Полночь».* Им овладело желание встать и поднять над головой этот лист бумаги, чтобы все видели его, чтобы все знали, что он, студент, любим, безмерно любим.

Он подозвал официанта, расплатился. Потом еще закурил сигарету. В клубе оставаться не хотелось, но мысль о возвращении в мансарду, где не ждет его женщина, была ему нестерпима. Он раздавил, наконец, сигарету о пепельницу, и в ту же минуту заметил, что Петрарка узрел его и помахал из-за стола. Но было уже поздно, *литость* гнала его прочь из клуба в грустное одиночество. Он встал и напоследок еще вытащил из кармана бумагу, на которой Кристина написала свое любовное послание. Эта бумага уже не принесет ему никакой радости. Но если он оставит ее здесь на столе, быть может, кто-то обнаружит ее и узнает, что сидевший здесь студент безмерно любим.

Он повернулся и направился к выходу.

Нежданная слава

— Друг мой! — услышал студент и оглянулся. Петрарка, делая знак рукой, приближался к нему. — Вы уже уходите? — Петрарка извинился, что не узнал его сразу. — На другой день после кутежа я всегда дурею!

Студент объяснил, что не хотел мешать Петрарке, ибо не знал тех, с кем он сидел за столом.

— Болваны! — сказал Петрарка студенту и направился с ним к столу, из-за которого тот только что встал. Студент испуганно уставился на большой лист бумаги, лежавший там. Был бы это хоть неприметный клочок, но эта большая бумага, казалось, изобличала всю ту неловкую преднамеренность, с какой она была оставлена на столе.

Петрарка, на лице которого горели любопытством черные глаза, тотчас узрел бумагу и пробежал ее взглядом. — Что это? О друг, уж не ваша ли она?

Студент, неумело изобразив растерянность человека, по ошибке оставившего на столе это доверительное послание, попытался вырвать его из рук Петрарки.

Но тот успел прочесть вслух: «Жду тебя. Люблю тебя. Кристина. Полночь».

Глядя студенту в глаза, спросил: — Что за полночь? Уж не вчерашняя ли?

Студент опустил взгляд: — Да, — сказал он, уже не пытаясь отнять у Петрарки бумагу.

К их столу на своих коротких ногах подошел Лермонтов. Протянул студенту руку: — Рад вас видеть. Те двое, — сказал он, кивнув на стол, из-за которого встал, — полные идиоты! — И сел рядом.

Петрарка тут же прочел Лермонтову текст Кристининого послания, повторяя его несколько раз звучным, напевным голосом, словно это была стихотворная строка.

И тут меня осенило: когда нет возможности влепить быстро плавающей девушке пощечину или позволить персам истребить себя, когда нет никакого спасения от раздирающей душу *литости,* тогда к нам на помощь приходит милосердие поэзии.

Что осталось от этой красивой и совершенно незадачливой истории? Ничего, кроме поэзии. Слова, вписанные в книгу Гёте, которую увозит с собой Кристина, и слова на разлинованной бумаге, одарившие студента нежданной славой.

— Друг мой, — сказал Петрарка, взяв студента за руку, — признайтесь, что вы пишете стихи. Признайтесь, что вы поэт!

Опустив глаза, студент признался, что Петрарка не ошибается.

И Лермонтов остается один

Студент пришел в Клуб литераторов увидеться с Лермонтовым, но с этой минуты он потерян для Лермонтова, а Лермонтов потерян для него. Лермонтов ненавидит счастливых любовников. Мрачнея, он с презрением говорит о поэзии слащавых чувств и высоких слов. Он говорит о том, что стихотворение должно быть честным как предмет, созданный рабочими руками. Нахмурившись, он злится на Петрарку и на студента. Мы знаем хорошо, в чем дело. Гёте это тоже знал. Это оттого, что он не спит с женщиной. Эта чудовищная *литость* оттого, что он не спит с женщиной.

Кто лучше студента мог бы понять его? Но этот неисправимый глупец видит лишь хмурое лицо Лермонтова, слышит его злобные слова и чувствует себя оскорбленным.

А я смотрю на них из далекой Франции, с высоты моей башни. Петрарка со студентом встают из-за стола. Холодно прощаются с Лермонтовым. И Лермонтов остается один.

Мой дорогой Лермонтов, гений той боли, которую в моей печальной Чехии называют *литостью*.

шестая часть

АНГЕЛЫ

1

В феврале 1948 года вождь коммунистической партии Клемент Готвальд вышел на балкон пражского барочного дворца, чтобы обратиться к сотням тысяч сограждан, запрудивших Староместскую площадь. Это была историческая минута в судьбе Чехии. Шел снег, холодало, а Готвальд стоял с непокрытой головой. Заботливый Клементис снял свою меховую шапку и надел ее на голову вождя.

Ни Готвальд, ни Клементис не знали, что по той самой лестнице, по какой они поднимались на исторический балкон, в течение восьми лет ежедневно ходил Франц Кафка, ибо в том же дворце во времена Австро-Венгрии помещалась немецкая гимназия. Не знали они и о том, что на первом этаже этого же здания Герман Кафка, отец Франца, владел магазином, на вывеске которого рядом с его именем была нарисована галка (по-чешски kavka).

Если Готвальд, Клементис и все прочие не знали о Кафке, то Кафка знал об их незнании. Прага в его романе — город без памяти. Этот город в романе уже совершенно забыл свое название. В нем никто ни о чем не помнит и ни о чем не вспоминает, даже Йозеф К. как бы ничего не знает о своей предыдущей жизни. Не звучит там ни одной песни, которая бы воспоминанием о минуте своего рождения связывала настоящее с прошлым.

Время романа Кафки — это время человечества, утратившего связь с человечеством, человечества, уже ничего не знающего и ничего не помнящего и живущего в городах, которые никак не называются и в которых даже улицы не имеют названий или именуются иначе, чем именовались вчера, поскольку имя — неразрывная связь с прошлым, и люди, у которых нет прошлого, — это люди без имени.

Прага, по словам Макса Брода, город зла. После поражения чешской Реформации в 1621 году иезуиты, стремясь обратить народ в истинную католическую веру, наводнили Прагу великолепием барочных соборов. Эти тысячи каменных святых, которые отовсюду смотрят на вас, угрожают вам, следят за вами, гипнотизируют вас, это сбесившееся войско оккупантов, которое вторглось в Чехию три с половиной столетия назад, чтобы вырвать из души народа его веру и его язык.

Улица, на которой родилась Тамина, именовалась Шверинова. Это было в годы войны, когда Прага была оккупирована немцами. Ее отец родился на Чернокостелецком проспекте. Это было во времена Австро-Венгерской империи. Когда мать Тамины вышла замуж за ее отца и переехала к нему, этот проспект уже носил имя Маршала Фоша. Это было после Первой мировой войны. Детство свое Тамина провела на проспекте Сталина, а муж увез ее в новый дом уже с улицы Виноградской. Но между тем это была одна и та же улица, только постоянно меняли ее название, промывали мозги, чтобы она окончательно очумела.

По улицам, не знающим своего названия, бродят призраки поверженных памятников. Поверженных чешской Реформацией, поверженных австрийской контрреформацией, поверженных Чехословацкой республикой, поверженных коммунистами; наконец повержены были даже статуи Сталина. Вместо этих уничтоженных памятников теперь по всей Чехии растут по меньшей мере тысячи статуй Ленина, они растут, как трава на развалинах, как меланхолические цветы забвения.

2

Если Франц Кафка был пророком мира без памяти, то Густав Гусак — его создателем. После Т. Г. Масарика, именуемого *президентом-освободителем* (все его памятники без исключения были опрокинуты), после Бенеша, Готвальда, Запотоцкого, Новотного и Свободы он стал седьмым президентом моего отечества, так называемым *президентом забвения*.

Русские привели его к власти в 1969 году. С 1621 года история чешского народа не переживала такого истребления культуры и интеллигенции, как в период его правления. Все вокруг думали, что Гусак всего лишь преследовал своих политических противников. Однако борьба с политической оппозицией была скорее предлогом и удобным случаем, чтобы русские при посредстве своего наместника добились чего-то более существенного.

В этом смысле считаю весьма примечательным, что Гусак выбросил из университетов и научных институтов сто сорок пять чешских историков. (Говорят, что вместо каждого из них — загадочно, словно в сказке, — вырос в Чехии новый памятник Ленину.) Один из этих историков, мой друг Милан Гюбл, в очках с непомерно толстыми стеклами, в 1971 году сидел в моем кабинете на Бартоломейской улице. Мы смотрели на шпили Градчанских башен, и нам обоим было грустно.

— Если хотят ликвидировать народ, — говорил Гюбл, — у него прежде всего отнимают память. Уничтожают его книги, его культуру, его историю. И кто-то другой напишет для него другие книги, навяжет другую культуру и придумает другую историю. Так постепенно народ начнет забывать, кто он и кем был. Мир вокруг него забудет об этом еще намного раньше.

— А язык?

— А зачем кому-то у нас его отнимать? Он станет просто фольклором и раньше или позже отомрет естественной смертью.

Было ли это гиперболой, продиктованной бесконечной печалью?

Или правда, что народ не способен пересечь пустыню организованного забвения и остаться живым?

Никто из нас не знает, что впереди. Но одно определенно: в минуты ясновидения чешский народ может с близкого расстояния узреть образ своей смерти. Не как реальность и даже не как неотвратимое будущее, а как совершенно конкретную возможность. Его смерть всегда рядом.

3

Спустя полгода Гюбла арестовали и приговорили к нескольким годам лишения свободы. В это время умирал мой отец.

В течение последних десяти лет жизни он постепенно терял дар речи. Поначалу не мог вспомнить разве что некоторые слова или вместо них употреблял другие, им подобные, и тут же сам тому смеялся. Но под конец ему удавалось произносить лишь немногие слова, и все его попытки продолжить разговор завершались фразой, которая была одной из последних, ему оставшихся: «Это странно».

Когда он говорил «это странно», его глаза выражали бесконечное удивление по поводу того, что он все знает, но ничего не может сказать. Вещи утратили свои имена и слились в одну-единственную неразличимую реальность. И только я, когда разговаривал с ним, умел на какое-то время эту безымянную бесконечность вновь превратить в мир именованных вещей.

Его необычайно большие голубые глаза на красивом старом лице голубели как прежде. Я часто выводил его на прогулку. Обычно мы обходили только один квартал, на большее у отца не было сил. Он двигался плохо, маленькими шажками и при малейшей усталости клонился вперед и терял равновесие. Мы вынуждены были часто останавливаться, и он отдыхал, упершись лбом в стену.

На этих прогулках мы говорили о музыке. Покуда отец говорил хорошо, я задавал ему мало вопросов. А теперь хотел наверстать упущенное. Да, мы говорили о музыке, но это был странный разговор между тем, кто не знал ничего, но знал множество слов, и тем, кто знал все, но не знал ни единого слова.

На протяжении этих всех десяти лет своей болезни отец писал объемистую книгу о сонатах Бетховена. Хотя он писал несколько лучше, чем говорил, но и при письме у него все чаще и чаще случались провалы памяти, и в конце концов уже никто не мог понять его текст, состоявший из слов, которых не существует.

Однажды он позвал меня в свою комнату. На рояле стояла соната опус 111, раскрытая на вариациях. «Взгляни, — сказал он и указал на ноты (играть он уже тоже не мог), — взгляни, —

повторил он, и после долгого усилия ему удалось еще добавить: — Теперь я знаю!» — а потом все старался объяснить мне что-то важное, но его фразы складывались из совершенно невразумительных слов, и он, увидев, что я не понимаю его, удивленно посмотрел на меня и сказал: «Это странно».

Конечно, я знаю, о чем он хотел говорить, его же давно занимала эта проблема. Бетховен к концу своей жизни почувствовал необычайную тягу к форме вариаций. На первый взгляд может показаться, что эта форма из всех форм самая что ни на есть поверхностная, простая иллюстрация музыкальной техники, работа скорее для кружевницы, чем для Бетховена. А он превратил ее (впервые в истории музыки) в одну из самых значительных форм, в которую облек свои самые прекрасные размышления.

Да, это хорошо известно. Но отец хотел знать, как следует понимать это. Почему именно вариации? Какой за этим скрывается смысл?

Вот почему он тогда позвал меня к себе в комнату, указал на ноты и произнес: «Теперь я знаю!»

4

Молчание отца, от которого скрылись все слова, молчание ста сорока пяти историков, которым запретили вспоминать, эта всеохватная тишина, что доносится из Чехии, создает фон картины, на которой я рисую Тамину.

Она по-прежнему разносит кофе в маленьком городе на западе Европы. Но она уже не излучает того сияния дружеской любезности, которая некогда притягивала к ней посетителей. У нее нет больше желания внимательно выслушивать их.

Однажды, когда Биби вновь уселась на табурет у барной стойки, а ее дочка, ползавшая по полу, невыносимо визжала, Тамина, так и не дождавшись, покуда мать одернет ребенка, сказала: — Ты не можешь что-нибудь сделать, чтобы она перестала орать?

Биби обиделась: — Скажи мне, почему ты ненавидишь детей?

Было бы ошибкой считать, что Тамина ненавидит детей. Зато в голосе Биби она отчетливо уловила совершенно неожиданную враждебность. Она и сама не знала почему, но они перестали быть подругами.

Однажды Тамина не вышла на работу. Такого еще никогда не бывало. Жена хозяина пошла узнать, что с ней. Позвонила в дверь, но никто не открыл. Она отправилась туда и на следующий день, но опять безрезультатно. Она вызвала полицию. Выломали дверь, но обнаружили лишь тщательно убранную квартиру, где все было на месте и ничто не вызывало подозрений.

Тамина не вышла на работу и в последующие дни. Полиция снова занялась этим делом, но ничего нового опять-таки не обнаружила. Дело об исчезновении Тамины было отнесено к тем, что так и остались нераскрытыми.

5

В тот роковой день к барной стойке подсел молодой человек в джинсах. Тамина в это время была уже одна в кафе. Молодой человек заказал себе кока-колу и стал медленно потягивать напиток. Он смотрел на Тамину, а она смотрела в пространство.

Вдруг он сказал: — Тамина.

Это вполне могло произвести на нее впечатление, однако не произвело. Не составляло особого труда узнать ее имя, известное всем посетителям в округе.

— Я знаю, вам грустно, — продолжал молодой человек.

Но и это не возымело желанного действия. Она знала, что существует множество способов обольщения женщины и что один из самых надежных путей к женскому лону лежит через грусть. Тем не менее она посмотрела на него с бо́льшим интересом, чем минуту назад.

Они разговорились. Прежде всего внимание Тамины привлекли его вопросы. Не их содержание, а то, что он вообще задавал их. Бог мой, сколько времени прошло с тех пор, как кто-то о чем-то ее спрашивал! Ей казалось, что прошла целая вечность! Единственный человек, кто постоянно распрашивал ее, был муж, ибо любовь — это постоянное вопрошание. Да, лучшего определения любви я не знаю.

(В таком случае, возразил бы мне мой друг Гюбл, никто не любит нас больше полиции. И вправду. Так же, как всему, что *наверху*, противостоит то, что *внизу*, негативом любовного интереса оказывается любопытство полиции. Порой можно перепутать, что внизу, а что наверху, и мне совсем не трудно представить одиноких людей, мечтающих время от времени подвергаться допросу в полицейском участке, дабы кому-нибудь рассказать о себе.)

6

Молодой человек смотрит ей в глаза, слушает ее, а затем говорит, что все, называемое ею воспоминанием, на самом деле совершенно другое: она лишь зачарованно вглядывается в свое забывание.

Тамина утвердительно кивает головой.

А молодой человек продолжает: этот печальный взгляд, обращенный вспять, уже нельзя считать проявлением верности покойному. Покойный исчез из этого взгляда, и она смотрит в пустоту.

В пустоту? Чем же тогда так утяжелен ее взгляд?

Он утяжелен не воспоминаниями, объясняет ей молодой человек, а угрызениями. Тамина никогда не простит себе, что она забыла.

— А что же в таком случае мне делать? — спрашивает Тамина.

— Забыть свое забвение.

— Посоветуйте мне, как это сделать, — горько смеется Тамина.

— Разве у вас никогда не возникало желания уйти?

— Возникало, — признается Тамина. — Мне ужасно хочется уйти. Но куда?

— Туда, где вещи легки, как дуновение ветерка. Где вещи утратили свою тяжесть. Где нет угрызений.

— Да, — мечтательно говорит Тамина, — уйти туда, где вещи ничего не весят.

И словно в сказке, словно во сне (а ведь это сказка! ведь это сон!), Тамина покидает барную стойку, за которой провела несколько лет жизни, и выходит с молодым человеком из кафе. У тротуара стоит красный спортивный автомобиль. Молодой человек садится за руль и предлагает Тамине место рядом.

7

Я понимаю угрызения, мучившие Тамину. Когда умер мой отец, я испытывал нечто подобное. Я не мог простить себе, что так мало задавал ему вопросов, что так мало знаю о нем, что позволил себе пренебречь им. И именно эти угрызения помогли мне вдруг понять, чем он, должно быть, хотел поделиться со мной, указывая на раскрытые ноты сонаты опус 111.

Попробую объяснить это посредством сравнения. Симфония — это музыкальный эпос. Можно было бы сказать, что она подобна пути, ведущему сквозь бесконечность внешнего мира, от вещи к вещи, все дальше и дальше. Вариации — это тоже путь. Но этот путь не ведет сквозь бесконечность внешнего мира. Вам, несомненно, знакома мысль Паскаля о том, что человек живет между пропастью бесконечно великого и пропастью бесконечно малого. Путь вариаций ведет к той *второй* бесконечности, к бесконечному внутреннему многообразию, что скрывается в каждой вещи.

В вариациях, стало быть, Бетховен открыл иное пространство и иное направление поисков. В этом смысле его вариации являются новым *призывом отправиться в путь*.

Форма вариаций — это форма максимального сосредоточения, позволяющая композитору говорить лишь о сути вещей, идти прямо к самой сердцевине. Предметом вариаций является тема, которая зачастую ограничивается всего шестнадцатью тактами. Бетховен проникает внутрь этих шестнадцати тактов, словно по колодцу спускается в недра земли.

Путь ко второй бесконечности столь же полон приключений, что и путь эпоса. Так физик доходит до волшебного нутра атома. С каждой вариацией Бетховен все больше и больше удаляется от начальной темы, которая схожа с последней вариацией ничуть не более, чем цветок со своим образом под микроскопом.

Человек сознает, что ему не дано объять вселенную с ее солнцами и звездами. Куда более невыносимым ему представляется, что он обречен потерять и вторую бесконечность, ту близкую, до которой рукой подать. Тамина потеряла бесконечность своей любви, я потерял отца, и все мы потеряли плоды трудов своих, ибо за совершенством надо идти до самой сердцевины, которой нам никогда не достичь.

То, что бесконечность внешнего мира ускользнула от нас, мы принимаем как вполне естественную участь. Но до самой смерти мы будем корить себя за то, что утратили вторую бесконечность. Мы размышляем о бесконечности звезд, а бесконечность собственного отца нас совсем не занимала.

Неудивительно, что форма вариаций стала страстью зрелого Бетховена, который прекрасно знал (как это знает Тамина и как я это знаю), что нет ничего более невыносимого, чем потерять человека, которого мы любили, — эти шестнадцать тактов и внутреннюю вселенную их бесконечных возможностей.

8

Вся эта книга — роман в форме вариаций. Отдельные части следуют одна за другой, как отдельные отрезки пути, ведущего внутрь темы, внутрь мысли, внутрь одной-единой ситуации, понимание которой теряется в необозримой дали.

Это роман о Тамине, и в минуту, когда Тамина уходит со сцены, это роман для Тамины. Она — главное действующее лицо и главный слушатель, а все остальные истории являются лишь вариациями ее истории и отражаются в ее жизни, как в зеркале.

Это роман о смехе и о забвении, о забвении и о Праге, о Праге и об ангелах. Кстати, это отнюдь не случайность, что молодого человека, сидящего за рулем, зовут Рафаэль.

Местность становилась все более пустынной, все меньше было зелени и все больше охры, все меньше травы и деревьев и все больше песка и глины. Вскоре автомобиль свернул с шоссе и покатил по узкой тропе, внезапно завершившейся крутым склоном. Молодой человек затормозил. Они вышли. Остановились на краю склона; в десяти метрах под ними была узкая полоса глинистого берега, а за ним вода, мутная, коричневая, тянувшаяся в необозримую даль.

— Где мы? — спросила Тамина, и сердце ее сжала тоска. Она хотела сказать Рафаэлю, что рада была бы вернуться назад, но не осмелилась: боялась услышать его отказ, который еще усилил бы ее тревогу.

Они стояли на краю склона, перед ними простиралась вода, а вокруг была одна глина, размякшая глина без всякой травы, словно предназначенная для разработки. И в самом деле, неподалеку стоял брошеный экскаватор.

Тут Тамина вспомнила, что именно так выглядела местность в Чехии, где в последнее время работал муж, когда, выгнанный с занимаемой должности, устроился экскаваторщиком в ста километрах от Праги. Всю неделю он жил там в вагончике и только по воскресеньям приезжал к Тамине в Прагу. Поэтому раз в неделю она отправлялась к нему сама. Среди такого же пейзажа они вместе совершали прогулки: размякшая глина без травы и деревьев, снизу охра и желть, сверху — низкие серые тучи. Они шагали рядом в резиновых сапогах, которые увязали в грязи и скользили. Они были одни в целом мире, и их охватывало чувство тревоги, любви и отчаянного страха друг за друга.

Это чувство отчаяния теперь овладело ею, и она была счастлива, что вместе с ним внезапно и неожиданно вернулся к ней утраченный осколок прошлого. Это было совершенно утраченное воспоминание, и оно, пожалуй, впервые с той поры воскресло в ней. Она подумала, что надо было записать это в свою тетрадь! Тогда бы она и год точно знала!

И снова захотелось ей сказать молодому человеку, что хорошо бы вернуться назад. Нет, он

был не прав, когда говорил ей, что ее печаль —
лишь форма без содержания! Нет, нет, ее муж
в этой печали все еще живой, он только потерян, и она должна идти его искать! Искать по
всему свету! Да, да! Теперь она это особенно
понимает! Тот, кто хочет вспоминать, не смеет
сидеть на одном месте и ждать, что воспоминания придут к нему сами! Воспоминания разбежались по всему свету, и нам надо путешество-
вать, чтобы найти их и вспугнуть в их укрытии!

Все это она хотела сказать молодому человеку и попросить его отвезти ее назад. Но тут
вдруг снизу от воды донесся свист.

9

Рафаэль схватил Тамину за руку. И сжал ее
так сильно, что уже нельзя было вырваться. По
склону пролегала узкая, извилистая, скользкая
тропинка. Он повел по ней Тамину вниз.

На берегу, где еще минуту назад никого и в
помине не было, стоял мальчик лет двенадцати.
Он держал за веревку лодку, легко покачивав-
шуюся у края воды, и улыбался Тамине.

Она оглянулась на Рафаэля. Он тоже улыбался. Она переводила взгляд с одного на другого, как вдруг Рафаэль стал громко смеяться, и
мальчик присоединился к нему. Это был странный смех, ведь ничего смешного не происходило, но при этом — заразительный и сладостный:

он призывал ее забыть о своей тревоге и обещал
что-то неясное, то ли радость, то ли мир, и потому Тамина, стремясь избавиться от своей тоски, послушно засмеялась вместе с ними.

— Вот видите, — сказал ей Рафаэль, — вам
нечего бояться.

Тамина вступила в лодку, закачавшуюся под
ней. Опустилась на сиденье у кормы челна. Оно
было мокрым. Сквозь летнюю легкую юбку она
почувствовала, как сырость коснулась ее зада. Это
было скользкое прикосновение, и в ней снова проснулась тревога.

Мальчик оттолкнул лодку от берега, взялся
за весла, и Тамина оглянулась. Рафаэль стоял
на берегу и смотрел им вслед. Он улыбался, и
Тамине показалось, что в этой улыбке есть что-
то странное. Да! Улыбаясь, он незаметно качал
головой! Он совсем незаметно качал головой.

10

Почему Тамина не спросит, куда она едет?

А тот, кому не важна цель, не спрашивает,
куда он едет!

Она смотрела на мальчика, что сидел напротив и работал веслами. Он казался ей совсем
слабеньким, а весла слишком тяжелыми.

— Может, мне сменить тебя? — спросила
она, и мальчик, радостно кивнув, отпустил
весла.

Они поменялись местами. Теперь он сидел на корме и смотрел, как Тамина гребет, а чуть погодя вытащил из-под сиденья маленький магнитофон. Зазвучал рок: электрогитары, пение. Мальчик начал слегка извиваться в ритме музыки. Тамина смотрела на него с отвращением: этот ребенок кокетливо, по-взрослому вилял бедрами. Его движения казались ей непристойными.

Чтобы не видеть его, она закрыла глаза. Тут мальчик усилил звук магнитофона и сам стал тихо напевать. Когда Тамина снова подняла на него глаза, он спросил: — А ты почему не поешь?

— Я не знаю этой песни.

— Как так не знаешь? Ее знают все.

Он продолжал извиваться на своем сиденье, и Тамина, уже почувствовав усталость, спросила его: — Может, ты снова ненадолго сядешь за весла?

— Греби ты,— засмеявшись, ответил мальчик.

Но Тамина действительно устала грести. Положив весла в лодку, она попыталась отдохнуть: — Мы скоро там будем?

Он указал рукой вперед. Она обернулась. Берег был уже недалеко. Он отличался от той местности, откуда они отплыли: был зеленый, травянистый, поросший деревьями.

Вскоре лодка натолкнулась на дно. Примерно с десяток детей, игравших на берегу в мяч, с любопытством уставились на них. Они вышли из лодки. Мальчик привязал лодку к колышку. За песчаным берегом тянулась длинная

аллея платанов. Они пошли вдоль аллеи и минут через десять оказались у низкого, широкого
здания. Перед ним было множество странных
больших цветных предметов непонятного назна-
чения, а также несколько волейбольных сеток.
Что-то в них удивило Тамину. Ах да, они были
натянуты слишком низко над землей.

Мальчик сунул два пальца в рот и засвистел.

11

К ним подошла девочка лет девяти, не больше. У нее было очаровательное личико, а кокетливо выставленный вперед животик вызы-
вал воспоминание о девственницах на готических полотнах. На Тамину она посмотрела без
особого интереса, взглядом женщины, уверен-
ной в своей красоте и желающей подчеркнуть
ее демонстративным равнодушием ко всему, что
не является ею самой.

Она открыла дверь белого дома. Они вошли
прямо (там не было ни коридора, ни прихожей) в
большую комнату, уставленную кроватями. Огля-
девшись по сторонам, словно считая кровати, девочка указала на одну из них: — Ты будешь спать
здесь.

— Что же, по-твоему, я буду спать в дортуаре?
— Детям не нужна отдельная комната.
— Каким детям? Я же не ребенок!
— Здесь одни дети!

— Какие-то взрослые здесь все же должны быть!

— Нет, здесь нет никаких взрослых.

— Тогда что делать здесь мне?! — выкрикнула Тамина.

Не обращая внимания на ее волнение, девочка пошла назад к двери. Остановившись на пороге, она сказала: — Я зачислила тебя в отряд белок.

Тамина не поняла.

— Я зачислила тебя в отряд белок, — повторила девочка тоном недовольной учительницы. — Все дети распределены по отрядам, которые носят имена зверюшек.

Тамина не пожелала говорить о белках. Она хотела вернуться. Спросила, где мальчик, который привез ее сюда.

Девочка сделала вид, что не слышит, о чем говорит Тамина, и продолжала давать ей свои пояснения.

— Меня это не интересует! — кричала Тамина. — Я хочу обратно! Где тот мальчик?

— Не кричи! — Пожалуй, ни один взрослый не сумел бы вести себя более высокомерно, чем этот красивый ребенок. — Не понимаю тебя, — продолжала девочка и, чтобы выразить свое удивление, покачала головой: — Почему ты сюда приехала, если хочешь уехать?

— Я не хотела сюда приезжать.

— Тамина, не ври. Кто же отправляется в дальний путь, не зная, куда он едет? Отучись врать.

Тамина, повернувшись спиной к девочке, бросилась к платановой аллее. Добежав по ней до берега, попыталась отыскать лодку, которую около часа назад мальчик привязал там к колышку. Но ни лодки, ни даже колышка нигде не было.

Она припустилась бегом, решив обследовать весь берег. Песчаный пляж вскоре сменился трясиной, и ей пришлось сделать изрядный крюк, чтобы обогнуть ее и снова выйти к воде. Берег все время изгибался неизменной дугой, так что она (не найдя ни следа лодки или какой-либо пристани) примерно через час оказалась там, где платановая аллея вливалась в пляж. Тамина поняла, что она на острове.

Она медленно пошла по аллее к дортуару. Там стояла в кружок группа из десяти ребят: девочки и мальчики в возрасте от шести до двенадцати лет. Увидев ее, они закричали: — Тамина, иди к нам!

Дети расступились, освобождая для нее место.

И тут она вспомнила Рафаэля, как он улыбался и качал головой.

Сердце у нее сжалось от ужаса. Не обращая внимания на детей, она прошла прямо в дортуар и, свернувшись калачиком, примостилась на своей кровати.

12

Ее муж умер в больнице. Она навещала его часто, как только могла, но он умер ночью, один. Когда на следующий день она, прийдя в больницу, нашла постель мужа пустой, старик, лежавший в той же палате, сказал ей: «Сударыня, вам надо подать жалобу! Ужасно, как они обращаются с умершими!» В глазах у него был страх, он знал, что и его ждет скорая смерть. «Его схватили за ноги и потащили по полу. Думали, что я сплю. Я видел, как его голова ударилась о порог и подскочила».

У смерти — двойное обличье: с одной стороны, она означает небытие, с другой — чудовищно материальное бытие трупа.

Когда Тамина была очень молода, смерть представлялась ей только в первом обличье, в обличье небытия, и страх смерти (впрочем, довольно неопределенный) был вызван ужасной мыслью, что когда-нибудь ее не станет. С течением времени этот страх уменьшался и в конце концов почти исчез (мысль, что однажды она не увидит неба или деревьев, уже совсем не пугала ее), зато она все чаще думала о той второй, материальной стороне смерти: ее ужасало, что она станет трупом.

Быть трупом казалось ей невыносимым унижением. Еще сколько-то минут назад человек был храним стыдом, святостью наготы и интимной жизни, но достаточно мгновения смерти, и его тело попадает в распоряжение кого угодно, его могут раздеть, распороть, могут копаться в его внутренностях, а затем, с отвращением зажав нос от смрада, сунуть в морозильник или в огонь. Она захотела кремировать мужа и развеять его прах еще и того ради, чтобы уже мучительно не представлять себе, что происходит с его дорогим телом.

А когда несколько месяцев спустя она подумала о самоубийстве, то решила утопиться где-нибудь далеко в море, чтобы об унижении ее мертвого тела знали только рыбы, которые немы.

Я уже упоминал о рассказе Томаса Манна: молодой человек, смертельно больной, садится в поезд, поселяется в незнакомом городе. В его комнате стоит гардероб, и каждую ночь из него выходит болезненно красивая обнаженная женщина и долго рассказывает ему что-то сладостно-грустное: и эта женщина, и этот рассказ — это смерть.

Это смерть сладостно голубоватая, как небытие. Ибо небытие — беспредельная пустота, а пустое пространство голубого цвета, и нет ничего более прекрасного и утешительного, чем голубизна. И вовсе не случайно Новалис, поэт смерти, любил голубизну и искал ее, куда бы ни отправлялся. Сладость смерти голубого цвета.

Но если небытие молодого человека у Томаса Манна было так прекрасно, что сталось с его телом? Тащили его за ноги через порог? Вспороли ему живот? Бросили его в яму или в огонь?

В то время Манну было двадцать шесть, а Новалис так и не дожил до тридцати. Мне, увы, больше, и в отличие от них я не могу не думать о теле. Нет, смерть не голубого цвета, и Тамина это знает не хуже меня. Смерть — каторжная работа. Умирая, мой отец несколько дней лежал в жару, и мне казалось, он тяжко работает. Весь в поту, он был сосредоточен только на своем умирании, словно смерть была ему не по силам. Он уже не сознавал, что я сижу у его постели, уже не в состоянии был заметить меня, работа, которую он затрачивал на смерть, полностью его изнуряла, он был сосредоточен, как всадник, из последних сил стремящий своего коня к далекой цели.

Да, он ехал верхом.

Куда он ехал?

Куда-то далеко, чтобы скрыть свое тело.

Нет, не случайно все стихи о смерти уподобляют ее дороге. Молодой человек у Манна садится в поезд. Тамина — в красный спортивный автомобиль. Человеком владеет безмерное желание уехать, чтобы скрыть свое тело. Но эта дорога тщетна. Он едет верхом, а его находят в постели, и голова его ударяется о порог.

13

Почему Тамина на острове детей? Почему я представляю ее именно там?

Не знаю.

Быть может, потому, что в тот день, когда умирал мой отец, я слышал, как звучат веселые песни, исполняемые детскими голосами?

Повсюду к востоку от Эльбы дети организованы в так называемые пионерские отряды. Вокруг шеи они носят красные галстуки, ходят, как взрослые, на собрания и подчас поют «Интернационал». Время от времени, следуя доброй традиции, они повязывают красный галстук какому-нибудь знаменитому взрослому и присваивают ему звание почетного пионера. Взрослые это обожают, и чем они становятся старше, тем большую испытывают радость, получая от детей красный галстук для своего гроба.

Его уже все получили: получил его Ленин, получил его Сталин, Мастурбов и Шолохов, Ульбрихт и Брежнев. А в тот день на большом торжестве, устроенном в Пражском Граде, получил свой галстук и Гусак.

В тот день жар у отца несколько спал. Стоял май, наше окно, выходившее в сад, было открыто. С противоположной стороны дома, сквозь цветущие ветви яблонь, доносилась до нас телетрансляция праздника. Раздавались песни, исполняемые высокими детскими голосами.

Как раз в это время у нас был врач. Он стоял, склонившись над отцом, который уже не мог произнести ни слова. Потом он повернулся ко мне и громко сказал: «Он впал в кому. Его мозг в состоянии распада». Я видел, как огромные голубые глаза отца еще больше расширились.

После ухода врача я в страшной растерянности попытался тотчас что-то сказать, чтобы отогнать эту фразу. Я кивнул в сторону окна: — Слышишь? Вот комедия! Гусак сегодня произведен в почетные пионеры!

И отец засмеялся. Он смеялся, чтобы дать мне понять, что его мозг в порядке и я могу разговаривать и шутить с ним, как прежде.

Потом сквозь яблони до нас долетел голос Гусака: — Дети! Вы — будущее!

И минуту спустя: — Дети! Никогда не оглядывайтесь назад!

— Я закрою окно, лишь бы не слышать его, — сказал я, подмигнув отцу, и он, улыбнувшись мне своей бесконечно прекрасной улыбкой, согласно кивнул.

Спустя какое-то время у него снова подскочила температура. Он сел на коня и ехал верхом несколько дней подряд. Меня он уже никогда не увидел.

14

Но что ей было делать, если она вдруг оказалась среди детей, если перевозчик исчез вместе с лодкой и вокруг не было ничего, кроме бесконечной воды?

Она решила бороться.

Ах, до чего грустно: живя в маленьком западноевропейском городе, она никогда ни к чему не стремилась, а здесь, среди детей (в мире вещей, что ничего не весят), она станет бороться?

Но как, кстати, она собирается бороться?

Когда в день своего приезда она, уклонившись от игр, бросилась на свою кровать, словно это была неприступная крепость, то уже в воздухе почувствовала растущую враждебность детей и испугалась. Решила предотвратить ее, расположив их к себе. А это, конечно, означает, что ей надо стать такой же, как они, принять их язык. И в самом деле: она добровольно участвует во всех их играх, вкладывает во все их затеи свою фантазию и свою физическую силу, и дети, естественно, вскоре поддаются ее чарам.

А если она хочет стать такой же, как они, она должна отказаться от своей сокровенной жизни. В первый день она не согласилась идти с ними в ванную комнату, стесняясь мыться на глазах у всех, а теперь она ходит в ванную вместе с ними.

Ванная, большая, облицованная кафелем комната, — средоточие всей жизни детей и их тайных помыслов. На одной ее стороне — десять стульчаков, на противоположной стороне — десять рукомойников. Как правило, один отряд в подвернутых ночных рубашках сидит на стульчаках, а другой — в чем мать родила — моется у рукомойников. Те, что сидят, смотрят на тех, голых, а те, что у рукомойников, оглядываются на тех, что на стульчаках, и вся ванная насыщена потаенной чувственностью, вызывающей в Тамине какое-то смутное воспоминание о чемто давно забытом.

Тамина сидит в ночной рубашке на стульчаке, а голые тигры, что у рукомойников, не сводят с нее глаз. Потом шумит спущенная вода, белки встают со стульчаков, снимают длинные ночные рубахи, а тигры отходят от рукомойников и идут в общую спальню, откуда приходят уже кошки; теперь они усаживаются на опустевшие стульчаки и неотрывно смотрят на высокую Тамину с черным подчревьем и большими грудями, которая вместе с белками стоит у рукомойников.

Она уже не стыдится. Она чувствует, как ее зрелая сексуальность делает ее королевой, властвующей над теми, у которых подчревье еще безволосое.

15

Итак, поездка на остров, пожалуй, не была каким-то заговором против нее, как ей казалось, когда она впервые увидела дортуар и свою кровать в нем. Напротив, она наконец очутилась там, где мечтала быть: в том далеком прошлом, где еще не было мужа, где его не существовало ни в воспоминаниях, ни в мечтах и где, следовательно, не было ни тяжести, ни угрызений.

Она, в ком всегда жило столь обостренное чувство стыда (стыд был верной тенью любви), сейчас представала нагой перед множеством чужих глаз. Поначалу это смущало ее и мучило, но вскоре она привыкла, ибо ее нагота не была бесстыдной, а просто теряла свой смысл, становилась невыразительной, онемелой и мертвой. Ее тело, в каждой частице которого была запечатлена исто-

рия любви, стало бессмысленным, и в этой бес-
смысленности были облегчение и покой.

Но если зрелая чувственность шла на убыль,
мир иных удовольствий начал медленно выплы-
вать из далекого прошлого. Оживало множество похороненных воспоминаний. Например, вот
это (неудивительно, что оно давно исчезло из
ее памяти, поскольку для взрослой Тамины оно
не могло не быть невыносимо непристойным и
смешным): учась в первом классе начальной
школы, она обожала свою молодую красивую
учительницу и многими месяцами мечтала о том,
чтобы ей позволили вместе с нею пойти в туалет.

Сейчас она сидела на стульчаке и улыбаясь
прикрывала глаза. Она представляла себя той
самой учительницей, а маленькую веснушчатую
девочку, сидевшую на стульчаке рядом и с любопытством ее разглядывавшую, — прежней маленькой Таминой. Она настолько вообразила себя этой веснушчатой девочкой с ее похотливым
взглядом, что вдруг где-то в дальних глубинах
своей памяти почувствовала содрогание полу-
проснувшегося возбуждения.

16

Благодаря Тамине белки побеждали почти
во всех играх, и потому они решили торжественно наградить ее. Все награждения и наказания, которые дети назначали себе, происходили

в ванной комнате, и награждение Тамины выражалось в том, что все дети будут ей прислуживать: самой Тамине не дозволялось даже коснуться себя, за нее все должны были самоотверженно делать белки в качестве абсолютно преданных прислужниц.

И вот как они ей служили: прежде всего, пока она сидела на стульчаке, они тщательно вытирали ее, потом, подняв ее со стульчака, спускали воду, стягивали с нее рубашку, подводили к рукомойнику и все наперебой старались омыть ее грудь, живот и ужасно любопытствовали, как выглядит то, что у нее между ног, и каково оно на ощупь. Иной раз ей хотелось отогнать их, но это было весьма затруднительно: она же не могла плохо обращаться с детьми, которые кроме всего с потрясающей последовательностью придерживались правил игры и делали вид, что просто служат ей в знак вознаграждения.

В конечном итоге они отправлялись укладывать ее ко сну на кровать, и там снова находили тысячу всяких премилых предлогов, чтобы прижиматься к ней и гладить все ее тело. Детей было ужасно много, и трудно было определить, кому принадлежит та или иная рука, тот или иной рот. Она ощущала прикосновения по всему телу и особенно в тех местах, которые были у нее иными, чем у них. Она закрывала глаза, и ей казалось, что ее тело качается, качается медленно, как в колыбели: она испытывала легкое и удивительное блаженство.

Она чувствовала, как от этого блаженства по-
дергивается уголок губ. Она снова открывала глаза, и перед ней представало детское лицо, оно внимательно разглядывало ее рот и говорило другому
детскому лицу: «Смотри! Смотри!» Теперь над
ней склонялись уже два лица и жадно всматрива-
лись в подергивавшийся уголок губ, словно раз-
глядывали механизм разобранных часов или му-
ху, у которой оторваны крылья.

И все же ей казалось, что ее глаза видят нечто
совершенно другое, чем ощущает ее тело, и что дети, склоненные над ней, вовсе не связаны с тем тихим, покачивающимся блаженством, которое она
испытывает. И потому она снова закрывала глаза
и лишь наслаждалась своим телом, ибо впервые в
жизни ее тело блаженствовало, не обремененное
душой, которая, уже ничего не воображая себе, ни
о чем не вспоминая, тихо удалилась из комнаты.

17

Вот что мне, пятилетнему, рассказывал отец:
каждая тональность — это маленький королев-
ский двор. Правит там король (первая ступень),
у которого два помощника (пятая и четвертая
ступени). Им подчинены четыре сановника, и у
каждого из них к королю и к помощникам свое
особое отношение. Кроме них при дворе разме-
щаются еще другие пять тонов, называемых хро-
матическими. Эти тона, хотя и занимают высо-

кое положение в других тональностях, здесь всего лишь гости.

Поскольку каждой из двенадцати нот присущи свое назначение, свой титул, своя функция, сочинение, которое мы слышим, не является простым сочетанием звуков, а перед нами развертывается некое действо. Иной раз события бывают ужасно запутанными (как, например, у Малера или в еще большей степени у Бартока или Стравинского), в них вмешиваются принцы разных дворов, так что подчас трудно определить, какому двору тот или иной тон, собственно, служит или же он и вовсе является тайным агентом нескольких королей одновременно. Но и в таком случае даже самый наивнейший слушатель может хотя бы в грубых чертах, приблизительно, угадать, о чем идет речь. И самая сложная музыка все еще представляет собою *язык*.

Это говорил мне отец, а вот уже мое тому продолжение: однажды один великий человек обнаружил, что язык музыки в течение тысячелетия исчерпал себя и что ему под силу разве что пережевывать одни и те же идеи. Революционным декретом он низложил иерархию тонов и сделал их равноправными. Он подчинил их строгой дисциплине: ни одному из них уже не дозволялось появляться в сочинении чаще другого и тем самым претендовать на старые феодальные привилегии. Королевские дворы были раз и навсегда упразднены, и вместо них возникла единая империя, основанная на равенстве, имя которому — додекафония.

Возможно, звучание музыки стало еще интереснее прежней, но человек, привыкший за тысячелетие наблюдать интриги тональностей королевских дворов, слышал звук и не понимал его. Впрочем, империя додекафонии вскоре пришла в упадок. После Шёнберга пришел Варез, уничтоживший не только тональность, но и сам тон (тон человеческого голоса и музыкальных инструментов), заменив его рафинированной организацией шумов, которая, при всей своей увлекательности, уже открывает историю не музыки, а чего-то другого, основанного на иных принципах и ином языке.

Когда Милан Гюбл в моем пражском кабинете развивал идею возможной гибели чешской нации на просторах русской империи, мы оба знали, что эта мысль, какой бы оправданной она ни была, свыше нашего понимания и что мы говорим о *невообразимом*. Человек, пусть он и смертен, не может представить себе ни конца пространства, ни конца времени, ни конца истории, ни конца нации, он всегда живет в иллюзорной бесконечности.

Люди, завороженные идеей прогресса, не подозревают даже, что каждый шаг вперед в то же время является и шагом на пути к концу и что в радостных лозунгах *только дальше* и *только вперед* звучит непристойный голос смерти, побуждающей нас поторопиться.

(Если нынче одержимость словом *вперед* стала всеобщей, то не потому ли это, что смерть обращается к нам уже с очень близкого расстояния?)

В те времена, когда Шёнберг основывал свою империю додекафонии, музыка была богаче, чем когда-либо прежде, и опьянена своей свободой. Никому и в голову не могло прийти, что конец столь близок. Никакой усталости! Никакого заката! Шёнберг творил в самом дерзновенном духе молодости. Он был исполнен оправданной гордости, полагая, что единственный путь, ведущий вперед, именно тот, который выбрал он. История музыки окончилась в расцвете смелости и мечты.

18

Но если правда, что история музыки окончилась, что же тогда осталось от музыки? Тишина?

Как бы не так, музыки все больше и больше, в сотни раз больше, чем в самые славные ее времена. Она разносится из репродукторов на домах, из чудовищной звуковой аппаратуры в квартирах и ресторанах, из маленьких транзисторов, которые люди носят с собой на улицах.

Шёнберг умер, Эллингтон умер, но гитара вечна. Стереотипная гармония, затасканная мелодия и ритм, действующий тем сильнее, чем он монотоннее,— вот все, что осталось от музыки, вот она, та самая вечность музыки. На этих простых комбинациях нот могут объединиться все, ведь это само бытие, что кричит в них свое ликующее *я здесь!* Ни одно согласие не может быть громче и единодушнее, чем простое согласие с бытием. Оно объединяет арабов с евреями, чехов с русскими. Тела, опьяненные сознанием своего существования, качаются в простом ритме звуков. Поэтому ни одно сочинение Бетховена не вызывало столь сильную коллективную страсть, как однообразно повторяющиеся удары по струнам гитар.

Однажды, примерно за год до смерти отца, когда мы вместе отправились на обычную прогулку вокруг квартала, песни сопровождали нас на каждом шагу. Чем грустнее становились люди, тем громче ревели репродукторы. Они старались заставить оккупированную страну забыть о горечи истории и отдаться радостям жизни. Отец остановился, поднял взгляд к репродуктору, откуда несся шум, и я почувствовал, что он хочет сообщить мне что-то чрезвычайно важное. Сделав над собой усилие, он сосредоточился, чтобы выразить свою мысль, а потом медленно, с натугой проговорил: — Нелепость музыки.

Что он хотел этим сказать? Неужто он хотел оскорбить музыку, которая была страстью его жизни? Нет, думаю, он хотел мне сказать, что существует какое-то *изначальное состояние музыки,* состояние, предшествующее ее истории, состояние до первой постановки вопроса, состояние до первого раздумья, до начала игры с мотивом и темой. В этом первичном состоянии музыки (музыки без мысли) отражается сущностная нелепость человеческого бытия. Над этой сущностной нелепостью музыка поднялась лишь благодаря непомерным усилиям духа и сердца, и это был тот величественный свод, что распростерся над веками Европы и угас в высшей точке полета, как пущенная ракета фейерверка.

История музыки смертна, но нелепость гитар вечна. Музыка сейчас вернулась в свое изначальное состояние. Это состояние после последней постановки вопроса, состояние после последнего раздумья, состояние после истории.

Когда Павел Гора, чешский певец поп-музыки, в 1972 году уехал за границу, Гусак пришел в ужас. И тотчас написал ему во Франкфурт (в августе того же года) личное послание. Привожу из него цитату, ничего не придумывая: *«Дорогой Павел, мы не сердимся на Вас. Я прошу, вернитесь, мы сделаем для Вас все, что пожелаете. Мы поможем Вам, Вы поможете нам...»*

Поразмыслите, пожалуйста, над этим: Гусак, и глазом не моргнув, позволил эмигрировать врачам, ученым, астрономам, спортсменам, режиссерам, операторам, рабочим, инженерам, архитекторам, историкам, журналистам, писателям, художникам, но не мог смириться с мыслью, что страну покинул Павел Гора. Ибо Павел Гора олицетворял собой музыку без памяти, ту музыку, в которой навсегда погребены кости Бетховена и Эллингтона, прах Палестрины и Шёнберга.

Президент забвения и идиот музыки были достойны друг друга. Их объединяло общее дело.

«Мы поможем Вам, Вы поможете нам». Один не мог существовать без другого.

19

Но в башне, где царствует мудрость музыки, человек подчас испытывает тоску по тому монотонному ритму бездушного крика, который доносится извне и в котором все люди братья. Постоянно общаться только с Бетховеном опасно, как опасны все привилегированные положения.

Тамина всегда немного стеснялась, когда должна была признать, что она со своим мужем счастлива. Она опасалась, что люди будут ее ненавидеть за это.

Поэтому сейчас ею владеет двойное чувство: любовь — привилегия, а все привилегии — вещь незаслуженная, и за них надо платить. То, что она здесь, среди детей, надо воспринимать как форму наказания.

Но это чувство сменяется другим: привилегия любви была не только раем, но и адом. Жизнь в любви протекала в постоянном напряжении, страхе, беспокойстве. Стало быть, здесь, среди детей, она для того, чтобы наконец вознаградить себя отдыхом и покоем.

Ее сексуальность до сих пор была оккупирована любовью (я употребляю слово «оккупирована», поскольку секс — не любовь, он лишь территория, которую любовь присваивает себе) и, стало быть, являлась частью чего-то драматического, ответственного, значительного и тревожно хранимого. Здесь у детей, в царстве незначительности сексуальность наконец стала тем, чем она исходно была: маленькой игрушкой для производства плотского наслаждения.

Или скажу несколько иначе: сексуальность, освобожденная от *дьявольской* связи с любовью, стала *ангельски* невинной радостью.

20

Если первое насилие, совершенное детьми над Таминой, было полно поразительного смысла, в последующих повторениях та же ситуация быстро утрачивала характер некоего послания и превращалась в рутину все менее содержательную и все более грязную.

Среди детей вспыхивали раздоры. Те, что были заняты любовными играми, начали ненавидеть тех, кто был к ним равнодушен. И среди Тамининых любовников возникла определенная враждебность между теми, кто чувствовал себя ее фаворитами, и теми, кто чувствовал себя отвергнутыми. И все эти обиды стали обращаться против Тамины и тяготить ее.

Однажды, когда дети склонялись над нагим телом Тамины (одни стояли подле ее кровати, другие — на коленях на кровати, кто-то сидел верхом на ее теле, а кто-то — на корточках у ее головы и промеж ее ног), она вдруг почувствовала жгучую боль. Кто-то сильно ущипнул ее за сосок. Она вскрикнула и уже не смогла сдержаться: сбросив всех до единого с кровати, замолотила в воздухе кулаками.

Она знала, что не случайность и не чувственность были причиной боли: некоторые дети ее ненавидели и желали ей зла. С тех пор любовным встречам с детьми был положен конец.

21

И вдруг не стало больше никакого мира в царстве, где вещи легки, как дуновение ветерка.

Дети играют в «классики», прыгая из одного квадрата в другой сперва на правой ноге, потом на левой, а потом обеими ногами вместе. Тамина тоже прыгает с ними. (Я вижу ее высокое тело среди маленьких детских фигурок, она прыгает, волосы развеваются вокруг лица, а в сердце — бесконечная тревога.) Вдруг канарейки разражаются криком: она, дескать, заступила черту.

Белки, естественно, протестуют: нет, ничего она не заступила. Обе команды склоняются над чертой и рассматривают след Тамининой ноги. Но черта, проведенная на песке, имеет нечеткие контуры, и след Тамининой туфли — также. Случай спорный, дети кричат друг на друга, их спор продолжается уже четверть часа и с каждой минутой разгорается все больше.

Тут Тамина совершает роковую ошибку; махнув рукой, она говорит: — Ладно, пусть так, я заступила черту.

Белки кричат, что это неправда, что Тамина свихнулась, что она врет, что она вовсе не заступила черту. Но спор ими уже проигран, их утверждение, отвергнутое Таминой, ничего не весит, и канарейки испускают победный крик.

Белки неистовствуют, кричат на Тамину, обзывают ее предательницей, а один мальчик толкает ее так сильно, что она едва удерживается на ногах. Она отмахивается от них, а они воспринимают это как сигнал к тому, чтобы накинуться на нее. Тамина защищается, она взрослая, сильная (и преисполнена ненависти, о да, она колотит детей так яростно, словно обрушивается на все, что когда-либо ненавидела в жизни), у детей течет из носу кровь, но тут летит камень и попадает Тамине прямо в лоб: пошатнувшись, она хватается за голову, заливается кровью, и дети отступают от нее. Вмиг воцаряется тишина, и Тамина уходит в дортуар. Она ложится на кровать, решив про себя никогда больше не участвовать ни в каких играх.

22

Я вижу Тамину: она стоит посреди дортуара, а вокруг на всех кроватях лежат дети. Она — в центре всеобщего внимания. Из одного угла раздается:

«Сиськи, сиськи!» К этому присоединяются и остальные голоса, и до Тамины доносится скандированный крик: «Сиськи, сиськи, сиськи...»

То, что еще совсем недавно было ее гордостью и оружием, черная поросль на подчревье и красивая грудь, теперь стало мишенью оскорблений. Ее зрелость в глазах детей превратилась в уродство, грудь стала абсурдной, как опухоль, а не по-человечески волосатое подчревье вызывало у них образ зверя.

Наступила пора преследований. Они гонялись за ней по острову, кидали в нее палки и камни. Она пряталась, убегала от них, и со всех сторон до нее долетала ее кличка: «Сиськи, сиськи...»

Нет ничего более унизительного для человека сильного убегать от слабого. Но слабых было много. Она убегала от них и сама же стыдилась этого.

Однажды она подкараулила их. Было их трое, и она колотила их до тех пор, пока один мальчик не упал, а двое других бросились наутек. Она, однако, была проворнее и сумела ухватить их за волосы.

И тут на нее упала одна сетка, вторая и третья. Да, все волейбольные сетки, низко натянутые над землей перед дортуаром, поджидали ее здесь. А трое детей, которых она за минуту до этого колотила, были не чем иным, как ловушкой. Теперь она, замотанная в клубок веревок, извивается, барахтается, а дети с криком волокут ее за собой.

23

Почему эти дети такие злые?

Да нет же, они вовсе не злые. Напротив, они полны сердечности и не перестают относиться друг к другу с большим дружелюбием. Никто из них не хочет использовать Тамину только для себя. Все время слышится их «смотри, смотри». Тамина запутана в клубке сеток, веревки врезаются ей в кожу, и дети указывают друг другу на ее кровь, слезы и искаженное болью лицо. Они щедро предлагают ее друг другу. Она скрепила их братство.

Ее беда не в том, что дети злые, а в том, что она оказалась за пределами их мира. Человек не возмущается тем, что на бойнях забивают телят. Телята вне человеческого закона, так же как и Тамина вне закона детей.

Если кто и полон ненависти, так это Тамина, не дети. Их желание причинять боль позитивно, полно веселья и по праву может быть названо радостью. Они хотят причинить боль тому, кто за пределами их мира, лишь бы только прославить собственный мир и его закон.

24

Время вершит свое, и все радости и развлечения при повторе теряют свое очарование; так же как и охота за Таминой. Дети, кстати, и впрямь совсем не злые. Мальчик, который помочился на нее, когда она лежала под ним, спутанная волейбольными сетками, несколькими днями позже вдруг улыбнулся ей прямодушной, прекрасной улыбкой.

Не говоря ни слова, Тамина вновь стала принимать участие в их играх. Вот она уже опять прыгает из одного квадрата в другой сперва на правой ноге, потом на левой, а потом обеими ногами вместе. Пусть она никогда и не войдет в их мир, однако она внимательно следит за тем, чтобы не оказаться вне его. Она старается держаться точно на границе.

Однако это успокоение, эта нормальность, этот компромиссный *модус вивенди* таил в себе весь ужас постоянности. Если недавние преследования давали Тамине возможность забыть о существовании времени и его необозримости, теперь, когда стремительность нападения ослабела, пустыня времени вышла из полутьмы, ужасающая и сокрушительная, подобная вечности.

Постарайтесь запечатлеть в памяти этот образ: она должна прыгать из квадрата в квадрат сперва на правой, потом на левой ноге, а потом обеими ногами вместе и считать весьма важным, заступила она черту или нет. Она должна так прыгать изо дня в день и при этих прыжках нести на своих плечах тяжесть времени, точно крест, который с каждым днем становится тяжелее.

Оглядывается ли она еще назад? Думает ли о муже и о Праге?

Нет. Уже нет.

25

Вокруг подиума бродили призраки поверженных памятников, а на нем стоял президент забвения с повязанным на шее красным галстуком. Дети аплодировали и выкрикивали его имя.

Прошло уже восемь лет, но в памяти моей по-прежнему звучат его слова, летевшие сквозь цветущие ветви яблонь.

«Дети, вы будущее», — говорил он, и сегодня я знаю, что это имело иной смысл, чем на первый взгляд может казаться. Дети — будущее не потому, что однажды они станут взрослыми, а потому, что человечество с течением времени будет становиться все инфантильнее: детство — это образ будущего.

«Дети, никогда не оглядывайтесь назад!» — кричал он, и это означало, что мы не смеем дозволить будущему сгибаться под тяжестью памяти. Ведь дети тоже без прошлого, и лишь в этом заключена тайна чарующей невинности их улыбки.

История — непрерывный ряд преходящих перемен, тогда как вечные ценности существуют вне истории, они неизменны и не нуждаются в памяти. Гусак — президент вечного, но никак не преходящего. Он на стороне детей, а дети — это жизнь, а жизнь — это «*видеть, слышать, есть, пить, мочиться, испражняться, нырять в воду и глядеть на небо, смеяться и плакать*».

Говорят, что, когда Гусак кончил свое обращение к детям (к тому времени я уже закрыл окно и отец снова собрался оседлать коня), Павел Гора взошел на подиум и запел. У Гусака текли по щекам слезы умиления, и солнечные улыбки, сиявшие со всех сторон, слились с этими слезами. В эту минуту великое чудо радуги изогнулось над Прагой.

Дети запрокинули головы, увидели радугу и, засмеявшись, стали аплодировать.

Идиот музыки допел песню, а президент забвения распростер руки и возгласил: «Дети, *жить — это счастье!*»

26

Остров оглашается ревом пения и грохотом электрогитар. На открытом пространстве перед дортуаром на земле стоит магнитофон, а над ним — мальчик. В нем Тамина узнает перевозчика, с которым когда-то давно приехала на остров. Она взволнована. Если это перевозчик, значит где-то здесь должна быть и лодка. Она понимает: такой случай нельзя упустить. У нее колотится сердце, и с этой минуты она ни о чем, кроме побега, уже не думает.

Мальчик смотрит вниз на магнитофон и виляет бедрами. Прибегают дети и присоединяются к нему: они выставляют вперед то одно плечо, то другое, запрокидывают головы, размахивают руками с вытянутыми указательными пальцами, словно грозят кому-то, и криками вторят пению, рвущемуся из магнитофона.

Тамина прячется за толстым стволом платана, она не хочет, чтобы ее видели, но и глаз оторвать от них не может. Они ведут себя с таким же вызывающим кокетством, как взрослые, двигая бедрами взад и вперед, словно имитируют совокупление. Непристойность движений, наложенная на детские тела, разрушает контраст скабрезности и невинности, чистоты и порочности. Чувственность обессмысливается, невинность обессмысливается, словарь распадается на части, и Тамине становится дурно: словно в желудке образуется пустота.

А идиотизм гитар продолжает греметь, и дети танцуют, кокетливо выставляя вперед животики. Все эти вещи, что ничего не весят, вызывают в Тамине тошноту. В самом деле, эта пустота в желудке порождена именно этим невыносимым отсутствием тяжести. А поскольку крайность способна в любой момент превратиться в свою противоположность, максимальная легкость стала чудовищной *тяжестью легкости,* и Тамина знает, что она уже не в силах вынести ее ни на минуту дольше. Она поворачивается и бежит.

Бежит вдоль аллеи к воде.

Вот она уже у берега. Оглядывается вокруг. Но лодки нигде нет.

И так же, как в первый день, она обегает по берегу весь остров, чтобы найти ее. Но никакой лодки не видно. В конце концов она возвращается к тому месту, где платановая аллея вливается в пляж. Там носятся взволнованные дети.

Она останавливается.

Заметив ее, дети с криком бросаются к ней.

27

Она прыгнула в воду.

Но причиной тому был не страх. Она думала об этом давно. Ведь переправа на лодке к острову продолжалась не так уж и долго. Противоположного берега, правда, не видно, но все же доплыть до него наверняка в человеческих силах!

Дети с криками добежали до того места на берегу, откуда она прыгнула, и несколько камней упало возле нее. Но она плыла быстро и вскоре оказалась вне досягаемости их слабых рук.

Она плыла, и впервые после невероятно долгого времени ей было хорошо. Она чувствовала свое тело, чувствовала его прежнюю силу. Она всегда плавала превосходно, и движения доставляли ей удовольствие. Вода была холодной, но она радовалась этому холоду. Ей казалось, что он смывает с нее всю детскую грязь, все слюни и взгляды.

Плыла она долго, и солнце меж тем медленно опускалось в воду.

А потом стемнело и наступила непроглядная тьма, не было ни луны, ни звезд, и Тамина старалась все время держаться одного направления.

28

Куда, впрочем, она мечтала вернуться? В Прагу?

Она уже совсем забыла о ней.

В маленький городок на западе Европы?

Нет. Она хотела просто убежать.

Значит ли это, что она хотела умереть?

Нет, нет, вовсе нет. Напротив, ей ужасно хотелось жить.

И все-таки она должна была представлять себе мир, в котором хотела жить!

Нет, она не представляла его. Все, что осталось у нее, — это огромная жажда жизни и ее тело. Эти две вещи, и больше ничего. Она хотела унести их с острова, чтобы сохранить. Свое тело и эту жажду жить.

29

Потом стало светать. Она напрягла зрение в надежде увидеть впереди берег.

Но впереди не было ничего, одна вода. Она оглянулась. Неподалеку, в каких-нибудь ста метрах, а то и меньше, был берег зеленого острова.

Неужто она плавала целую ночь на одном месте? Ее охватило отчаяние, она почувствовала, как с потерей надежды обмякли ее руки и ноги и какой нестерпимо холодной стала вода. Закрыв глаза, она все-таки продолжала плыть. Она уже не надеялась достичь противоположного берега, сейчас она думала лишь о своей смерти, мечтая умереть где-то посреди водяной шири, в отдалении от всех и вся, одна, только с рыбами. Глаза закрывались, и, возможно, на какое-то время она задремала, потому что вдруг, почувствовав в легких воду, закашлялась, стала задыхаться и тут, посреди этого кашля, услыхала детские голоса.

Шлепая руками, чтобы удержаться на воде, и не переставая кашлять, она огляделась. Неподалеку от нее плыла лодка, а в ней — дети. Они кричали. Поняв, что она увидела их, притихли. Не спуская с нее глаз, стали подплывать к ней. Она заметила, как безмерно они взволнованы.

Она испугалась, что дети захотят спасти ее и ей придется снова играть с ними. Она почувствовала, как теряет сознание и как немеют конечности.

Лодка вплотную приблизилась к Тамине, и пять детских лиц жадно склонились над ней.

Она отчаянно закачала головой, словно хотела сказать им: дайте мне умереть, не спасайте меня.

Но страх ее был напрасен. Дети вовсе не двигались, никто не подал ей ни весла, ни руки, никто и не собирался ее спасать. Они лишь раскрытыми, жадными глазами наблюдали за ней. Один мальчик управлял веслом так, чтобы лодка все время оставалась на близком от нее расстоянии.

Она снова заглотнула воду в легкие, закашлялась, зашлепала вокруг руками, чувствуя, что уже не держится на поверхности. Ноги все больше тяжелели. Они, точно гири, тянули ее вниз.

Голова ушла под воду. Еще раз-другой резкими движениями она поднялась над поверхностью и всякий раз видела лодку и детские глаза, устремленные на нее.

Потом она исчезла под водной гладью.

седьмая часть

ГРАНИЦА

1

Во время любовного акта его больше всего привлекали лица женщин. Тела своими движениями словно раскручивали большой кинороллик, отражая на лицах, как на телевизионном экране, захватывающий фильм, полный смятения, ожидания, взрывов, боли, крика, умиления и злости. Только лицо Ядвиги было экраном погасшим, и Ян, впиваясь в нее глазами, мучительно задавался вопросами, на которые не находил ответа: ей скучно с ним? Она утомлена? Их близость неприятна ей? Она привыкла к лучшим любовникам? Или под недвижной поверхностью ее лица скрываются ощущения, о которых Ян не имеет понятия?

Разумеется, он мог спросить ее об этом. Но с ними происходила удивительная история. Всегда разговорчивые и искренние друг с другом, они теряли дар речи в минуты, когда их обнаженные тела сливались в объятии.

Он никогда достаточно внятно не мог объяснить себе это безмолвие. Возможно, это случалось потому, что в их неэротическом общении Ядвига всегда проявляла бóльшую активность, чем он. Хотя была и моложе его, она, несомненно, за свою жизнь произнесла по крайней мере в три раза больше слов, чем он, и раздала в десять раз больше наставлений и советов, так что казалась ему доброй, умной матерью, взявшей его за руку, чтобы повести по жизни.

Он часто представлял себе, что было бы, если бы посреди любовной близости он вдохнул ей в ухо несколько непристойных слов. Но даже в его воображении эта попытка не имела успеха. Не иначе, как на ее лице появилась бы легкая улыбка неодобрения и снисходительного понимания, улыбка матери, наблюдающей за сыночком, ворующим в кладовке запретное печенье.

Или он представлял себе, что было бы, шепни он ей самые банальные слова: «Тебе это нравится?» С другими женщинами этот простой вопрос всегда звучал непристойно. Называя любовный акт деликатным словечком *это*, он тотчас возбуждал желание других слов, в которых плотская любовь отражалась бы, как в игре зеркал. Но ему казалось, что ответ Ядвиги он знает наперед: конечно, мне это нравится, терпеливо объясняла бы она ему. Думаешь, я добровольно делала бы то, что мне не нравится? Будь логичен, Ян.

Итак, он не говорил ей непристойных слов, даже не спрашивал, нравится ли ей это, а молчал, в то время как их тела двигались мощно и долго, раскручивая пустой кинофролик.

Ему часто, конечно, приходила мысль, что он сам повинен в безмолвии их ночей. Он создал для себя карикатурный образ Ядвиги-любовницы, который стоит сейчас между ними и лишает возможности добраться до настоящей Ядвиги, до ее органов чувств и тайников ее похоти. Но как бы то ни было, после каждой такой безмолвной ночи он обещал себе оборвать их телесную близость. Он дорожит Ядвигой, как умной, верной, единственной подругой, а вовсе не как любовницей. Однако трудно было отделить любовницу от подруги. Всякий раз, встречаясь, они сидели вдвоем до поздней ночи. Ядвига пила, говорила, поучала, и, когда Ян уже смертельно уставал, она внезапно умолкала, и на ее лице появлялась счастливая, умиротворенная улыбка. Тогда Ян, словно движимый каким-то неодолимым внушением, касался ее груди, и она вставала и начинала раздеваться.

Почему она ищет близости со мной? — много раз задавался он вопросом и не находил ответа. Он знал одно: их безмолвное соитие столь же неизбежно, сколь неизбежна для гражданина стойка «смирно» при звуках национального гимна, хотя это наверняка не приносит удовольствия ни гражданину, ни его отечеству.

2

За последние двести лет черный дрозд покинул леса и стал городской птицей. Прежде всего — уже в конце восемнадцатого века — в Великобритании, несколькими десятилетиями позже в Париже и Рурской области. На протяжении девятнадцатого века он завоевывал один за другим города Европы. В Вене и Праге он поселился около 1900 года, а потом двинулся дальше на восток: в Будапешт, Белград, Стамбул.

С точки зрения земного шара вторжение черного дрозда в человеческий мир, без сомнения, гораздо важнее вторжения испанцев в Южную Америку или возвращения евреев в Палестину. Изменение соотношения между отдельными видами живых существ (рыбами, птицами, людьми, растениями) суть изменение более высокого порядка, чем изменение соотношения между отдельными группами одного и того же вида. Была ли населена Чехия кельтами или славянами, захвачена ли Бессарабия румынами или русскими — земному шару решительно все равно. Но если черный дрозд предал свою природу, чтобы уйти за человеком в его искусственный, противоестественный мир, в структуре планеты что-то явно изменилось.

Однако несмотря на это, никому и в голову не придет воспринимать последние два столетия как историю вторжения черного дрозда в людские города. Мы все в плену застывшего взгляда на то, что есть важное, а что — незначительное, мы с тревогой приглядываемся к этому важному, в то время как незначительное тайком, за нашей спиной, ведет свою герилью, которая в конце концов незаметно изменит мир и нас, неподготовленных, застигнет врасплох.

Если бы кто-то взялся писать биографию Яна, он подытожил бы период, о котором мы говорим, примерно так: связь с Ядвигой означала для сорокапятилетнего Яна новый жизненный этап. Он покончил с пустым, рассеянным образом жизни и решил покинуть город на западе Европы, чтобы за океаном со свежими силами отдаться серьезной работе, в которой преуспеет впоследствии, и так далее и тому подобное.

Но пусть воображаемый биограф Яна объяснит нам, почему именно в этот период любимой его книгой стал старый античный роман «Дафнис и Хлоя»! Любовь двух молодых существ, еще почти детей, не знающих, что такое физическая любовь. В шум моря врывается блеяние барана и под ветвями оливкового дерева овца щиплет траву. А эти двое лежат рядом, нагие и преисполненные бесконечного и неясного желания. Тесно прижавшись друг к другу, они сплетаются в объятии. И остаются так долго-долго, ибо не ведают, что делать дальше. Они думают, что это чистое объятие и есть цель любовной радости. Они возбуждены, их сердца барабанят, но им неведомо, что такое отдаваться любви.

Да, именно этим отрывком Ян очарован.

3

Актриса Гана сидела, скрестив под собою ноги подобно Будде, статуэтки которого продаются во всех антикварных магазинах мира. Она без умолку говорила и при этом смотрела на свой палец, медленно скользивший взад и вперед по краю круглого столика, что стоял перед тахтой.

Это был не безотчетный жест нервных людей, привыкших постукивать ногой или почесывать в волосах. Жест был осознанным и продуманным, грациозным и плавным, призванным описать магический круг, внутри которого она могла бы сосредоточиться на самой себе, а остальные — на ней.

Она увлеченно смотрела на движение своего пальца и лишь временами поднимала глаза на Яна, сидевшего напротив. Она рассказывала ему, какое пережила нервное потрясение, узнав, что сын, живущий в другом городе у ее бывшего мужа, убежал из дому и несколько дней не возвращался. Отец сына был так жесток, что позвонил ей за полчаса до спектакля. У актрисы Ганы повысилась температура, разболелась голова и начался насморк. «Я даже сморкаться не могла — так болел нос! — сказала она, уставив на Яна свои большие, красивые глаза. — Он был, точно цветная капуста!»

Она улыбалась улыбкой женщины, знающей, что даже ее покрасневший от насморка нос не лишен очарования. Она жила со своей персоной в образцовой гармонии. Любила свой нос и любила даже свою смелость, называвшую насморк насморком, а нос — цветной капустой. Так своеобычная красота багрового носа дополнялась смелостью духа, а кругообразное движение пальца соединяло оба очарования своей магической дугой в неделимое целое ее личности.

— Меня беспокоила повышенная температура. Но знаете, что сказал мне мой врач? Единственный мой вам совет, Гана: не меряьте температуру!

Гана долго смеялась шутке своего доктора, а потом сказала: — Знаете, с кем я познакомилась? С Пассером!

Пассер был старинным другом Яна. Ян видел его несколько месяцев тому назад. Пассеру как раз предстояло идти на операцию. Все знали, что у него рак, и лишь Пассер, полный невероятной жизнестойкости и доверчивости, верил сказкам врачей. Однако операция, которая ждала его, в любом случае была чрезвычайно тяжелой, и Пасссер, оставшись с Яном наедине, сказал: «После этой операции я уже не буду мужчиной, понимаешь? Моя мужская жизнь кончилась!»

— Я встретила его на прошлой неделе у Клевисов на даче,— продолжала Гана.— Прекрасный человек! Моложе всех нас. Я обожаю его!

Ян должен был бы порадоваться, узнав, что красивая актриса обожает его друга, но это не произвело на него впечатления, поскольку Пассера обожали все. На иррациональной бирже общественной популярности в последние годы его акции высоко поднялись. Стало почти неизбежным ритуалом посреди рассеянной бол-

товни на ужинах произносить несколько вос-
торженных фраз о Пассере.

— Вы же знаете эти прекрасные леса вокруг
дачи Клевисов! Там растут грибы, а я обожаю
ходить по грибы! Я спросила, кто хочет пойти
со мной по грибы? Никто не откликнулся, и
только Пассер сказал, что пойдет со мной! Вы
можете представит себе: Пассер — больной человек! Нет, право, он моложе всех!

Она посмотрела на свой палец, ни на мгновение не прекращавший скольжения по краю круглого столика, и сказала: — И вот мы с Пассером
пошли искать грибы. Это было восхитительно!
Мы бродили по лесу. Потом наткнулись на маленький кабачок. Маленький грязный деревенский кабачок. Я обожаю такие. В таком кабачке
положено пить дешевое красное вино, какое
пьют каменщики. Пассер был прекрасен. Я обожаю этого человека!

4

Во времена, о которых идет речь, летние пля-
жи Западной Европы были полны женщин, не
носивших бюстгальтеров, и население делилось
на приверженцев и противников обнаженных
грудей. Семья Клевисов — отец, мать и четыр-
надцатилетняя дочь — сидела у телевизора и
следила за дискутирующими, которые представ-
ляли все идейные течения эпохи и выдвигали

аргументы за и против бюстгальтеров. Психоаналитик с пеной у рта защищал обнаженные груди и говорил о либерализации нравов, освобождающей нас от всесилия эротических фантазмов. Марксист не высказался относительно бюстгальтера (среди членов коммунистической партии были пуритане и либертены, и противопоставлять одних другим представлялось политически неуместным) и ловко повернул дискуссию к принципиальнейшей проблеме ханжеской морали обреченного на гибель буржуазного общества. Представитель христианской идеи чувствовал себя обязанным защищать бюстгальтер, но делал это очень робко, ибо даже он не смог избежать вездесущего духа времени; единственный аргумент, который он нашел в защиту бюстгальтера, касался невинности детей: ее-то мы все обязаны уважать и охранять. Но его тотчас атаковала энергичная женщина, заявившая, что необходимо покончить с лицемерным запретом наготы уже в детском возрасте, и посоветовала родителям ходить дома голыми.

Ян пришел к Клевисам, когда дикторша объявила, что дебаты окончены, однако возбуждение еще долго царило в квартире. Все Клевисы были людьми продвинутыми и потому отвергали бюстгальтер. Великолепный жест, которым миллионы женщин, словно по команде, далеко отбрасывают этот постыдный предмет, символизировал для них человечество, стряхивающее с себя узы рабства. Женщины без бюстгальтеров шагали по квартире Клевисов, как незримый батальон освободительниц.

Как я сказал, Клевисы были людьми продвинутыми и придерживались прогрессивных взглядов. Существует немало разновидностей прогрессивных взглядов, и Клевисы всегда отстаивали наилучший из них. Наилучший же из возможных прогрессивных взглядов — это тот, что содержит в себе достаточную дозу провокационности, чтобы его приверженец мог гордиться своей оригинальностью, но в то же время притягивает и такое множество сторонников, что риск одинокой исключительности сразу предотвращается громким одобрением торжествующего большинства. Если бы Клевисы, к примеру, были не то что против бюстгальтера, а против одежды вообще и утверждали, что люди должны ходить по городским улицам голыми, они также отстаивали бы прогрессивный взгляд, хотя далеко не самый лучший из возможных. Своей утрированностью этот взгляд стал бы обременительным, потребовал бы излишнего количества энергии для своей защиты (в то время как наилучший из возможных прогрессивных взглядов защищает себя сам), и его сторонники никогда не дождались бы удовольствия увидеть, что их абсолютно нонконформистская позиция внезапно оказывается позицией всех.

Слушая, как они мечут громы и молнии против бюстгальтера, Ян вспомнил о маленьком деревянном предмете, так называемом уровне, который его дед-каменщик прикладывал на верхнюю плоскость растущей стены. Посередине уровня в стеклянной трубочке была вода с воздушным пузырьком, положение которого указывало на горизонтальность кирпичной кладки. Семью Клевисов можно было использовать как подобный интеллектуальный инструмент. Приложенный к какому-либо взгляду он безошибочно указывал, идет ли речь о наилучшем из возможных прогрессивных взглядов или нет.

Когда Клевисы наперебой пересказали Яну всю дискуссию, за минуту до этого развернувшуюся на телевидении, отец семейства, наклонившись к Яну, сказал шутливым тоном: — Ты не находишь, что для красивых грудей эту реформу можно было бы принять не задумываясь, а?

Почему Клевис сформулировал свою мысль именно таким образом? Образцовый хозяин, он всегда старался построить фразу так, чтобы она устраивала всех присутствующих. И поскольку за Яном закрепилась репутация любителя женщин, Клевис сформулировал свое одобрение обнаженной груди не в его истинном и глубоком смысле, как *этическое* восхищение по поводу освобождения из тысячелетнего рабства, а в виде компромисса (с учетом предполагаемых наклонностей Яна и против собственного убеждения), как *эстетическую* радость, вызванную прелестью груди.

Стремясь при этом быть точным и дипломатично осторожным, он не осмелился сказать прямо, что уродливая грудь должна оставаться прикрытой. Но эта бесспорно неприемлемая мысль, пусть и невысказанная, слишком явно, однако, вытекала из фразы высказанной, став легкой добычей четырнадцатилетней дочери.

— А ваши животы? Как же ваши животы, с которыми вы вечно без всякого стыда прогуливаетесь по пляжам?

Мамаша Клевис, рассмеявшись, похлопала дочери: — Браво!

Папаша Клевис присоединился к аплодисментам жены, тотчас поняв, что дочь права и что он снова стал жертвой своего незадачливого стремления к компромиссу, в коем жена и дочь постоянно его упрекали. Однако он был человеком столь глубоко мирным, что и свои умеренные взгляды отстаивал весьма умеренно и незамедлительно соглашался со своим более радикальным ребенком. Впрочем, вменяемая ему в вину фраза содержала не его собственную мысль, а всего лишь предполагаемую точку зрения Яна, и потому он мог стать на сторону дочери с радостью, без колебаний, с отцовским удовлетворением.

Дочь, вдохновленная аплодисментами родителей, продолжала: — Не думаете ли вы, что мы снимаем бюстгальтеры для вашего удовольствия? Мы делаем это ради себя, потому что нам это нравится, потому что так нам приятнее, потому что так наше тело ближе к солнцу! Вы не способны смотреть на нас иначе, как на сексуальные объекты!

Мать и отец Клевисы опять зааплодировали. Только на этот раз в их «браво» примешивался несколько иной оттенок. Фраза их дочери при всей своей правдивости в известной мере не соответствовала ее четырнадцатилетнему возрасту. Это было все равно, как если бы восьмилетний мальчик заявил: «Когда придут бандиты, маму я защищу!» И в таком случае родители аплодируют, ибо фраза сына, несомненно, заслуживает похвалы. Но поскольку эта фраза одновременно свидетельствует и о его чрезмерной самоуверенности, к похвале, естественно, примешивается и определенная улыбка. Точно такой улыбкой окрасили родители Клевисы свое второе «браво», и дочка, уловив эту улыбку, возмутилась ею и повторила с упрямым раздражением:

— С этим раз и навсегда покончено. Я ни для кого не буду сексуальным объектом.

Родители уже лишь одобрительно кивали головами, опасаясь спровоцировать дочь на дальнейшие декларации.

Ян, однако, не удержался, чтобы не сказать:

— Милая девочка, если бы ты знала, как невероятно легко не быть сексуальным объектом.

Он сказал эту фразу тихо, но с такой искренней печалью, что, казалось, она еще долго звучала в комнате. Невозможно было обойти ее молчанием, но невозможно было и откликнуться на нее. Она не только не заслуживала одобрения, ибо не была прогрессивной, но не заслуживала даже полемики, ибо не была и явно антипрогрессивной. Это была худшая из возможных фраз, поскольку оказалась вне дискуссии, управляемой духом времени. Эта фраза была вне добра и зла, фраза абсолютно неуместная.

Настала минутная тишина, Ян растерянно улыбался, словно извинялся за сказанное, а потом папаша Клевис, этот мастер наводить мосты между ближними, заговорил о Пассере, который был их общим другом. Восхищение Пассером их прочно объединяло. Клевис восторгался оптимизмом Пассера, его упорным жизнелюбием, которое не способны приглушить в нем никакие врачебные предписания. Ведь нынешнее существование Пассера ограничено лишь узкой полосой жизни, жизни без женщин, без пищи, без питья, без движения и без будущего. Недавно Пассер приехал к ним на дачу, когда у них была в гостях актриса Гана.

Яна весьма занимало, что покажет уровень Клевисов, приложенный к актрисе Гане, эгоцентризм которой представлялся ему почти несносным. Но уровень показал, что Ян ошибался. Клевис безоговорочно одобрял ее манеру вести себя по отношению к Пассеру. Все свое внимание она сосредоточила только на нем. С ее стороны это было удивительно человечно. При этом мы же знаем, какую трагедию она переживает сама.

— Какую? — изумленно спросил забывчивый Ян.

Как, Ян не знает? Ее сын убежал из дому и несколько дней не возвращался. У нее был нервный срыв из-за этого! И все-таки в присутствии Пассера, обреченного на смерть, она забыла о себе. Стремясь отвлечь его от тягостных мыслей, она весело объявила: «Я так люблю ходить по грибы! Кто пойдет со мной по грибы?» И Пассер вызвался пойти с Ганой, тогда как другие отказались от предложения, полагая, что Пассер хочет быть наедине с нею. Три часа они бродили по лесу, а потом зашли в кабачок выпить красного вина. И это при том, что Пассеру запрещены прогулки и алкоголь. Вернулся он очень измученным, но счастливым. На следующий день его пришлось отвезти в клинику.

— Думаю, положение его достаточно серьезно, — сказал Клевис и добавил, как бы делая Яну замечание: — Ты должен был бы сходить проведать его.

5

Ян говорит себе: в начале эротической жизни мужчины возбуждение бывает без наслаждения, а в конце — наслаждение без возбуждения.

Возбуждение без наслаждения — это Дафнис. Наслаждение без возбуждения — это девушка из прокатного пункта спортивного инвентаря.

Когда год назад он познакомился с ней и пригласил к себе, она произнесла незабываемую фразу: — Если мы займемся любовью, с технической стороны это наверняка будет превосходно, но я не уверена в эмоциональной стороне дела.

Он сказал: что до него, то она может быть совершенно уверена в эмоциональной стороне дела, и она приняла его слова так, как привыкла принимать в своем пункте залог за взятые напрокат лыжи, и о чувствах уже не заикалась. Что же касается технической стороны дела, она изрядно его вымотала.

Это была фанатка оргазма. Оргазм был для нее религией, целью, наивысшим императивом гигиены, символом здоровья и одновременно гордостью, ибо отличал ее от менее удачливых женщин, как, скажем, ее отличала бы яхта или именитый жених.

Однако привести ее в это состояние было делом нелегким. Она кричала ему: «Быстрее, быстрее», а потом снова: «Медленно, медленно», или же «сильнее, сильнее», словно тренер, отдающий команды гребцам на восьмерке. Целиком сосредоточенная на чувственных точках своей кожи, она водила его руку так, чтобы он прикладывал ее в нужное время на нужное место. Он покрывался потом, а перед его глазами мелькали ее нетерпеливый взгляд и лихорадочно извивающееся тело, это подвижное устройство для производства маленького взрыва, который был смыслом и целью всего сущего.

Когда он уходил от нее в последний раз, вспомнился ему Герц, оперный режиссер из маленького города центральной Европы, где Ян провел свою юность. Герц на специальных репетициях заставлял певиц исполнять свою роль, двигаясь по сцене в обнаженном виде. Для проверки правильного положения их тел он принуждал их вставлять карандаш в анальное отверстие. Направление, в каком карандаш смотрел вниз, продлевая линию позвоночника, позволяло педантичному режиссеру контролировать походку, движение, прыжок и осанку тела певицы с научной точностью.

Однажды юная сопрано поссорилась с ним и пожаловалась в дирекцию. Герц, защищаясь, заявил, что он никогда не домогался ни одной певицы, никогда ни одной из них даже не коснулся. Это была сущая правда, но его эксперимент с карандашом показался тем извращеннее, и Герцу пришлось со скандалом покинуть родной город Яна.

Однако его злоключение приобрело известность, благодаря чему Ян еще в юности стал посещать оперу. Он представлял себе, что все певицы с их патетическими жестами, склоненными головами и широко раскрытыми устами голые. Оркестр стонал, певицы хватались за левую сторону груди, а ему сдавалось, что из их голых попок торчат карандаши. У него колотилось сердце. Он был возбужден возбуждением Герца! (До сих пор он не умеет иначе воспринимать оперу и до сих пор посещает ее с ощущениями юноши, который тайком ходит на представления порнотеатра.)

Он говорит себе: Герц был возвышенным алхимиком порока, нашедшим в карандаше, вставленном в задницу, магическую формулу возбуждения. И ему стыдно перед ним: Герц никогда не позволил бы принудить себя к изнурительным действиям, какие он только что, подчиняясь приказам, совершал на теле девушки из прокатного пункта спортивного инвентаря.

6

Подобно тому, как вторжение черных дроздов совершается на оборотной стороне европейской истории, так и мой рассказ развертывается на оборотной стороне жизни Яна. Я составляю его из отдельных событий, которым Ян, вероятно, не уделял особого внимания, ибо на лицевой стороне жизни тогда занимали его иные события и иные заботы: предложение должности за океаном, лихорадочная профессиональная деятельность, приготовления к отъезду.

На днях он встретил на улице Барбару. Она с упреком спросила его, почему он никогда не появляется у нее, когда она принимает гостей. Дом Барбары славился организованными ею коллективными эротическими увеселениями. Ян опасался сплетен и годами отказывался от приглашений. Но на этот раз он улыбнулся и сказал: «Хорошо, я с удовольствием приду». Он знал, что в этот город он никогда не вернется, и потому соблюдение приличий больше не волновало его. Он представил себе виллу Барбары, полную веселых нагих людей, и подумал, что это был бы не столь плохой праздник на прощание.

Ибо Ян прощается. Через несколько дней он пересечет границу. Но стоит ему это только осознать, слово *граница*, употребленное в обычном географическом смысле, напоминает ему другую границу, нематериальную и неосязаемую, о которой в последнее время он все больше думает.

Какую границу?

Женщина, которую он любил больше всего на свете (ему тогда было тридцать), часто говорила ему (слыша это, он был близок к отчаянию), что с жизнью связывает ее лишь тончайшая нить. Да, она хочет жить, жизнь безмерно радует ее, но в то же время она знает, что это «хочу жить» соткано из волокон паутины. Достаточно совсем малого, столь бесконечно малого, чтобы ты оказался по другую сторону границы, за которой все теряет смысл: любовь, убеждения, вера, История. Вся загадочность человеческой жизни коренится в том, что она протекает в непосредственной близости, а то и в прямом соприкосновении с этой границей, что их разделяют не километры, но всего один миллиметр.

7

У любого мужчины две эротические биографии. Обычно говорится лишь о первой: о перечне любовных связей и встреч.

Возможно, более интересна другая биография: вереница женщин, которых мы желали, но которые ускользнули от нас, мучительная история неосуществленных возможностей.

Но есть еще третья, таинственная и волнующая категория женщин. Это те, с которыми у нас ничего не могло быть. Они нравились нам, мы нравились им, но в то же время мы сразу понимали, что обладать ими не сможем, ибо по отношению к ним находимся *по другую сторону границы.*

Ян ехал в поезде и читал. Красивая незнакомка села в его купе (единственное свободное место было прямо напротив него) и поздоровалась с ним. Ответив на приветствие, он постарался вспомнить, откуда он знает ее. Он снова опустил глаза на страницы книги, но чтение не давалось. Он все время чувствовал на себе заинтересованный, ожидающий взгляд девушки.

Ян закрыл книгу: — Откуда я вас знаю?

В этом не было ничего особенного. Они встречались, сказала она, пять лет назад в одной ничем не примечательной компании. Он вспомнил о том времени и задал несколько вопросов: что она тогда делала, с кем общалась, где сейчас работает и нравится ли ей работа.

Он привык к тому, что умел быстро высекать искру между собой и любой женщиной. Однако сейчас он казался себе похожим на чиновника-кадровика, задающего вопросы женщине, пришедшей похлопотать о месте.

Он замолчал. Раскрыл книжку, стал читать, но чувствовал на себе пристальный взгляд невидимой экзаменационной комиссии, собравшей на него целое досье сведений. Он упорно смотрел на страницы, не постигая их содержания, и чувствовал, как комиссия терпеливо регистрирует минуты его молчания, чтобы учесть их при окончательной оценке.

Он снова закрыл книжку, снова попытался завести с девушкой легкий разговор и снова убедился, что ничего не получается.

Он решил, что неудача связана с тем, что они разговаривают в купе, где было много посторонних. Он пригласил ее в вагон-ресторан, где они оказались одни. Он заговорил более непринужденно, но и здесь не высек искры.

Они вернулись в купе. Он снова раскрыл книжку и снова не мог взять в толк, о чем там речь.

Какое-то время девушка сидела напротив него, затем вышла в коридор полюбоваться видами из окна.

Он чувствовал ужасную неудовлетворенность. Девушка ему нравилась, и ее поведение было не иначе как тихим вызовом.

В последнюю минуту он еще раз попытался все спасти. Вышел в коридор и встал рядом с ней. Сказал, что сегодня, вероятно, не узнал ее потому, что она изменила прическу. Откинув ей волосы со лба, посмотрел на ее измененное лицо.

— Теперь я вас узнаю, — сказал он ей. Разумеется, он по-прежнему не узнавал ее. Да и не о том шла речь. Он просто хотел крепко прижать руку к ее темени и, слегка запрокинув ей голову, смотреть в ее глаза.

Сколько раз в жизни он так же опускал руку на голову женщине и спрашивал ее: «А ну покажите, как вы будете выглядеть?» Этот повелительный жест и властный взгляд способны были вмиг изменить всю ситуацию. Словно уже в зародыше они содержали (и призывали из будущего) ту великую сцену, когда он целиком овладеет ею.

Однако на сей раз его жест не возымел действия. Его собственный взгляд был гораздо слабее взгляда, который он чувствовал на себе, скептический взгляд приемной комиссии, хорошо знавшей, что он повторяется, и дававшей ему понять, что любое повторение — всего лишь подражание, а любое подражание не стоит ломаного гроша. Ян внезапно увидел себя ее глазами. Увидел жалкую пантомиму своего взгляда и своего жеста, эту стереотипную гримасу, которую многолетние повторения лишили всякого содержания. Этот жест, утратив непосредственность, спонтанный естественный смысл, вдруг вызвал в нем невыносимую напряженность, словно к его запястьям были привязаны пудовые гири. Взгляд девушки создал вокруг него особую атмосферу *удесятеренной тяжести.*

Продолжать было нельзя. Он отпустил ее голову и устремил взгляд на мелькавшие за окном сады.

Поезд прибыл по назначению. У выхода с вокзала она сказала, что живет неподалеку, и пригласила его к себе.

Он отказался.

Не одну неделю он думал об этом: как он мог отказаться от девушки, которая ему нравилась?

По отношению к ней он находился по другую сторону границы.

8

Мужской взгляд был уже многократно описан. Он якобы холодно останавливается на женщине, словно измеряет ее, взвешивает, оценивает, выбирает — одним словом, превращает в вещь.

Менее известно, что женщина против этого взгляда вовсе не так беззащитна. Превращенная в вещь, она наблюдает за мужчиной взором вещи. Как если бы молоток вдруг обрел глаза и упорно наблюдал за каменщиком, забивающем им гвоздь. Каменщик видит злорадные глаза молотка, теряет уверенность и ударяет себя по пальцу.

Каменщик — хозяин молотка, но у молотка перед каменщиком есть преимущество, ибо орудие знает точно, как положено с ним обращаться, тогда как его пользователь может знать это лишь приблизительно.

Способность видеть превращает молоток в живое существо, но хороший каменщик должен выдержать его вызывающий взгляд и крепкой рукой снова превратить в вещь. Говорят, что женщина именно так переживает космическое движение вверх, а затем вниз: взлет вещи, превращенной в существо, и падение существа, превращенного в вещь.

Однако с Яном все чаще случалось, что игра в каменщика и молоток не удавалась ему. Женщины смотрели нехорошо. Они портили игру. Было ли это потому, что в ту пору женщины стали объединяться, организовываться, решив изменить свою вековую женскую долю? Или Ян старился и иначе воспринимал женщин и их взгляд? Менялся мир или менялся он сам?

Трудно сказать. Определенно лишь то, что встреченная в поезде девушка измеряла его недоверчивым, полным сомнений взглядом, и потому молоток выпал из руки Яна раньше, чем он вообще успел его приподнять.

На днях он встретил Паскаля, который пожаловался ему на Барбару. Оказалось, Барбара пригласила его к себе. У нее были две незнакомые ему девушки. Они немного поговорили, а потом Барбара ни с того ни с сего принесла из кухни большой старинный жестяной будильник. Не издав ни звука, она стала раздеваться, и обе девушки вместе с ней.

Паскаль жаловался: «Поймите, они раздевались равнодушно и небрежно, словно я был собакой или цветочным горшком».

Потом Барбара велела раздеться и ему. Не желая упускать возможность заняться любовью с двумя незнакомками, он послушно разделся. Тут Барбара указала ему на будильник и заявила: «Внимательно следи за секундной стрелкой. Если до конца минуты у тебя не встанет, ты вылетаешь из игры!»

«Не отрывая глаз, они смотрели мне в пах, а поскольку секунды уже заканчивали свой бег, разразились смехом! Потом меня выгнали!»

Это именно тот случай, когда молоток решил кастрировать каменщика.

— Ты же знаешь, Паскаль — надутый болван, и к штрафной роте Барбары я испытываю тайную симпатию, — сказал Ян Ядвиге.

Впрочем, Паскаль со своими дружками проделывал с девушками примерно то же, что Барбара проделала с ним. Как-то раз девушка пришла, чтобы заняться любовью, а они раздели ее и привязали к тахте. Девушку волновало не то, что она привязана, это как бы входило в игру. Скандальным было другое: они ничего с ней не сделали, даже не коснулись ее, а только рассматривали ее во всех подробностях. Девушка чувствовала себя изнасилованной.

— Это можно понять, — сказала Ядвига.

— Но я могу представить себе этих обнаженных, связанных, доступных вожделеющим взглядам девушек действительно возбужденными. Паскаль в подобной ситуации возбужден не был. Он был кастрирован.

Совсем завечерело, они сидели вдвоем в квартире Ядвиги, на столике перед ними стояла наполовину опорожненная бутылка виски. Ядвига спросила: — Что ты этим хочешь сказать?

— Хочу сказать, — ответил Ян, — что когда мужчина и женщина делают одно и то же, по сути это не одно и то же. Мужчина насилует, женщина кастрирует.

— Ты хочешь сказать, что кастрировать мужчину подло, тогда как изнасиловать женщину — дело хорошее.

— Тем самым я хочу лишь сказать, — защищался Ян, — что изнасилование — часть эротики, тогда как кастрация — ее отрицание.

Залпом выпив виски, Ядвига сердито ответила: — Если изнасилование — часть эротики, то значит, вся эротика направлена против женщины, и не худо было бы изобрести иной вид эротики.

Ян глотнул виски и, помолчав, сказал: — Много лет назад на моей бывшей родине мы с друзьями составили антологию изречений, которые произносили наши любовницы во время соития. И знаешь, какое слово встречалось чаще всего?

Ядвига не знала.

— Словечко *нет*. Словечко *нет*, многажды повторенное: *нет, нет, нет, нет, нет*... Девушка пришла, чтобы заняться любовью, но, когда он обнял ее, она оттолкнула его и запричитала *нет*, так что вся любовная встреча была освещена красным светом этого самого чудесного из всех слов и превратилась в маленькую имитацию изнасилования. И в минуты, когда приближался оргазм, они говорили *нет, нет, нет, нет, нет* и много раз выкрикивали *нет* даже во время оргазма. С тех пор *нет* для меня — королева среди слов. Ты тоже привыкла говорить *нет*?

Ядвига ответила, что она никогда не говорила «нет». С какой стати она станет говорить то, что не думает? «Когда женщина говорит *нет*, она тем самым хочет сказать *да*. Этот мужской афоризм всегда приводил меня в бешенство. Эта фраза столь же нелепа, как человеческая история».

— Но эта история в нас, и мы не вольны избавиться от нее,— возразил Ян.— Женщина, которая убегает и сопротивляется. Женщина, которая отдается, мужчина, который берет. Женщина, которая окутывает себя покрывалом, мужчина, который срывает с нее одежды. Это же извечные образы, которые живут в нас!

— Извечные и дурацкие! Такие же дурацкие, как и образы святых! А что если женщинам надоело следовать их примеру? Что если им осточертело это вечное повторение? Что если они хотят придумать иные образы и иную игру?

— Да, это дурацкие образы, которые по-дурацки повторяются. Ты абсолютно права. А что если наша жажда женского тела зависит именно от этих дурацких образов и только от них? И если эти старые дурацкие образы разрушатся в нас, способен ли будет мужчина еще обладать женщиной?

Ядвига рассмеялась: — Думаю, ты напрасно волнуешься из-за такой чепухи!

Она окинула его материнским взглядом: — И не думай, что все мужчины похожи на тебя. Что ты знаешь о том, каковы мужчины, когда остаются наедине с женщиной? Что ты знаешь об этом?

Ян в самом деле не знал, каковы мужчины, когда они остаются наедине с женщиной. Наступило молчание, и на лице Ядвиги появилась блаженная улыбка, означавшая, что уже совсем завечерело и близится минута, когда Ян начнет раскручивать на ее теле пустой киноролик.

После минутной задумчивости она добавила: — Любовная близость, в конце концов, не такая важная вещь.

Ян напряг слух: — Ты считаешь, что любовная близость не такая важная вещь?

Она нежно улыбалась ему: — Да, любовная близость не такая важная вещь.

Он тотчас забыл об их разговоре, потому что вдруг понял нечто гораздо более существенное: для Ядвиги физическая любовь не что иное, как знак, символическое действие, подтверждающее дружбу.

В этот вечер он впервые осмелился сказать, что устал. Он лег к ней в постель, как целомудренный друг, и уже не раскручивал киноролика. Нежно гладя ее по волосам, он смотрел, как над их общим будущим простирается утешительная радуга мира.

9

Десять лет назад к Яну захаживала одна замужняя женщина. Знакомы они были многие годы, но встречались очень редко, ибо женщина работала, и хотя ради Яна выкраивала время, тратить его попусту они себе не позволяли. Сначала она садилась в кресло, минуту они разговаривали, но в самом деле только минуту. Ян вынужден был вскоре встать, подойти к ней, поцеловать ее и, подняв из кресла, заключить в объятия.

Затем он выпускал ее из объятий, и они, отдалившись друг от друга, начинали торопливо раздеваться. Он бросал пиджак на стул. Она снимала пуловер и вешала его на спинку стула. Он расстегивал брюки и спускал их. Нагнувшись вперед, она принималась стягивать колготки. Оба очень спешили. Стояли друг против друга, низко пригнувшись: он вытаскивал из штанин сначала одну, потом другую ногу (при этом поднимал их так высоко, как солдат на параде), она, нагибаясь к полу, спускала колготки к лодыжкам и затем высвобождала из них ноги, поднимая их так же высоко, как и он.

Так повторялось всякий раз, пока однажды не произошел ничтожный, но незабываемый эпизод. Она посмотрела на него и не смогла сдержать улыбки. Улыбка эта была скорее нежной, полной понимания и сочувствия, улыбка робкая, сама за себя извиняющаяся, но все же улыбка, без сомнения порожденная внезапным светом комичности, озарившим всю сцену. Яну пришлось совладать с собой, чтобы не ответить на эту улыбку. Ибо и перед ним из сумерек обыденности выплыла комичность позы двух человек, стоящих склоненными друг против друга и в странной поспешности высоко поднимающих ноги. Он почувствовал, что еще мгновение, и он разразится смехом. Но знал он и то, что потом они уже никогда не смогут заняться любовью. Смех был здесь словно огромная западня, которая терпеливо поджидала в комнате, притаившись за тонкой невидимой перегородкой. Всего каких-то несколько миллиметров отделяли любовный акт от смеха, и Ян приходил в ужас, что может перешагнуть их. Всего несколько миллиметров отделяли его от границы, за которой вещи теряют всякий смысл.

Он совладал с собой. Подавил улыбку, отбросил брюки и быстро подошел к своей подруге, чтобы тотчас коснуться ее тела, тепло которого прогонит дьявола смеха.

10

Он узнал, что здоровье Пассера все ухудшается. Больной держится благодаря инъекциям морфия и чувствует себя сносно лишь несколько часов в день. Он поехал к нему в отдаленную клинику поездом, испытывая угрызения, что редко навещает его. Увидев Пассера, немного испугался: так тот постарел. Несколько серебристых волосков описывали над его черепом такую же волнистую кривую, какую в недавнем прошлом его каштановая, густая шевелюра. Лицо было лишь воспоминанием о его прежнем лице.

Пассер приветствовал его с обычным возбуждением. Взяв под руку, он энергичным шагом повел его в палату, где они уселись за столом друг против друга.

Когда много лет назад он встретился с Пассером впервые, тот говорил о великих надеждах человечества, стуча при этом кулаком по столу, и на лице его горели вечно восторженные глаза. Нынче же он говорил не о надеждах человечества, а о надеждах своего тела. Врачи утверждают, что если он при интенсивной инъекционной терапии и сильных болях продержится ближайшие две недели, то победа будет за ним. Говоря это Яну, он с горящими глазами стучал кулаком по столу. Восторженный рассказ о надеждах тела был печальным отголоском рассказа о надеждах человечества. Оба эти восторга были одинаково иллюзорны, и горящие глаза Пассера придавали им одинаково чарующее сияние.

Потом он заговорил об актрисе Гане. С целомудренной мужской стыдливостью признался Яну, что напоследок влюбился до помешательства. Помешался на невообразимо красивой женщине, хотя знал, что из всех возможных это помешательство самое безрассудное. С сияющими глазами он рассказал о лесе, где они искали грибы, словно искали сокровище, рассказал и о трактире, куда они зашли выпить красного вина.

— И Гана была восхитительна! Понимаешь? Она не изображала из себя заботливой сестры милосердия, не напоминала мне сочувственными взглядами о моем недуге и немощи, она смеялась и пила со мной! Мы выпили литр вина! Мне казалось, будто мне восемнадцать! Я сидел на своем стуле, помещенном точно на черте смерти, и мне хотелось петь!

Пассер стучал кулаком по столу и глядел на Яна своими сияющими глазами, над которыми вздымалось воспоминание о его могучей шевелюре, обозначенной тремя серебристыми волосками.

Ян сказал, что мы все находимся на черте смерти. Весь мир, погрязший в насилии, жестокости и варварстве, на этой черте. Он сказал это потому, что любил Пассера и находил ужасным, что этот человек, который так рьяно стучит кулаком по столу, умрет раньше, чем не заслуживающий никакой любви мир. Ян тщился приблизить гибель мира во имя того, чтобы смерть Пассера стала более переносимой. Но Пассер с концом мира не согласился, ударил кулаком по столу и вновь заговорил о надеждах человечества. Сказал, что мы живем во времена великих перемен.

Ян никогда не разделял восторгов Пассера по поводу того, как многое меняется в мире, однако любил его жажду перемен, видя в ней древнейшую человеческую жажду, наиконсервативнейший консерватизм человечества. Но несмотря на то, что он любил эту жажду, сейчас он мечтал отнять ее у него, коли стул Пассера оказался на самой черте смерти. Он хотел запятнать в его глазах будущее, чтобы он меньше тосковал по жизни, которую теряет.

Поэтому он сказал: — Нам постоянно твердят, что мы живем в великую эпоху. Клевис говорит о конце иудео-христианской эры, другие — о конце Европы, а кто — о мировой революции и коммунизме, но все это чепуха. Если наша эпоха действительно переломная, то совершенно по другой причине.

Пассер смотрел ему в глаза своим горящим взором, над которым вздымалось воспоминание о могучей шевелюре, напоминавшей о себе тремя серебристыми волосками.

Ян продолжал: — Ты знаешь историю про английского лорда?

Пассер стукнул кулаком по столу и сказал, что не знает этой истории.

— Английский лорд после свадебной ночи говорит своей жене: «Леди, я надеюсь, вы забеременели. Я не хотел бы во второй раз повторять эти смешные движения».

Пассер рассмеялся, но кулаком по столу не стукнул. Этот анекдот был не из тех историй, что вызывали его восторг.

И Ян продолжал: — Пусть мне не говорят о мировой революции! Мы проживаем великую историческую эпоху, когда физическая любовь бесповоротно превращается в смешные движения.

На лице Пассера едва наметилась мягкая улыбка. Ян хорошо знал ее. Это была не улыбка радости или согласия, а улыбка терпимости. Они оба всегда были довольно далеки друг от друга, и когда подчас их различие проявлялось слишком явно, они быстро обменивались этой улыбкой, чтобы увериться: их дружбе ничто не угрожает.

11

Почему перед ним постоянно возникает образ границы?

Он объясняет себе это тем, что старится: вещи повторяются и с каждым повторением теряют частицу своего смысла. Или точнее сказать: каплю за каплей теряют свою жизненную силу, которую им давала иллюзия смысла. Граница, согласно Яну, означает максимально допустимую дозу повторяемости.

Однажды он присутствовал на спектакле: в разгар действия весьма даровитый комик ни с того ни с сего медленно и очень сосредоточенно принялся считать: «Раз, два, три, четыре...», произнося каждое число с видом глубокой задумчивости, словно оно ускользало от него, и он искал его в окружающем пространстве: «Пять, шесть, семь, восемь...» При слове «пятнадцать» зрители засмеялись, а когда он, все так же медленно и еще более задумчиво, подошел к сотне, от смеха и вовсе попадали с мест.

На другом представлении все тот же актер подсел к роялю и левой рукой заиграл аккомпанемент к вальсу: «трам-па-па, трам-па-па». Правая рука была опущена, никакой мелодии не звучало, только все время одно и то же «трам-па-па, трам-па-па», но он смотрел в публику таким выразительным взглядом, словно этот вальсовый аккомпанемент был великолепной музыкой, достойной умиления, аплодисментов и восторга. Он играл без устали, двадцать раз, тридцать раз, пятьдесят раз, сто раз все то же «трам-па-па, трам-па-па», и публика надрывалась от смеха.

Да, когда пересекаешь границу, звучит вещий смех. Но когда идешь еще дальше, еще и *по. ту сторону* смеха, тогда что?

Ян представляет себе, что греческие боги в самом начале принимали страстное участие в приключениях людей. Потом они обосновались на Олимпе, смотрели вниз и хохотали. А теперь они уже давно спят.

И все-таки я думаю, Ян ошибается, полагая, что граница — это линия, в определенном месте пересекающая человеческую жизнь, что она, стало быть, означает временной рубеж, определенную секунду на часах человеческой жизни. Нет. Я, напротив, уверен, что граница постоянно с нами, независимо от времени и от нашего возраста, что она вездесуща, хотя при одних обстоятельствах она ощутима больше, при других — меньше.

Женщина, которую Ян так любил, была права, утверждая, что с жизнью ее связывает лишь нить паутины. Достаточно самого малого, лишь легкого дуновения ветерка, чтобы вещи чуть сдвинулись, и то, ради чего еще минуту назад мы отдали бы жизнь, вдруг предстает полнейшей бессмыслицей.

У Яна были друзья, покинувшие, как и он, свою прежнюю родину и отдававшие все свое время борьбе за ее утраченную свободу. Все они уже изведали чувство, что узы, связывавшие их с родиной, не более чем иллюзия и лишь по какой-то инерции судьбы они все еще готовы умереть ради чего-то, что уже не имело для них никакого значения. Все они знали это чувство и в то же время боялись его знать, они отворачивали голову, чтобы не видеть границы и не соскользнуть (увлекаемые головокружением, словно манящей бездной) на другую сторону, где язык их терзаемого народа издавал уже бессмысленный шум, подобный птичьему гомону.

Если Ян для самого себя определял границу как максимально допустимую дозу повторяемости, то я вынужден его поправить: граница не результат повторения. Повторение — лишь один из способов сделать границу зримой. Линия границы прикрыта пылью, и повтор подобен движению руки, устраняющей эту пыль.

Я хотел бы напомнить Яну об одном знаменательном периоде в его детстве. Тогда ему было лет тринадцать. Много говорилось о существах, живущих на других планетах, и он носился с идеей, что на теле этих неземных существ больше эротических мест, чем у землян. Юнец, тайно возбуждавшийся при виде нагой танцовщицы на украденной фотографии, он пришел в конце концов к мысли, что земная женщина, наделенная лоном и двумя грудями, этой слишком простой троицей, по сути, эротически убога. Он мечтал о существе, имеющем на теле вместо ничтожного треугольника десять или двадцать эротических мест и предлагающем взору источники поистине неисчерпаемого возбуждения.

Тем самым я хочу сказать, что еще в середине своего весьма долгого пути девственника он знал, что значит быть пресыщенным женским телом. Еще не познав наслаждения, он мысленно достиг конца возбуждения. Он познал его исчерпаемость.

С самого детства он, стало быть, жил, не сводя глаз с этой таинственной границы, за которой женская грудь всего-навсего мягкий шар, свисающий с тела. Граница с самого начала была его уделом. Тринадцатилетний Ян, мечтавший еще и о других эротических местах на женском теле, знал о ней так же хорошо, как и Ян тридцать лет спустя.

12

Было ветрено и слякотно. У открытого гроба неправильным полукругом выстроилась траурная процессия. Там был Ян и были почти все его знакомые, актриса Гана, Клевисы, Барбара и, разумеется, семья Пассера: жена, рыдающий сын и дочь.

Обряд, казалось, подошел к концу, и двое могильщиков в поношенной одежде натянули веревки, на которых покоился гроб. В ту же минуту к могиле приблизился взбудораженный человек с бумагой в руке, повернулся лицом к могильщикам, поглядел в бумагу и стал читать по ней вслух. Могильщики, посмотрев на него, заколебались: не надо ли снова поставить гроб возле могилы, но потом все же взялись медленно опускать его в яму, словно решили избавить усопшего от прослушивания еще четвертого выступления.

Неожиданное исчезновение гроба озадачило оратора. Вся его речь была составлена в форме второго лица единственного числа. Оратор обращался к усопшему, убеждал его, соглашался с ним, утешал его и отвечал на его предполагаемые вопросы. Гроб опустился на дно ямы, могильщики вытянули наверх веревки и остались скромно стоять у могилы. Заметив, как настойчиво адресует им свою речь оратор, смущенно склонили голову.

Но чем больше оратор осознавал нелепость ситуации, тем сильнее притягивали его обе мрачные фигуры, от которых ему едва удалось оторвать взгляд. Он вполоборота повернулся к полукругу провожающих. Но и сейчас его речь, обращенная ко второму лицу единственного числа, звучала не лучшим образом, ибо казалось, что усопший скрывается где-то в толпе.

Куда было оратору девать глаза? Он испуганно уставился в бумагу и, хоть знал свой текст назубок, ни на мгновение не отрывался от него.

Всеми присутствующими овладело какое-то волнение, еще усиленное невротическими порывами ветра, каждую минуту резко ударявшего в них. У папаши Клевиса шляпа была старательно натянута на темя, но ветер был таким порывистым, что внезапно сдул ее с головы и посадил между могилой и семьей Пассера, стоявшей в первом ряду.

В первую минуту Клевис хотел было пробиться сквозь толпу и побежать за шляпой, но тут же осознал, что таким поступком он мог бы дать понять, что шляпа для него дороже серьезности обряда, посвященного другу. И потому, оставшись на месте, он решил сделать вид, что ничего не случилось. Но его решение было не из удачных. С того момента, как шляпа оказалась одна на пространстве перед могилой, присутствующие разволновались еще больше и совсем перестали воспринимать слова оратора. Шляпа при всей своей скромной неподвижности нарушала обряд куда больше, чем если бы Клевис сделал несколько шагов и поднял ее. И посему, сказав стоявшему перед ним человеку «простите», он протиснулся сквозь толпу. Так он оказался на пустом пространстве (подобном маленькой сцене) между могилой и траурной процессией. Он нагнулся, протянул руку к земле, но ветер вдруг подул снова и продвинул шляпу чуть дальше, прямо к ногам оратора.

Тут уж никто не мог думать ни о чем другом, кроме как о папаше Клевисе и его шляпе. Оратор, не имея о ней никакого понятия, все же сообразил, что с его слушателями что-то творится. Оторвав глаза от бумаги, он удивленно уставился на незнакомого мужчину, который стоял в двух шагах, смотрел на него и, казалось, готовился к прыжку. Оратор снова быстро опустил глаза к тексту, возможно надеясь, что, когда поднимет их, невероятный призрак исчезнет... Но и когда поднял их, мужчина по-прежнему стоял перед ним и по-прежнему смотрел на него.

А дело было в том, что папаша Клевис не мог двинуться ни назад, ни вперед. Бросаться под ноги оратору представлялось ему непристойным, а вернуться назад без шляпы — смешным. И он, прикованный к земле своей неуверенностью, недвижно стоял в тщетном ожидании, что его осенит какое-нибудь решение.

Он надеялся, что кто-то поможет ему. Поискал глазами могильщиков. Те стояли как вкопанные с другой стороны могилы и упорно смотрели под ноги оратора.

В это мгновение снова подул ветер, и шляпа медленно передвинулась к краю могилы. Тут Клевис решился. Энергично шагнув вперед, он протянул руку и наклонился. Но шляпа по-прежнему уворачивалась от него, уворачивалась до тех пор, пока прямо перед его пальцами не заскользила по краю могилы и не упала в нее.

Клевис продолжал протягивать руку к шляпе, словно звал ее вернуться к нему, но потом вдруг решил сделать вид, что никакой шляпы вовсе не было и он стоит у края могилы лишь по какой-то совершенно пустяковой случайности. Он тщетно силился быть абсолютно естественным и непринужденным, но все взгляды впивались в него. С судорожно перекошенным лицом, стараясь никого не видеть, он прошел в первый ряд, где всхлипывал сын Пассера.

Когда грозный призрак готовившегося к прыжку мужчины исчез, оратор с бумагой в руке успокоился и поднял глаза на уже не слушавшую его толпу, чтобы произнести последнюю фразу своей речи. Повернувшись затем к могильщикам, он очень торжественно произнес: — Виктор Пассер, любящие тебя никогда тебя не забудут. Да будет земля тебе пухом!

Он склонился к куче земли у края могилы, в которую была всажена маленькая лопатка, набрал на нее земли и нагнулся над могилой. В эту минуту по траурной процессии пробежала волна приглушенного смеха. Ибо всем представилось, что оратор, застывший с лопаткой земли в руке и неотрывно глазеющий на дно могилы, видит там гроб, а на нем шляпу, словно усопший, в своем тщеславном желании сохранить достоинство, не захотел оставаться в такой торжественный момент простоволосым.

Оратор овладел собой, бросил землю на гроб, следя за тем, чтобы она не задела шляпу, словно под ней действительно скрывалась голова Пассера. Потом протянул лопатку вдове. Да, все должны были испить чашу искушения до самого дна. Все должны были пережить эту чудовищную борьбу со смехом. Все, не исключая супругу Пассера и его всхлипывавшего сына, должны были набирать на лопатку земли и наклоняться к могиле, где покоился гроб с надетой на него шляпой, словно из-под нее неукротимо жизнестойкий и оптимистичный Пассер высовывал голову.

13

На вилле Барбары было человек двадцать. Все расселись в большой гостиной: на тахте, в креслах, на полу. В центре зала под их рассеянными взглядами всячески изгибалась и вертелась девушка, которая, как слышал Ян, приехала из провинции.

Барбара восседала в широком плюшевом кресле: — Не кажется ли тебе, что это слишком затянулось? — сказала она, строго поглядев на девушку.

Девушка в ответ повела плечами, словно хотела этим жестом обозначить всех присутствующих и пожаловаться на их равнодушие и рассеянность. Но строгость взгляда Барбары не допускала немой отговорки, и девушка, не прекращая невыразительных и невнятных движений, стала расстегивать пуговицы на блузке.

С этой минуты Барбара больше не занималась ею, а принялась поочередно оглядывать всех гостей. Поймав ее взгляд, гости переставали болтать и послушно устремляли глаза на обнажавшуюся девушку. Затем Барбара, подняв юбку, просунула руку между ног и вызывающим взглядом снова обвела все уголки гостиной: внимательно всматриваясь в своих гимнастов, она хотела убедиться в их готовности последовать ее примеру.

События наконец стали разворачиваться согласно собственному медлительному, но определенному ритму: провинциалка, давно обнажившись, лежала в объятиях какого-то мужчины, а остальные рассеялись по другим комнатам. Однако вездесущая Барбара следила за всеми, проявляя чрезмерную требовательность. Она не выносила, когда ее гости, разделившись парами, укрывались в своих уголках. Сейчас она сердито обратилась к девушке, которую Ян обнимал за плечи: — Ступай к нему домой, если хочешь быть с ним наедине. Здесь ты в обществе! — Она взяла ее за руку и увлекла в соседнюю комнату.

Ян уловил взгляд симпатичного облысевшего молодого человека, он сидел чуть поодаль и наблюдал за вмешательством Барбары. Мужчины обменялись улыбками. Лысый подошел к Яну, и Ян сказал: — Маршал Барбара.

Расхохотавшись, лысый сказал: — Это тренер, что готовит нас к большой Олимпиаде.

Оба обратили взгляды к Барбаре, наблюдая за ее дальнейшими действиями: Барбара опустилась на колени рядом с мужчиной и женщиной, слившихся в любовном объятии, просунула голову между их лицами и прильнула ко рту женщины. Мужчина, преисполненный уважения к Барбаре, отстранился от своей партнерши, предполагая, должно быть, что Барбара хочет обладать ею одна. Барбара обняла женщину, привлекла к себе, и теперь они обе лежали на боку, тесно прижавшись друг к другу, а мужчина скромно и почтительно стоял над ними. Барбара, не переставая целовать женщину, подняла руку и начала описывать в воздухе круг. Мужчина воспринял этот жест как обращенный к нему призыв, но не понял, приказывает ли Барбара ему остаться или удалиться. Он напряженно следил за рукой, чье движение становилось все более энергичным и нетерпеливым. Наконец Барбара, оторвав свои губы от губ женщины, выразила свое желание вслух. Мужчина, скользнув снова на пол, прильнул сзади к женщине, оказавшейся теперь зажатой между ним и Барбарой.

— Мы все персонажи сна Барбары, — сказал Ян.

— Да,— отозвался лысый.— Но все время что-то не ладится. Барбара, словно часовщик, который сам должен переставлять стрелки своих часов.

Как только ей удалось изменить позу мужчины, она тотчас потеряла интерес к женщине, которую минуту назад так страстно целовала, и,

поднявшись, подошла к двум совсем юным любовникам, робко жавшимся в уголке гостиной.
Оба были полуодеты, и юноша старался прикрыть девушку своим телом. Подобно статис-
там на оперной сцене, беззвучно открывающим
рот и бессмысленно жестикулирующим руками, дабы создать иллюзию живого разговора,
эти молодые люди тоже стремились по мере
возможности дать понять, что целиком заняты
друг другом, ибо единственным их желанием
было оставаться незамеченными и скрытыми от
чужих взоров.

Но Барбару было не провести этой игрой:
опустившись рядом с ними на колени, она с
минуту гладила их по волосам и что-то говорила. Потом удалилась в соседнюю комнату и тотчас вернулась в сопровождении трех совершенно обнаженных мужчин. Она вновь преклонила
колени возле любовников и, взяв в руки голову
юноши, стала целовать его. Трое обнаженных
мужчин, послушные неслышным приказам ее
взгляда, склонились к девушке и принялись сни-
мать с нее остатки одежды.

— Когда все это кончится, будет собра-
ние, — сказал плешивый. — Барбара всех нас со-
зовет, выстроит полукругом перед собой, наде-
нет очки и начнет разбирать, что было сделано
хорошо, а что — скверно. Похвалит усердных и
пожурит нерадивых.

Двое робких любовников в конце концов по-
делились своими телами с другими. Барбара,

оставив их в покое, направилась к обоим мужчинам. Скупо улыбнувшись Яну, подошла к лысому. Почти в ту же минуту Яна нежно коснулась провинциалка, открывавшая вечер своим стриптизом. Ян подумал, что огромные часы Барбары работают не так уж и плохо.

Провинциалка занялась им с пылким усердием, но его глаза все время устремлялись к противоположной стороне гостиной, где над фаллосом лысого трудилась рука Барбары. Обе пары были в одном и том же положении. Женщины, пригнувшись, занимались одним и тем же делом одним и тем же способом и похожи были на усердных садовниц, склоненных над клумбой. Казалось, будто одна пара была лишь зеркальным отражением другой. Глаза мужчин встретились, и Ян увидел, как тело лысого затряслось от смеха. А поскольку они были взаимосвязаны, как связана вещь со своим зеркальным отражением, то раз один задрожал от смеха, должен был задрожать и другой. Ян отвернул голову, чтобы ласкавшая его девушка не чувствовала себя уязвленной, но зеркальный образ неодолимо притягивал его. Он снова повернул к нему голову и увидел глаза лысого, выпученные от едва сдерживаемого смеха. Они оба были объединены по меньшей мере пятикратной телепатической связью. Каждый из них знал не только то, о чем думает другой, но и то, что другой об этом знает. В голове у них проносились все сравнения, которыми они минутой назад одаривали Барбару, и тут же рождались новые. Они переглядывались, но одновременно и отводили глаза, зная, что смех был бы здесь таким же кощунством, как и в храме, захохочи они там в минуту, когда священник возносит облатку. Но как только им обоим пришло в голову это сравнение, им еще больше захотелось смеяться. Они были слишком слабы. Смех был сильнее. Их тела неудержимо сотрясались от смеха.

Барбара посмотрела в лицо своего партнера. Лысый не выдержал и засмеялся во все горло. Словно зная, где источник зла, Барбара повернулась к Яну. В эту минуту провинциалка прошептала ему: — Что с тобой? Почему ты плачешь?

Но Барбара уже была перед ним, шипя сквозь зубы: — Не собираешься ли ты устроить мне здесь то же, что и на похоронах Пассера!

— Не сердись, — сказал Ян; он смеялся, и слезы текли у него по щекам.

Она попросила его уйти.

14

Еще до отъезда в Америку Ян повез Ядвигу к морю. Это был заброшенный остров с несколькими миниатюрными деревеньками, с ленивыми овцами на пастбищах и с одной гостиницей на огороженном пляже. Каждый снял для себя отдельный номер.

Он постучал к ней в дверь. Голос ее, предложивший ему войти, донесся из глубины комнаты. Войдя внутрь, он никого не увидел. «Я делаю пипи», — крикнула она из туалета, дверь которого была полуоткрыта.

Это было ему хорошо известно. У нее могло собраться многочисленное общество, но это не мешало ей запросто объявить, что она идет в туалет по-маленькому, а потом оттуда разговаривать с гостями через полуоткрытую дверь. В этом не было ни кокетства, ни бесстыдства. Напротив, это было полное отрицание и кокетства, и бесстыдства.

Ядвига не признавала традиций, гирей висящих на человеке. Она отказывалась признать, что голое лицо целомудреннее голого зада. Ей было непонятно, почему соленая жидкость, капающая у нас из глаз, может считаться возвышенно-поэтичной, тогда как жидкость, выпущенная из живота, способна вызывать омерзение. Все это казалось ей глупым, искусственным, неразумным, и она относилась к этому, как упрямый ребенок к правилам внутреннего распорядка католического пансиона.

Выйдя из туалета, она улыбнулась Яну и подставила ему сначала одну, потом другую щеку: — Идем на пляж?

Он кивнул.

— Одежду оставь у меня, — сказала она ему и, сбросив халат, оказалась в чем мать родила.

Раздеваясь в присутствии других, Ян всегда испытывал некоторую неловкость, и сейчас едва ли не с завистью смотрел на Ядвигу, двигавшуюся в своей наготе, словно в удобном домашнем платье. А впрочем нет: она двигалась гораздо естественнее, чем в платье, словно, отбрасывая его, вместе с ним отбрасывала и тяжкий удел женщины и становилась просто человеческим существом без половых признаков. Словно половые признаки были заключены в платье, а нагота являлась состоянием сексуальной нейтральности.

Голыми они спустились по лестнице на пляж, где группами сидели, прохаживались и купались такие же голые люди: голые матери с голыми детьми, голые бабушки и голые внучки, голые юноши и голые старцы. Здесь было страшное множество женских грудей самой различной формы, красивых, менее красивых, безобразных, огромных и сморщенных. Ян с грустью осознавал, что старые груди рядом с молодыми не выглядят моложе, напротив, молодые делают их еще более старыми и что все они вместе одинаково причудливы и бессмысленны.

И вновь осенила его эта неясная и загадочная идея границы. Казалось ему, что он очутился как раз на ней и вот-вот перешагнет ее. И на него напала удивительная печаль, а из этой печали, словно из тумана, выплыла еще более удивительная мысль: он вспомнил, что евреи шли в газовые камеры гитлеровских концлагерей толпой и голыми. Он не совсем понимал, почему этот образ так неотступно преследует его и что он хочет сказать ему. Быть может, то, что евреи в те минуты были также *по другую сторону границы* и что тем самым нагота — это униформа мужчин и женщин по другую сторону. Что нагота — это саван.

Печаль, которую навевали на Яна голые тела на пляже, становилась все нестерпимее. Он сказал: — Как все это странно, все эти голые тела вокруг.

Она согласилась: — Да. И самое удивительное, что все эти тела красивы. Заметь, и старые тела, и нездоровые тела красивы, если это просто тела, тела без одежды. Они красивы, подобно природе. Старое дерево ничуть не менее красиво, чем молодое, и больной лев не перестает быть царем зверей. Человеческое уродство — это уродство одежды.

Они с Ядвигой никогда не понимали друг друга, однако всегда приходили к согласию. Каждый объяснял смысл слов другого по-своему, и между ними царила прекрасная гармония. Прекрасное единодушие, основанное на непонимании. Он отлично знал об этом и едва не восторгался этим.

Они медленно шли по пляжу, песок обжигал ноги, в шум моря врывалось блеяние барана, а под ветвями оливкового дерева грязная овца щипала островок выжженной травы. Ян вспомнил о Дафнисе. Он лежит опьяненный наготой тела Хлои, он возбужден, но не знает, к чему взывает это возбуждение, это возбуждение без конца и без удовлетворения, оно необозримо и беспредельно. Непомерная тоска сжимала сердце Яна, и его томило желание вернуться назад. Назад, к этому юноше. Назад к своим собственным началам, назад к началам рода людского, назад к началам любви. Он жаждал жажды. Он жаждал волнения сердца. Он жаждал лежать рядом с Хлоей и не знать, что такое телесная любовь. Не знать, что такое сладострастие. Превратиться лишь в чистое возбуждение, долгое и таинственное, непонятное и чудесное возбуждение мужчины, рожденное телом женщины. И он громко сказал: — Дафнис!

Овца продолжала щипать выжженную траву, а он со вздохом повторил еще раз: — Дафнис, Дафнис...

— Ты взываешь к Дафнису?

— Да, — сказал он, — я взываю к Дафнису.

— Хорошо, — сказала Ядвига, — мы должны вернуться к нему. Вернуться туда, где человека еще не изуродовало христианство. Ты это имел в виду?

— Да, — сказал Ян, хотя он имел в виду нечто совершенно другое.

— Там, пожалуй, еще был маленький рай естественности, — продолжала она. — Овцы и пастухи. Люди, принадлежавшие природе. Свобода чувств. Это и есть для тебя Дафнис, не так ли?

Он снова подтвердил, что имел в виду именно это, и Ядвига сказала: — Да, ты прав, это остров Дафниса!

А поскольку ему нравилось развивать их единодушие, основанное на непонимании, он добавил: — И гостиница, где мы живем, должна была бы называться *«По другую сторону»*.

— Да, — восторженно воскликнула Ядвига. — По другую сторону этого бесчеловечного мира, куда нас загнала наша цивилизация!

К ним приблизились группки обнаженных людей. Ядвига представила им Яна. Люди хватали его за руки, кланялись ему, называли свои титулы и говорили, что рады с ним познакомиться. Затем принялись обсуждать некоторые темы: температуру воды, лицемерие общества, уродующего душу и тело, красоту острова.

По поводу последней Ядвига заметила: — Ян только что сказал, что это остров Дафниса. Я нахожу, что он прав.

Все были восхищены этим открытием, а мужчина с непомерно толстым животом продолжал развивать мысль, что западная цивилизация стоит перед гибелью и что человечество наконец сбросит с себя порабощающее бремя иудео-христианских традиций. Он произносил фразы, которые Ян уже десять раз, двадцать раз, тридцать раз, сто раз, пятьсот раз, тысячу раз слышал, и вскоре стало казаться, что эти несколько метров пляжа не что иное, как университетская аудитория. Мужчина говорил, остальные с интересом слушали его, и их обнаженные фаллосы тупо, печально и безучастно смотрели в желтый песок.

Литературно-художественное издание

МИЛАН КУНДЕРА
КНИГА СМЕХА И ЗАБВЕНИЯ

Редактор Галина Соловьева
Художественный редактор Валерий Гореликов
Технический редактор Татьяна Раткевич
Корректоры Алевтина Борисенкова, Татьяна Румянцева
Верстка Александра Савастени

Директор издательства
Максим Крютченко

ИД № 03647 от 25.12.2000.

Подписано в печать 30.07.2003. Формат издания 75×100^1/$_{32}$.
Печать высокая. Гарнитура «Петербург». Тираж 10 000 экз.
Усл. печ. л. 11,2. Изд. № 590. Заказ № 706.

Издательство «Азбука-классика».
196105, Санкт-Петербург, а/я 192.
www.azbooka.ru

Отпечатано с готовых диапозитивов
в ФГУП «Печатный двор»
Министерства РФ по делам печати, телерадиовещания
и средств массовых коммуникаций.
197110, Санкт-Петербург, Чкаловский пр., 15.

www.azbooka.ru

Уважаемые читатели!

Приглашаем вас посетить интернет-сайт
издательства "АЗБУКА" по адресу

www.azbooka.ru

На нашем сайте вы найдете каталог книг
издательства, информацию о новинках
и планах на будущее, отрывки из новых книг
и многое другое.
Здесь можно задать интересующие вас вопросы
и высказать свои пожелания.
На сайте вы также найдете ссылки
на интернет-магазины, торгующие книгами
издательства "Азбука".

Ждем вас круглосуточно, каждый день!